"广西一流学科·中国语言文学"经费资助成果、
"广西高校人文社科重点研究基地·桂学研究院"经费资助成果

中国现代小说的音乐性研究

李雪梅　著

中国社会科学出版社

图书在版编目（CIP）数据

中国现代小说的音乐性研究/李雪梅著 . —北京：
中国社会科学出版社，2019.3
ISBN 978 - 7 - 5203 - 4078 - 6

Ⅰ.①中⋯　Ⅱ.①李⋯　Ⅲ.①小说研究—中国—
现代　Ⅳ.①I207.42

中国版本图书馆 CIP 数据核字（2019）第 032355 号

出 版 人	赵剑英
责任编辑	郭晓鸿
特约编辑	张金涛
责任校对	闫　萃
责任印制	戴　宽

出　　版	中国社会科学出版社
社　　址	北京鼓楼西大街甲 158 号
邮　　编	100720
网　　址	http://www.csspw.cn
发 行 部	010 - 84083685
门 市 部	010 - 84029450
经　　销	新华书店及其他书店

印　　刷	北京明恒达印务有限公司
装　　订	廊坊市广阳区广增装订厂
版　　次	2019 年 3 月第 1 版
印　　次	2019 年 3 月第 1 次印刷

开　　本	710×1000　1/16
印　　张	13.5
插　　页	2
字　　数	165 千字
定　　价	58.00 元

目　　录

绪　　论

对于各类艺术，人们迟早要进行大量的思考，遇到大量的疑惑，而所有这些都将在与音乐的关系上找到最为明确的表现，所以它们最明确的形式存在于与音乐的关系上。

——苏珊·朗格《情感与形式》

艺术门类之间的相互影响是从艺术的诞生之日就存在的。这首先是因为各种艺术的同生共源即起源的一体化，以及生活这一共同的创作源泉。第二个原因是，各种艺术都是对生命体验的符号形式表达，并且在这种表达的同时，达到形式上的自由或释放形式生命的张力。这些是所有艺术门类共有的特征，因此，这些共性是各种艺术互相影响和理解的前提。正是在这种前提下，对于如克罗齐的"一切艺术都是音乐，因为这样说才可以见出艺术的意象都生于情感"，佩特的"一切艺术都以逼近音乐为旨归"，叔本华的音乐是最高艺术，是意志的外射，而其他艺术只能表现意象世界，苏珊·朗格的在与音乐的关系中考察各种艺术等说法，我们才可以有更为深入和丰富的思考。不管我们是信服，还是不以为然，这些说法道出了音

1

乐在艺术大家庭中的独特地位，以及某种程度上一切艺术具有的音乐性倾向。而本书的思考也正是始于此：是否可以认为，音乐性是所有艺术的内在本质特征与趋势之一？如果是，那么，中国现代小说具有什么样的音乐性？这些音乐性又是如何促进中国现代小说本身从内部必然地走向形式的自由探索与自我更新？小说的音乐性有界限吗，如果有，那界限在哪里？本书即从这些问题开始自己的旅程。

一　研究意义

选择中国现代小说的音乐性作为研究论题，具有以下四个重要意义。

第一，将小说还原为艺术。文学研究的非文学化是当代中国甚至世界文学研究的一个主要趋势。随着一波未平一波又起的方法论转向，对如何进行研究的关注超过了文学作为艺术品存在这样一个基本事实。本书将小说的艺术性放在艺术美学的脉络中，从音乐性的角度考察小说具有的独特艺术价值。

第二，方法论意义。方法是一种对想象的理性操作方式，方法论为艺术本体的研究服务。视点的选择意味着研究立场与方法的选择，而立场和方法的多元化可以在最大限度上敞开和接近研究对象，释放人类想象力的"无涯"魅力。一般来说，小说研究不外乎内部本体形式的研究和外部研究，其中外部研究涉及社会、政治、历史、经济、文化等文学与外部的联系。这些研究方式是小说价值与小说之所以作为小说存在的依据与体现。跨艺术媒介的横向研究提供的是另一个维度，由于艺术门类之间的异同是古老的议题，这种研究容易流于机械浅薄的对比，如何避开横向研究的软肋，拓展有价值的研究空间，是本书试图努力达到的目标。因此，本论题的选择具有艰难、危险但也具备令人期待、兴奋的方法论意义。尽管如此，本书的主要意义不是方法，而是方法敞亮的小说艺术的诠释空间，正如严锋所说的"音乐手法的参照和借鉴不是为了否定文学，而是为了丰富文学性"①。

第三，从文学研究的格局来看。小说的音乐性研究介于理论和感性体验之间，既要求生动原始的艺术感性，又要求抽象坚实的理性依据，在文化研究、新批评、形式主义、结构主义、性别研究等当代文学研究的历史格局中，不是急于去套用现成的理论模式，而是从艺术的他性角度展现艺术作品的丰富与饱满，探求艺术创作和理解过程中各种艺术门类之间神秘的联系，如概念表达的非概念化效果与非概念表达的概念化效果。因而，这种文学研究的思路具有开阔、宽容与兼收并蓄的意义。同时，作为对中国传统的印象式批评的现代回应，有必要在现代的语境下重新思考与衡量批评如何能够没有"印象"。

第四，在当今新媒介艺术蓬勃发展的背景下，对一种艺术门类具有的他性进行研究，具有特殊的意义。

总之，本书作为尝试性的研究，具有赋予理解的想象最初的概念外形的意义。

二　研究综述

古希腊西摩尼德斯（Simonides，公元前556—前469）的"画是一种无声的诗，而诗是有声的画"；西方艺术史上的读画诗（Ekphrasis）②、巴洛克的错视画（Trompe l'oeil）、理查德·瓦格纳的"综合艺术"（Gesamtkunstwerk）理念，中国的"我味摩诘之诗，诗中有画；我观摩诘之画，画中有诗"（《东坡题跋·书摩诘蓝田烟雨图》），这些现象，与其说是一种创作方式，不如说

---

① 严锋：《在固守和超越之外》，《中国比较文学》2003年第3期。
② 有多种译法，如艺格敷词、使图像说话、读画诗等。

首先更是一种跨艺术的思维方式，并且是一种极其常见的方式。比如，一部中国音乐史，关于音乐作品（特别是器乐作品）的介绍，几乎都是这种文学式、绘画式的理解。似乎这是迫不得已的事情：即使纯粹的"器乐"，如汉斯立克所谓的"音的运动"一旦进入理解过程，对大多数人来说，这种理解方式就不可避免地发生了。同样地，就音乐和文学来说，二者之间的比较与联系自古以来就是个饶有趣味的话题，只是属于两种独立的艺术门类，这种比较和联系的研究价值也一直受到质疑。特别是在重视艺术感悟与印象的中国传统美学中，这种批评在今人看来很大程度上停留在个人式的体验与抒发上，未进入严格的批评话语中。然而在喜好逻辑理性的西方人这里，一样地可以搭起理论的框架，进行条分缕析的研究。下面，本书大致梳理国内外的文学与音乐之间的关系研究，重点关注文学的音乐性、小说与音乐的关系及小说的音乐性探讨。

（一）国内关于音乐和文学关系的理论阐释与探讨

国内关于音乐和文学的理论阐释与探讨下面分四部分来探讨。

1. 总的来说，国内关于音乐和文学的思考主要从两个角度进行，即着眼于音乐与诗词关系的研究，和宏观方面的音乐和文学关系的论述

第一，音乐与诗词关系的研究。一般来说，提到音乐和文学的关系，人们首先想到的而且主要指的就是音乐和诗词的关系，特别是与中国古典诗词的关系。中国是诗歌的国度，这方面的研究蔚为壮观，如古代文艺理论经典《文心雕龙·声律》篇讨论的正是诗文的音乐性。比较晚近的研究成果如刘尧民的《词与音乐》、施议对的《词与音乐的关系》、陈少松的《古诗词文吟诵研究》①

---

① 刘尧民：《词与音乐》，云南人民出版社 1982 年版；施议对：《词与音乐的关系》，中国社会科学出版社 1985 年版；陈少松：《古诗词文吟诵研究》，社会科学文献出版社 1997 年版。

等著作，从不同方面对诗词的声音性进行探究。沈亚丹的《寂静之音》① 主要探讨中国古典诗歌的音乐性。该书对诗歌的音乐性本质做了较为令人信服的论述。沈亚丹认为，诗歌是一种按照音乐形式组合起来的语言有机体，中国的艺术具有泛音乐倾向，而这一观点可以追溯到中国的"礼乐文化""殷人尚声"的史实。虽然作者的论述对象是诗歌，但其对音乐结构、泛音乐倾向的讨论对本书极具启发性。以上的研究成果无一例外的是，对象都是中国古代诗词。在 20 世纪 30 年代的象征主义诗歌与音乐性的问题上，也一直都有相关的文章在讨论，如梁宗岱的"纯诗"理论。但由于音乐与诗词的关系远远比与小说密切，而本书的目的在于探讨小说的音乐性，所以此处不作详细的追溯。

第二，音乐与文学关系的研究。对于宏观方面的音乐和文学关系的论述，如朱谦之的 1935 年出版的《中国音乐文学史》，这是我国近代第一部考察中国文学与音乐关系的著作。该著是由 1925 年上海泰东图书馆出版的《音乐的文学小史》扩展而成，分别从诗乐、楚声、乐府、唐代诗歌、宋代歌词与剧曲展开，作者在书中认为"真正的诗，在最显著的意义上，都是音乐的，是以纯一语言的音乐为作品之生命的""是和音乐一样是要用音乐的表现法的""这种表现是把'真情之流'作为梦，而象征化于那些音乐的诗里，是把读者从理智的'看'的世界，引到能够'离开着看'之'梦'的听的境地"②。因此，可以说《中国音乐文学史》根本上关注的是音乐与韵文/诗（相对于中国的传统散文而言的）的密切关系。罗小平的《音乐与文学》③ 一书从"音乐与文学的连接点""音乐的文学性""文学的音乐性""音乐中的文学作品"

---

① 沈亚丹：《寂静之音》，上海人民出版社 2007 年版。
② 朱谦之：《中国音乐文学史》，上海人民出版社 2006 年版，第 27 页。
③ 罗小平：《音乐与文学》，人民音乐出版社 1995 年版。

"文学作品中的音乐""音乐对文学的影响""文学对音乐的影响"七方面分别探讨了文学与音乐这两个"姊妹艺术"的相互关系。的确，这七个方面都是能够考察二者关系的合适切入点，但由于在不太长的篇幅里涉及如此之多的论题，因此都未能深入展开。桑海波的博士论文《一兵双刃：音乐与文学之比较及基本关系定位》① 以比较的方法，在历史叙述和理论分析的框架中，对音乐和文学的历史渊源及其外部的和内在的特质构成及可比性等方面作了详细的考察，并对二者的基本关系做了一番定位。同样地，作者在对二者的关系定位时涉及了"音乐中的文学、文学中的音乐、音乐与文学异质同构"问题，只是这里的文学也主要是指诗词曲。在"音乐与文学异质同构"部分，作者从音乐和文学的基因——"内听"和"外听"两个层面，以及心理世界与物理世界的"格式塔"来论证，认为二者同构的核心是声音。二者最深处的沟通在于其渊源的原始因缘，因而使创作主体尤其是在原始创作阶段，产生了相同的大脑张力，而这种大脑张力就是具有音乐特质的"声音"的"力的式样"。可以说，这一部分的确触及了这两种姊妹艺术始终异质同构的核心，极具启发意义。

2. 关于音乐文学

音乐文学，在我国主要指歌词、歌剧及曲艺唱词，如中国音乐文学研究学会定义的"音乐文学"正是如此。陆正兰的《歌词学》② 一书从文体学和文化学两个方面考察了歌词的内外特征，其中涉及歌词音乐性的部分有：关于歌词音乐性的讨论、古歌词平仄不入乐、现代歌词声调不入乐、歌词的节奏构成。

---

① 桑海波：《一兵双刃：音乐与文学之比较及基本关系定位》，博士学位论文，中国社会科学院研究生院，2000 年。

② 陆正兰：《歌词学》，中国社会科学出版社 2007 年版。

3. 关于音乐与小说

音乐与小说的关系，准确来说是关于小说的音乐性或音乐化研究，总体上来说处于不受重视的境地，因而大部分都是零星的篇章印象式评论，其中有一些是最近出现的硕博论文。这些研究大致有以下三大类。

第一类，对中国大陆作家的研究。傅雷为数不多的关于中国现代小说的评论文章中显示出开阔的跨学科学术素养和眼光，如评赏康濯的"可爱的那种疏疏落落，非常灵活的节奏"的《春种秋收》（《评〈春种秋收〉》），赵树理的压缩丰富内容后的快节奏与紧凑的结构（《评〈三里湾〉》），《金锁记》的结构、节奏和色彩方面的成就及巧妙的转调技术（《评张爱玲的小说》）。虽然只是只言片语的分析，然而透露出对小说音乐性奥妙的独到理解。

马云的《铁凝小说与绘画、音乐、舞蹈——兼谈西方现代艺术对中国文学的影响》从铁凝小说的背景音乐、结构音乐性、音乐之境、节奏与旋律、曲式方面考察音乐对小说的影响。马云的另一本著作《中国现当代作家作品研究》[①] 从印象派绘画与中国文学、社交舞与"海派小说"、交响乐与中国现代小说等角度进行研究，基本上是小说中的音乐内容、与音乐有关的人物等材料的搜集，没有深度的分析。祝欣的专著《叙述的交响——王蒙的小说创作与音乐》[②]，对王蒙的创作与音乐的关系做了较为全面的梳理，并把王蒙的创作放在"青春交响乐时代""圆舞曲、谐谑曲时代""季节奏鸣套曲时代"的框架里观照。

比较重要的论文主要有以下一些：张箭飞在《鲁迅小说的音乐式分析》一文中认为，起于福楼拜的小说的音乐化，"到了 20 世纪，已经繁育出一个

---

① 马云：《铁凝小说与绘画、音乐、舞蹈——兼谈西方现代艺术对中国文学的影响》，河北人民出版社 2006 年版；《中国现当代作家作品研究》，人民文学出版社 2007 年版。

② 祝欣：《叙述的交响——王蒙的小说创作与音乐》，作家出版社 2010 年版。

庞大的音乐小说的体系。所有被认定具有音乐性的小说基本上都有旋律分析的可能性，并遵循一定的音乐技巧，而任何一种音乐技巧都派生于节奏"①。张箭飞从鲁迅小说的节奏（重复、对比）、旋律结构（变奏、赋格段、回旋曲、复调）、节奏和意义入手，探讨鲁迅的诗化小说与音乐的关系。该文较为自信地借用"音乐结构""曲式"等相关音乐术语来解读小说，但因为没有对概念的界定与梳理，使得研究稍显即兴随意，不能完全令人信服，不过其细腻的解读过程无疑是有价值的。钱理群认为，鲁迅小说充满了音乐感，归功于鲁迅对汉文字音乐性的感悟，是周作人倡导的"散文的朴实与骈文的华美"的完美结合，重复是其音乐性的重要表现之一。② 许祖华的《鲁迅小说的人物与音乐——鲁迅小说的跨艺术研究》③ 探讨鲁迅小说中人物命运迹象与生产状况、人物内在生命诉求与人物感觉的音乐性。这是广义上的音乐性的活用，视角比较独特。另外还有一些比较突出的论文，如：陈旋波的《音乐性：西方浪漫主义影响下的前期创造社》④，认为音乐性是浪漫主义文学的一般特征，前期的创造社也努力追求音乐性；严锋的《张炜的诗、音乐和神话》⑤；万杰的《当叙述乘上音乐的翅膀——论余华小说〈许三观卖血记〉的音乐性》⑥，认为小说的叙述形式直接来自对音乐中的变奏曲式与回旋曲式的借鉴，对叙述高潮的获得与超越的技巧也来自音乐的启示。《许三观卖血记》有坚强的变奏曲式、叙述节奏、力度（音乐与文学手法的对应），但万杰认为

---

① 张箭飞：《鲁迅小说的音乐式分析》，《中国现代文学研究丛刊》2001 年第 1 期。

② 钱理群：《作为艺术家的鲁迅》，《中国文化》2006 年第 2 期。

③ 许祖华：《鲁迅小说的人物与音乐——鲁迅小说的跨艺术研究》，《山西大学学报》（哲学社会版）2010 年第 33 卷第 3 期。

④ 陈旋波：《音乐性：西方浪漫主义影响下的前期创造社》，《中国比较文学》1994 年第 2 期。

⑤ 严锋：《张炜的诗、音乐和神话》，《当代作家评论》2002 年第 4 期。

⑥ 万杰：《当叙述乘上音乐的翅膀——论余华小说〈许三观卖血记〉的音乐性》，《喀什师范学院学报》2009 年第 1 期。

此种简单的抽象无法承载复杂繁芜的世界，所以这种作品只能是"不可无一，但也不能有二"的作品，意即没有出路。李新亮的《论现代小说的音乐性》①指出现代小说的音乐性是小说文体形式的一次重要变革，然而未做出令人信服的论述。汪卫东的《由西方音乐曲式看〈野草〉的音乐性》②别出心裁地将散文集《野草》看作一个整体，认为这个整体结构是典型的奏鸣曲式。文章对思考何为音乐性富有启发意义，就像文中提出的："文学作品中的音乐性，主要体现在语言与文脉中。"

而后就是硕博论文，主要是对个别作家作品的研究。比如，谭文鑫的博士论文《沈从文的文学创作与音乐》③试图从作曲法的角度理解沈从文的一些"用人事作曲"的作品，但由于沈从文是否以如此专业的作曲法来创作是有疑问的，因而这种理解的合理性难以令人信服，论文的讨论对比结果是值得商榷的。李欣仪的博士论文《跨学科视野中的沈从文和音乐关系研究》④，认为不同的音乐类型对沈从文构成了不同的影响，其主要思想命题的形成如生命、神性、抽象等与其音乐体验相关，还成为以音乐系统地"重造"民族道德、社会政治思想的知识分子之一。沈从文创作中对音乐的借鉴主要是音乐向文学自由无碍的转化，情绪（生命）是转化的契合点。论文中关于沈从文以音乐"重造"民族道德、社会政治思想部分的论述较有价值。

第二类，对国外作家作品的研究。国外学界对音乐和文学的研究给予了较多关注，特别是小说与音乐的关系研究，相对而言比较成熟，成果也比较

---

① 李新亮：《论现代小说的音乐性》，《兰州学刊》2010 年第 10 期。
② 汪卫东：《由西方音乐曲式看〈野草〉的音乐性》，《中国现代文学研究丛刊》2012 年第 11 期。
③ 谭文鑫：《沈从文的文学创作与音乐》，博士学位论文，湖南师范大学，2010 年。
④ 李欣仪：《跨学科视野中的沈从文和音乐关系研究》，博士学位论文，湘潭大学，2012 年。

壮观。这方面也将在下文具体梳理。近年来国内学者对外国文学、作家、作品与音乐的关系越来越关注，如严宝瑜的《19 世纪欧洲浪漫主义音乐与文学的关系》①，还有一些单篇论文和硕士论文②。从中可以看到近年得到关注较多的作家主要是诺贝尔文学奖获得者如托尼·莫里森、勒·克莱齐奥，以及2017 年获奖的石黑一雄。

还有对中西小说音乐化叙事异同进行比较的，如程丽蓉的《中西小说的音乐化叙事及其伦理效应——以〈神鸟〉和〈帕格尼尼〉为例》③，文中认为中国小说侧重音乐整体感受的叙事呈现，侧重音乐意象的营构，西方小说则侧重音乐曲式技法在叙事中的精心运用；中国小说的音乐化叙事既有中国音乐文化"天人合一"思维方式的影响，又显现了这种方式在现实生活中遭遇的尴尬，西方小说的音乐化叙事则集中运用了多种西方文化元素，突出了西洋音乐的模仿性特征。在中国现代甚至当代小说的音乐化叙事中，这一区别也依然存在。

---

① 严宝瑜：《19 世纪欧洲浪漫主义音乐与文学的关系》，《北大讲座》（第三辑），北京大学出版社 2003 年版，第 16—27 页。

② 如郭章容的《论音乐与菲兹杰拉德的创作》，硕士学位论文，华中师范大学，2003 年；吴绘芹的《论沈从文小说的"音乐性"》，硕士学位论文，浙江师范大学，2016 年；张凤伟的《安东尼·伯杰斯音乐化小说的音乐特征研究》，硕士学位论文，河南大学，2008 年，论文从叙事结构、潜藏在文本下的节奏等方面分析伯吉斯小说音乐化的方式；李晓洁的《托尼·莫里森的〈爵士乐〉的音乐性》，硕士学位论文，四川师范大学，2008 年，论文的创新之处在于对"爵士乐的即兴性及呼喊和应答模式在小说中的体现"的分析。陈栾平的《论〈四个四重奏〉的音乐性》，硕士学位论文，中南大学，2008 年，从节奏（语音、语义层面）、修辞（旋律、速率、动力、音色）、结构（借鉴音乐作品的体裁和曲式结构）和主题（主题的复调式和谐）的音乐性四个方面论述。单篇论文如焦小婷的《〈爵士乐〉的后现代现实主义叙述阐释》，《四川外语学院学报》2005 年第 1 期；王维倩的《托尼·莫里森爵士乐的音乐性》，《当代外国文学》2009 年第 3 期；翁乐虹的《以音乐作为叙述策略》，《外国文学评论》2000 年第 2 期；方红的《不和谐中的和谐——论小说〈爵士乐〉中的艺术特色》，《外国文学评论》1995 年第 4 期；罗虹、程宇的《从〈爵士乐〉的音乐性看新黑人文化身份认同》，《贵州民族学院学报》（哲学社会版）2011 年第 5 期；李明夏的《勒·克莱齐奥小说的音乐性：论〈饥饿间奏曲〉的〈波莱罗〉情结》，《中国比较文学》2014 年第 2 期；梅丽的《现代小说的"音乐化"——以石黑一雄作品为例》，《外国文学研究》2016 年第 4 期，等等。

③ 程丽蓉：《中西小说的音乐化叙事及其伦理效应——以〈神鸟〉和〈帕格尼尼〉为例》，《西华师范大学学报》（哲学社会版）2012 年第 6 期。

第三类，作家关于音乐与自己创作的论述。中国现代作家中不少综合艺术修养极高，如徐迟、朱自清、徐志摩、许地山、沈从文、鲁迅等。徐迟是中国现当代作家中热爱音乐并大力推介西方古典音乐的作家，与稍早的李叔同、丰子恺、赵元任等一起对中国乐坛构成了较大影响。徐迟说："在作家中，爱好音乐的作家并不多，因此我是很被音乐界重视和重用的。"① 其他作家们虽然没有论述音乐的专著，但姊妹艺术无疑也对他们的创作、思维方式甚至文学理想构成了不同程度的影响，这些或隐或现地体现在各处的抒写之中。余华的《音乐影响了我的写作》② 是目前国内唯一一本作家谈论西方古典音乐对自己创作的影响的著作。由于作家是古典音乐"乐迷"，书中对音乐与小说的叙述、结构上的理解都有一般研究者不能达到之处。这也从一个侧面证明了这两种时间艺术在某种意义上的同构性，这种同构的背后正是本书想要追寻的生命体验与表达的音乐性。王蒙等作家也在不同文章中谈到音乐对自己创作的启示③，虽然都是散文，但由于大多出于作家之手，具有参考价值。

4. 台湾地区的相关研究

台湾地区的文学的跨艺术研究，与欧美学界处于一脉相承的状态，主要是指辅仁大学比较文学研究所的同人们取得的成果。比如罗基敏，她参加了国际文字与音乐研究协会的第一届会议，其论文《音乐在中国古典文学中的一些功能》收录在《文字与音乐研究丛书》的第一辑当中。《文话音乐》④ 更是国内小说与音乐研究的参考书之一。刘纪惠主编的《框架内外：艺术、文

---

① 徐迟：《徐迟文集》（第七卷音乐），作家出版社 2014 年版，第 1 页。
② 余华：《音乐影响了我的写作》，上海文艺出版社 2004 年版。
③ 白桦等：《音乐与我》，上海音乐出版社 2000 年版。
④ 罗基敏：《文话音乐》，广西师范大学出版社 2003 年版。

类与符号疆界》①，呈现出了当代台湾跨艺术研究的重要成果。她在该书的代序中指出了从"比较艺术"转向"跨艺术研究"的起点是探讨不同艺术符号并置时，会呈现什么形式的符号系统差异，以及此差异产生的诠释问题。该书分为四个部分：图画与文字的并置阅读，诗文再现绘画的诠释空间，音乐与文字的符号对话，电影影像的异质书写。整体来看，该书直接继承了国际文字与音乐研究协会的研究成果，并有中文语境中极为独特细腻的阐发。特别是刘纪惠所作的代序《框架内外：跨艺术研究的诠释空间》，不但梳理了跨艺术研究的大致历史脉络，而且本身已散发出对框架内外灵动空间的美妙解读。刘纪惠本人也在小说、电影、绘画等跨艺术研究领域给予了较多的关注，如她的《文学与艺术八论：互文·对位·文化诠释》②，特别是《浪漫歌剧中文字与音乐的对抗、并置与拟讽》③，以及谈到文字的复调效果时指出语言利用双关等手段使得文字叙述效果具有对位/多声部效果，充满启发性④。

洪力行的论文《文学与音乐跨艺术研究方法论简介》⑤，放眼世界文学与音乐跨艺术研究学界，简洁清晰地勾勒出此一领域的主要研究方法以及其中的大致区别。论文对这一领域的成果做了比较丰富的中文介绍，除了布朗（Calvin S. Brown）、薛尔（Steven Paul Scher），还提到了史坦利（Patricia Haas Stanley）、法国学者埃丝卡勒（Françoise Escal）、法兰西学院院士赫密（Pierre‐Jean Rémy）、巴克斯（Jean‐Louis Backès）等学者的研究。

---

① 刘纪惠主编：《框架内外：艺术、文类与符号疆界》，台北立绪出版社1999年版。

② 刘纪惠：《文学与艺术八论：互文·对位·文化诠释》，三民书局1994年版。

③ 刘纪惠：《浪漫歌剧中文字与音乐的对抗、并置与拟讽》，《中外文学》第21卷第5期，第6—28页。

④ 刘纪惠：《〈战争安魂曲〉中的互文、对位与文化诠释》，《第四届英美文学研讨会论文集》，1992年，第223—251页。

⑤ 见 http：//hermes. hrc. ntu. edu. tw/lctd/List/ConceptIntro. asp？C_ ID = 154。

（二）国外关于音乐和小说研究的理论阐释与探讨

跨艺术研究在西方有着古老的传统，而对中国读者影响较大的应是莱辛的《拉奥孔》了。到今天，一提到小说与音乐的关系，我们首先想到的就是巴赫金的复调研究。严格来说，巴赫金的复调是对复调这种思维方式或角度的借用。也正是从这个借用，"复调"的巨大潜力被无限激发出来之后，人们更加有理由将目光瞄准他种艺术，希冀敞开新的视角。复调在昆德拉那里，与音乐有了更实质性的关联。

回到小说与音乐结合的背景，首先从作家的音乐修养方面来看，我们耳熟能详的众多著名作家不但熟谙音乐，而且乐于在小说中实践自己的音乐理念，如：列夫·尼古拉耶维奇·托尔斯泰（1828—1910）的《克莱采奏鸣曲》（1891），德国作家托马斯·曼（Thomas Mann，1875—1955）的《托尼奥·克鲁格尔》（1903），法国作家罗曼·罗兰（Romain Rolland，1866—1944）的《约翰·克里斯多夫》（1915），詹姆斯·乔伊斯（James Joyce，1882—1941）的《尤利西斯》（1922），弗吉尼亚·伍尔夫（Virginia Woolf，1882—1941）的《四个四重奏》（1921）、《到灯塔去》（1927）、《海浪》（1931），威廉·福克纳（William Faulkner，1897—1962）的《喧哗与骚动》（1929），拉尔夫·埃里森（Ralph Ellison，1914—1994）的《隐形人》（1952），托尼·莫里森（Toni Morrison，1931— ）的《爵士乐》（1992），

被称为"当今最富于音乐感的德国作家"沃尔夫冈·希尔德斯海默（Wolfgang Hildesheimer，1916—1991）的《莫扎特》（1977），还有乔治·桑（GeorgeSand，1804—1876）、萧伯纳（George Bernard Shaw，1856—1950）、马塞尔·普鲁斯特（Marcel Proust，1871—1922）、米兰·昆德拉（Milan Kundera，1929— ）的一些著名作品等，名单几乎可以囊括西方小说史上最重要

的作家。近年获诺贝尔文学奖的几位作家的创作几乎都与音乐密切相关，如最具争议的获得者民谣歌手鲍勃·迪伦（Bob Dylan，1941—　），还有如勒·克莱齐奥（1940—　）以及 2017 年的获得者石黑一雄（Kazuo Ishiguro，1954—　）。奥地利作家艾尔弗雷德·耶利内克（Elfiede Jelinek，1946—　）获诺贝尔文学奖的理由是"她小说和剧本中表现出的音乐动感，和她用超凡的语言显示了社会的荒谬以及它们使人屈服的奇异力量"……

从研究方面来看，国外的音乐与文学研究属于比较文学、比较艺术学的一个分支，从 20 世纪下半叶到现在，这个分支学科已经有几十年的历史了。1995 年在瑞典伦德大学召开的《跨艺术研究国际会议》，可以看作跨艺术研究领域的一个标志性事件，因为正是在这个会议上直接促使了两个跨艺术研究协会的诞生：国际文字与图像研究协会、国际文字与音乐研究协会。特别是后者的成立，使音乐—文学这个学科更系统有序地展开研究，这从协会丛书①就可以看出来。而协会中的成员如沃尔特·班奈特、劳伦斯·克莱默、维尔纳·沃尔夫、约翰·纽保尔等都在该领域作出了各自的贡献。

说到这个分支之所以成为一个学科，不得不提及重要的奠基人物是卡尔文·S. 布朗，他的著名的"小心比较"（Caveat comparator），警告这一领域的研究者们要谨慎使用那些隐喻性的术语。1970 年，他提议将"比较文学"重新定义为"任何包含两种不同媒介的文学研究"②。他的《音乐与文学：两

---

① 《文字与音乐研究》（1—12）*Word and Music Studies*（1–12），洛多皮出版社，至今已出版了 12 册，其中包括 3 册专著、2 册分别为纪念 Calvin S. Brown 和 Steven Paul Scher 的，其他基本上是每两年一次会议的主要成果。论文的作者遍布世界各地，主要为文学、音乐学学者，当然他们共同的特点是音乐—文学的个人与学术的双重兴趣，致力于两个领域之间的沟通。

② Calvin S. Brown, *The Relations between Music and Literature as a Field of Study*, Comparative Literature 22（1970）：102.

种艺术的比较》①，是这个学科的代表性著作。这也是中国国内这一领域的研究者们比较熟悉的一本著作了，因此常被提及并引用。但由于还没有翻译成中文，而且该书的论述框架、背景与中国现当代小说有一定的距离，实际上也没有被很好地利用。该书分为四个部分：其一，音乐和文学的异同（节奏、音高、音色、和声和对位）；其二，二者在声乐当中的融合；其三，音乐对文学的影响，以及作家模仿音乐结构（重复、变奏、平行、对比、ABA 形式、回旋曲、赋格、奏鸣曲形式，小说与主题动机等，代表作家如惠特曼、康拉德·艾肯）；其四，文学对音乐的影响，特别是标题音乐（描述性音乐、叙事性音乐）。作者在写作该书的时候，意识到这个领域虽时有零星的篇章出现，但未系统地处理研究过程中经常面临的一些基本问题。从上面的书的内容格局，我们可以看到以后这个学科的发展雏形。在结论中，作者谈到绘画似乎走着从精确地描摹事物到抽象的过程，而音乐则相反，从纯粹器乐到试图表现情感、故事。大体上来看，文学似乎在走着和绘画一样的道路，从具体到抽象。音乐和文学似乎互为开始的目标。在本书的语境中，这个过程就是对彼此艺术质素的吸收、借鉴过程，因而这也正是我们需要特别关注的地方。

亚历克斯·艾隆森的《音乐与小说——二十世纪小说研究》②，该书关注的是文学和其他艺术中对可以追溯至毕达哥拉斯的宇宙音乐的类比，并考察了 19—20 世纪的诗人与小说作家是如何在他们作品中表达自己的音乐经验的，也是很有影响的著作。其他较为研究者熟悉的编撰著作如《文学和音乐》③ 等。

---

① Calvin S. Brown, *Music and Literature*: *A Comparison of the Arts*. Athens: Georgia UP, 1948.

② Alex Aronson, *Music and the Novel*: *a study in twentieth – century fiction*, Rowman & Littlefield Publishers, 1980.

③ Nancy Anne Cluck, eds., *Literature and Music*, Brigham Young University Press, 1981.

承继布朗的史蒂文·保罗·薛尔，在写于 1982 年的《文学与音乐》一书①中，认为音乐和文学除了各自领域里的音乐学、文学研究，还有一个领域是介于二者之间的音乐—文学研究。在他看来，音乐—文学研究可以分成三种类型，即文学和音乐（声乐）、文学中的音乐（文字音乐、音乐结构与技巧、以文述乐②）和音乐中的文学（标题音乐）。由于这三种类型得到比较普遍的认可，也因此奠定了这个领域里的基本格局。其中，文学中的音乐可分为三种情况：文字音乐、以文述乐和形式与结构类比（word music，verbal music，formal and structural analogies）。这三个由 Scher 创造的新词也基本上得到承认。接下来，还有比较有影响的是 Jean – Pierre Barricelli 的《音乐与文学研究方法》一书③，书前有布朗作的序。布朗认为，作者能够很好地处理作家与作曲家关系的分寸，如巴尔扎克对贝多芬的兴趣，李斯特的《但丁交响曲》（Dante Symphonie）在借鉴他者艺术时的分寸，这是难能可贵的。该书基本上是在薛尔的理论框架下对该领域进行理论阐释的。文字与音乐协会的劳伦斯·克莱默的《作为文化实践的音乐：1800—1900》一书④，从文化音乐学角度的研究，对文学与音乐关系的思考具有互补的作用。

维尔纳·沃尔夫则在薛尔的框架基础之上做出了新的发展，其专著《小说的音乐化：媒介间性理论与历史研究》⑤的研究对象集中在音乐与小说的关

---

① Steven Paul Scher, *Literature and Music*, Word and Music Studies 5, eds. , Walter Bernhart and Werner Wolf, New York：Rodopi B. V. , 2004.

② 采用罗基敏的译法，参见罗基敏《以文述乐——白居易的〈琵琶行〉与刘鹗〈老残游记〉的〈明湖居听书〉》，《文话音乐》，广西师范大学出版社 2003 年版，第 55 页。

③ Jean – Pierre Barricelli, *Melopoiesis：Approaches to the study of literature and Music*, New York University Press, 1988.

④ Laurence Kramer, *Music as Cultural Practice*：1800 – 1900, University of California Press, 1990.

⑤ Werner Wolf, *The Musicalization of Fiction：A Study in the Theory and History of Intermediality*, Amsterdam：Rodopi, 1999. 此书是本书的主要参考书之一。笔者曾于 2009 年 10 月 30 日至 2010 年 10 月 30 日，参加国家留学基金委联合培养博士项目，赴该书作者工作单位奥地利格拉兹大学英语系访问学习。在与作者的交流及不断指导过程中，将该书译成中文。华东师范大学出版社即将出版该译作。

系上，即有意识地模仿或靠近音乐的那一部分小说。美国学者 Gerry Smyth 在《聆听音乐》一书中认为："这是至今为止对文学作品中的音乐所做的最全面的研究……"① 的确，该书是在作者多年的构思，以及在慕尼黑大学与格拉兹大学开设"小说的音乐化"讨论课的基础上完成的。作者试图在文中建构一个切实可行的小说音乐化理论框架，并将之应用到具体的文本实践当中。作者自己认为该书的研究价值在于界定什么是音乐化小说，以及以历史性的眼光对小说音乐化的历史功能所作的论述。全书分为理论和历史两个部分，共13 章。理论部分对音乐与小说之间的可比性，如何比较、如何判断一部小说是音乐化小说这一问题做出了令人信服的探讨；历史部分对前浪漫主义以降的代表性音乐化小说的特征以及功能进行细致的剖析。作者将音乐化小说放在整个文化艺术背景，即从符际形式—媒介间性—音乐—文学媒介间性的主要形式—小说音乐化潜在证据的类型背景中考察，使得音乐化小说以及音乐化小说的研究有了深厚的理论和实践土壤，并且是个进退有据的研究领域②。20 世纪末的西方学界流传着所谓的"媒介转向"，这里的媒介间性，是相对于"互文性"而言的，指传统的不同表达或交流媒介之间的特殊关系（一种"媒介间"的狭义联系）。这种关系是可以证实的，可以辨认的，即两种或更多媒介直接或间接地卷入人类艺术作品的意义建构中。正是放在这样一个背景中，作者认为小说的音乐化是指（部分）小说或短篇故事中发现的隐蔽的音乐—文学媒介间性的一种特殊例子。而这里的研究模式只要稍加调整，同样可以适用于戏剧、诗歌、建筑等艺术种类的研究。并且正如"音乐化"中的"化"所暗示的，音乐不只是作为抽象的（参照）概念在场，而是文字文

---

① Gerry Smyth, *Music in Contemporary British Novel*：*Listening to the novel*, Palgrave Macmillan, 2008：13.

② 这一点，非常值得借鉴，是使音乐性研究脱离被动比附的重要根据。

本在某些方面像是或变得与音乐相似，或有着与特定音乐作品相关的印象，我们"通过"文本能够体验到音乐的效果。至于如何取得这种效果，作者认为至少可以从小说音乐化的潜在证据来判断出来，这些证据可以分为以下两类。

第一类，详细描述/语境的证据。

甲，间接：文化与传记证据，同一作者的小说音乐化的类似作品。

乙，直接：作者的涉及讨论中作品的音乐化的主题化。

第二类，文本的证据。

甲，音乐/音乐符号和文本的外显媒介间混合。

乙，音乐和小说的音乐化（类文本/内文本）。

丙，通过联想引用的声乐唤起。

丁，模仿音乐的症候：偏离传统的或突出音响、不寻常的模式和再现、自我指涉化、偏离叙述合理性与指涉/语法的一致性。

但有了这些证据的一部分并不等于就一定是音乐化小说，还要看文本本身是否具有音乐效果。于是，作者又列出了不同层面上一系列的音乐化技巧。以这些证据为识别标准，作者认为劳伦斯·斯坦恩（Laurence Sterne，1713—1768）的"种子小说"《项迪传》（*Tristram Shandy*）虽然创造出了后来在音乐化小说中使用的很多技巧，但文本并没有明显模仿音乐化的倾向，因此，西方英语小说史上，英国作家托马斯·德·昆西（Thomas De Quincey，1785—1859）的《梦的赋格》（*Dream Fugue*，1849）才是第一部真正的音乐化小说。接下来，作者以另外六部杰出的音乐化小说为例，结合自己的理论框架，详细阐述每一部小说的音乐化症候及美学功能。他认为，现代主义小说音乐化的第一个高潮是乔伊斯的《尤利西斯》中的"塞壬"插曲，接下来是伍尔夫的《弦乐四重奏》（*The String Quartet*，1921），阿道斯·赫胥黎（Aldous Leonard Huxley）的《旋律与对位》（*Point Counter Point*，1928），萨缪尔·贝克特（Samuel Beckett）的后现代主义小说《乒》（*Ping*，1967），真正的文学、音乐双重天才安东尼·伯吉斯（Anthony Burgess，1917—1993）的《拿破仑交响曲》（*Napoleon Symphony*，1974），夏希波维希（Gabriel Josipovici，1940—　）的《赋格》（*Fuga*，1987）。作者勾勒的八位作家分别代表英语小说音乐化史上特殊的面向和成就，为我们生动地呈现出琳琅音乐技巧的巧妙文学性转化。难能可贵的是，作者将所有修辞、技巧的转变放在更博大的文化、心理、艺术史背景中，使这些技巧不但获得了文化意义的支撑，而且技巧与技巧之间，作品与作品之间，都有息息相关的或承继或发展或逆反的关联痕迹，行文严谨又不失活力。可以说，《小说的音乐化》涵盖了绝大部分的小说借鉴或模仿音乐的证据、技巧以及功能，因而，的确是一本比较"全面"的著作。但问题是，这些被肢解、对号入座了的音乐化技巧与功能似乎并不能完全满足对这些实验性①作品艺术性的理解。也许正是在这一点上，又印证了所有艺术品都某种程度上具有音乐性的说法。其实，其中正蕴含着中国人在理解艺术作品时的关键词之一：只可意会不可言传的真正奥秘——生命的活力。这也正是本书阐发的起点。

　　这里值得一提的是，协会的其中两位创始人在文字与音乐研究基础上，已将研究领域扩展到各种不同媒介间的关系，成立了媒介间（Intermediality）研究中心，也聚集了一批研究者，中心已出版四大套丛书。

　　另外，在《音乐和文学：伯吉斯与福斯特作品中的音乐——跨学科研

---

① 书中选择的音乐化文本基本上都是具有实验色彩的小说。

究》① 中，维尔纳·沃尔夫认为，该书作者无视近年来叙事学以及文字与音乐研究的许多成果，以致不能更好地在已有的学术轨道上推进，但作者的较有创新的思维与写作、专业的知识背景，还是使本书成为名副其实的"跨学科"研究②；还有史蒂文·本森的《当代小说中的书面音乐》③；克劳斯－尤里奇·维奥尔的《当代英国小说，流行音乐与文化价值》④，该书集中在当代英国小说中的音乐形式与文化功能，是近年来较有价值的著作，在一定程度上拓展了小说与音乐已有的研究领域⑤。格里·史密斯的《聆听音乐——当代英国小说中的音乐》⑥，介绍中对音乐和文学这一学科及研究成果做了清晰的梳理。的确，正如作者指出的，已经有相当多的词语被创造出来形容这样一种小说⑦。该书的五个部分，除了第一部分的介绍，分别是从斯坦恩的《项迪传》（1760—1767）到安东尼·伯吉斯的《莫扎特和狼帮》（*Mozart and the Wolfgang*，1991）这 200 多年间的 9 部著名作品中音乐的作用与表现，以及小说中的音乐类型如民乐、爵士乐、流行音乐、嘻哈乐等；音乐与小说类型的关系；当代英国小说中的音乐的运用。从书的内容可以看到，和文字与音乐研究协会同人的试图建构严谨的研究体系不同的是，该书拥有更灵活自由的

---

① Erik Alder/Dietmar Hauck, *Music and literature*: *Music in the Works of Anthony Burgess and E. M. Forster. An Interdisciplinary Study*, Francke, 2005.

② 参见 Werner Wolf, "Erik Alder/Dietmar Hauck, *Music and literature*: *Music in the Works of Anthony Burgess and E. M. Forster. An Interdisciplinary Study*", Arbeiten aus Anglistik und Amerikanistik（AAA）32（2007）：101 – 104。

③ Stephen Benson, *Writing Music in Contemporary Fiction*, Ashgate, 2006.

④ Claus – Ulrich Viol, *Jukebooks*: *Contemporary British Fiction*, *Popular Music and Cultural Value*, Heidelberg：Carl Winter Universitatsverlag, 2006.

⑤ 参见 Werner Wolf, "Claus – Ulrich Viol, *Jukebooks*: *Contemporary British Fiction*, *Popular Music and Cultural Value*", Anglistik（2009）：212 – 216。

⑥ Gerry Smyth, *Music in Contemporary British Novel*: *Listening to the novel*, Palgrave Macmillan, 2008.

⑦ 比如，melopoetic fiction, musical fiction, the intermedial novel, the ekphrastic novel, verbal music, music – novel 等。

想象和研究空间。艾兰·肖克莱的《语词里的音乐：二十世纪小说中的音乐形式与对位》① 等众多的著作，都对英语小说中的音乐做了广泛且卓有成效的探索。法国也是个跨艺术研究成果丰硕的大国。在音乐—文学方面的研究，如我们在上面已经提到过的埃丝卡勒、巴克斯等学者的研究，还有已经翻译成中文的《法国浪漫主义时期的音乐与文学》② 等。

　　总体来看，中国大陆在以往的文学与音乐的关系研究当中，主要注重中国传统的诗词曲与音乐的关系上，对小说的关注比较少。在较少的关注之中，还存在至少下面三个问题：一是随意的"印象式"研究。大部分对小说的音乐性或音乐化研究都是基于个人的阅读感觉或体验，这固然是任何文学研究的基础，但是因为既然是研究，就有必要让鲜活的"印象"纳入理论框架中。并且，这一点在东西方的研究领域都"臭名昭著"，致使小说与音乐的研究处境尴尬。二是概念问题。正是因为对概念的使用随意，如什么是小说的音乐性或小说的音乐性与音乐化是否可以混用等相关概念没有严格的区分，导致不能真正有效地对小说与音乐这一特殊的关系进行比较系统全面的梳理。三是一直受质疑的研究意义问题。这是个很普遍的问题：小说与音乐有关系吗，值得这么小题大做吗？一定程度上，这是前两个问题的直接后果。当然，同时由于小说与音乐的关系的确不是特别容易把握，并且不是所有的小说都能够与音乐联系在一起来考察。也就是说，小说与音乐的关系的研究对象，只是局限于一小部分。即使只是一小部分，也不能忽视其特殊的意义：考察二者之间到底能够如何互惠，以及二者之

---

　　① Alan Shockley, *Music in the Words*：*Musical Form and Counterpoint in the Twentieth - Century Novel*, Ashgate, 2009.

　　② ［法］雷翁·吉沙尔：《法国浪漫主义时期的音乐与文学》，温永红译，百花文艺出版社 2005 年版。

间互为参照时可能性的限度在哪里等。

如上文显示的，国外对小说与音乐的关系已经有了比较系统透彻的研究，从研究中心的形成、发展，研究人员的交流以及研究成果的出版等，各个环节都有了比较成熟的机制。其研究方法、理论对国内的学界都有值得借鉴的地方，但也不能一概照搬，原因有三。其一，中西方在艺术思维上巨大的不同，导致对西方小说与音乐的关系而言，音乐性并不是个合适的切入点。任何坐实的技术研究，理论上来说都只能是音乐化的，而非具有音乐性的中国现代小说特有的那种带有作家强烈个性特征的生命节奏。其二，西方小说与音乐的历史联系，与中国现代小说和音乐的联系语境，也有着质的区别。西方人擅长的鸿篇巨制与复杂机构，充分地体现在小说史与音乐史之中，历史悠久，其与音乐的关系也必然更复杂。其三，西方小说与音乐的关系，以及中国现代小说与音乐的关系，这之间有一个落差问题。即对前者而言，模仿与借鉴只是不同艺术门类之间的问题，而后者除了这个问题，因中国现代小说中指涉、借鉴或模仿的音乐大多是西方古典音乐，还有中国音乐与西方音乐不同的问题。所以，即使面对这样一整套完整的理论，我们也只应更清醒地反观自身的问题与特质。比如，小说音乐化的关键概念之一"文字音乐"（word music），由于汉字是表意而非拼音文字，与英语不同，处置这个概念时便会出现很多不同的内涵，如使用技巧或效果上的相异。还有如结构类比方面，差别也很大。而这个差别，主要还是由文化背景、音乐思维方式的不同决定的。用严锋的话来说，中国现代小说中"这种音乐有着浓厚的中国民乐特色，它生生不息地流动，但是这种流动是一种循环往复，完全不同于西方常见的那种时间性的展开"[①]。正是在这个基础上，本书的最终视点落在了音乐性上。正如米兰·昆德拉所说，"十九世

---

① 严锋：《张炜的诗、音乐和神话》，《当代作家评论》2002 年第 4 期。

纪制定了小说结构的艺术，而我们的二十世纪则为这门艺术带来了音乐性"①。
而"文人乐迷"能够"鸣响"出从未有过的"弦外之音"②，除了种种所谓的
音乐化技巧，还有更深层次生命力在推动。

基于上面的研究综述，本书以小说音乐化理论为参照框架，接下来对小
说的音乐性概念进行初步的界定，将对作品的"印象式"解读纳入概念轨道
中，从而让解读行为本身，回答这一领域的研究意义问题。

三　相关术语的界定

（一）音乐性

音乐性，作为一个形容词性质的词汇，可以被人们用来形容任何带有旋
律感和节奏感的艺术作品。如我们经常可以听到人们说"这个音乐性很强"
"那个音乐性很强"，我们似乎很明白这个"音乐性强"是什么意思，然而就
像那句著名的"没有人问我，我倒清楚；有人问我，我想说明，便茫然不解
了"③，它的内涵没有特定的所指，它的领域也极其模糊。如此一个模糊却频
繁使用的词汇，是不是已经预设了一个人所共知的概念场域？那么这个场域
到底具有什么样的特征和轮廓？目前，关于现代小说音乐性的研究主要问题
在于：概念的使用混乱、随意，致使探讨不能深入。为了使我们的讨论更具
有针对性，使关于音乐性的研究有序地、阶段性地进行，这里有必要对音乐
性概念在本书中的使用进行说明。

本书的音乐性，特指小说借鉴或模仿音乐技术以及由于契合了生命节

---

① ［捷克］米兰·昆德拉：《被背叛的遗嘱》，余中先译，上海译文出版社 2003 年版，第 21 页。
② 指昆德拉从小说家和音乐家的眼光谈小说和音乐。参见杨燕迪《听昆德拉谈音乐》，《乐声悠
扬》，上海音乐出版社 2000 年版，第 120—123 页。他认为，昆德拉"在小说布局中体现出的精准的形
式感觉，来源于艺术音乐中乐章速度变化的惯例和伟大作曲家对这些惯例的超越"。
③ ［古罗马］奥古斯丁：《忏悔录》，周士良译，商务印书馆 1994 年版，第 242 页。

奏而使作品具有的音乐性质。这里的音乐性不是在乐理意义上的音乐理论探讨，而是在更为普遍的意义上理解的万物具有的生生不息的生命冲动与内在活力，是在具备旋律性质、节奏感的最基本因素的前提下，或者说具备旋律性质、节奏感的最基本的生命动力的前提下，一切生命和艺术形式具有的一种生命的特性。因而，这种音乐性是动态的、有生命的。同时需要指出的是，与维尔纳·沃尔夫的小说音乐化概念（一部文学作品有意识地模仿或借鉴音乐技术）相比，这里的音乐性包含了有意识的模仿或借鉴音乐，和无意识的由于契合了生命节奏而具有的音乐特征。换句话说，由于音乐化是有意识的技术模仿，在本书中是作品获得音乐性的手段之一，与无意识的生命节奏一起构成音乐性不同层次的丰富内蕴。因此，小说的音乐性不单是语言上、结构上，更是思维、体验上的，甚至是作品本质上的。如果说音乐化作为手段，在时空中勾画出了一个艺术作品的结构框架，赋予无法理性化的人类精神理性的外形，那么音乐性正是这个结构框架内外洋溢着的生命气息。我们需要手段，而目的不是手段，而是手段指示的可以言说的与不能言说的。

（二）小说音乐性的显性特质与隐性特质

为了实现对音乐性进行量化研究，本书中使用显性特质与隐性特质的区分。显性特质是指构成小说物质形式外在的语言、结构方面的音乐性。某种程度上可以说，小说的音乐化表现出来的特质就是显性的；隐性特质是指从文气、旋律以及从生理意义上理解的生命形式的音乐性特征与感知。换一个说法，如果说显性特质是小说的躯体枝干的音乐性的话，那么隐性特质则主要指小说的精、气、神的音乐性。两者不但不是截然分开的，恰恰相反，我们要抽象地理解物质形式的精神性，还要赋予抽象的精、气、神具体可感的物质形式。

四　研究对象、思路和方法

在谈到艺术门类的异同时，基本的思路都是从艺术的起源开始谈。本书在这个众所周知的基础上，回顾梳理相关的研究文献和思路之后，直接进入问题的核心部分：小说的音乐性研究。

为了清楚阐述本书的讨论对象，在初步的概念界定之后，还有两个需要说明的地方。

（一）研究的对象

本书的研究对象是一些具有音乐性的中国现代小说，具体来说，就是明确借鉴与模仿音乐技术的一部分实验小说，以及一些由于契合了生命节奏而具有音乐性的小说。

（二）研究的方法

研究方法中至关重要的问题是研究的立场和角度。本书将参考《文学和各学科的艺术关系》①一书中所说的第一种角度：主要站在小说的立场来谈论小说的音乐性，在比较艺术学与比较文学的视野中，进行二者之间可能的对话。需要提及的另一个重要参照是维尔纳·沃尔夫对小说的音乐化的研究理论框架。选择这样一个框架的理由是符合中国现代小说的音乐性情况的。

由于中国现代小说的音乐性研究属于小说形式的审美范畴，既抽象又感性，纯粹的史料与枯燥的学理分析都不足以揭开问题的真相。本书采用理论概括与文本细读相结合的传统方法：以量化的形式对抽象的小说的音乐性分层次进行衡量和分析。具体来说，将小说的音乐性分为隐性特质和显性特质，

---

①　Barricelli and Gibaldi，ed.，*Interrelation of literature.* New York：The Modern Language Association of American press，1982：226.

再分别以代表性的小说说明其中的内涵。每一部小说主要考察一个突出特征，在论述过程中，从几部小说辐射至中国现代小说史，做横向与纵向的对比与勾勒。其中，案例小说的选择标准有三：一是现代文学史上得到普遍共识的有影响的小说；二是可以充分体现本书的论旨和分析问题的需要的；三是选取的小说应具有音乐性的典型特征。

本书将微观研究放在宏观视野下考察，既强调艺术内部规律的独立性，也不忽视外部环境的刺激和催化孕育作用。

本书研究的关键在于从感性的小说文本解读的角度，释放小说的艺术张力，从而抵达小说艺术以及生命的内核。努力以清晰的语言跟踪小说音乐性的产生与变化，要特别指出的是，本书试图呈现的只是进入小说道路的一种敞开，而非盖棺论定式的审判。同时，在文本解读的过程中，贯穿理论上的阐发与概念思考、梳理。

需要特别指出的是，关于小说的音乐性研究是基于作者与研究者的双重兴趣（文学和音乐）。一般来说，大多数作者与研究者都是文学专业，音乐是业余爱好，所以本书基本上是从文学性思维来理解的音乐，故不能以严格意义上的音乐理论来要求与评判。

与维尔纳·沃尔夫的音乐化研究的体系化、全面的概念整理与实践不同的是，碍于时间与笔者学识，本书只是选取小说音乐性的几个要素来展开，而把更深入的探讨留给自己以后的边学边问生涯。

第一章　小说的音乐性

　　在谈论小说的音乐性之前，我们必须先给出这样一个话题的背景。本书参照的一个理论是维尔纳·沃尔夫的《小说的音乐化——媒介间性理论与历史研究》，但参照的目的是更凸显本书所指的音乐性的特质。在维尔纳·沃尔夫的书中，作者将小说的音乐化研究置于文化研究——比较文学——比较艺术学——音乐—文学媒介间性研究——文学与音乐——文学中的音乐的框架中，研究叙事文学（特别是小说）对"姊妹艺术"——音乐的借鉴与有意识模仿，有其合理的学理依据。其研究思路与方法是典型的逻辑、分析、归纳式的。虽然本书也可以尝试类似的方法，而且必然在本书的部分内容中这么做，但鉴于中西方艺术思维与旨趣的不同，本书谈论的音乐性也包含了音乐化的那一部分内容，更重要的一部分是中国文化本身孕育出的艺术的音乐性特征。因此，中国文化中的音乐性特质就显得极其重要。只有勾勒出我们自己的音乐性轮廓，研究才能更自由地展开，才能言之有物。鉴于此，这一章，先从生命、艺术与音乐性三者在中国艺术精神中的天然联系谈起，而后论述小说的音乐性特征（这一节是总述，将在下面的章节中具体展开），最后探讨小说形式与音乐性的深层关系。

第一节　生命与艺术的音乐性

音乐性在中国的生命意识以及艺术体认中具有极其特殊的地位和作用。归根结底，是由于在中国人的生命与艺术范畴中，这二者本身都是具有音乐性的。下面分三部分予以论述。

一　独特的生命体认

什么是生命？如果仔细思考，大概没有人敢说这不是一个令人困惑的问题。千百年来，人们从生物学、物理学、艺术学等角度的众多阐释，似乎已经很明确了，但又似乎总是不能圆满，从每一个学科给出的定义都是有残缺的，都有待于另一个学科的补充。比如从生物学角度来看，生命至少具有以下一些特征：是个有机结构，能够生长与繁殖，会从环境中摄取力量，具有应激性等。这是生命的形体特征。而相对于生命的精神性特征来说，如果以生命为中心上下区分的话，这个形体特征只是形而下的部分，是基础，是前提，是动物性的部分，正是所谓的"下半身"；是形而上部分决定了人的生命与动物的生命的区别。总的来说，是肉体与精神的统一构成完整的生命。由于生命有一个成熟到衰弱的过程，因此无论这一次的生命现象怎样繁华过，最后总是要凋零、消失。于是总的来说，生命过程总是在欢欣与失落、现在与永恒之间焦急地对峙，在正面与反面力量的消长中不可避免地走向尽头。因而，所有的生命都具有唯一性、不可替代性。艺术作为人类感知世界的精神形式产物，具有同样的构成基础，只是在艺术中一切都是符号化地再创造出来的。

中国人自古就有一套不同于西方人的生命观。"天地氤氲，万物化醇；男女构精，万物化生"（《易传·系辞下》）。生命是在天地一片混沌之中孕育出来的，"乾道成男，坤道成女。乾知大始，坤作成物"（《易传·系辞上》）。"大化流行，生生不息"，二气交感，万物始生，变化无穷，生命不尽。乾为天，坤为地，男女是中间的人道，天、地、人是相生相契的统一体。在中国人看来，是"充盈大宇而不窕"的气，化生出宇宙的细微物质存在。气聚则生，气散则亡。因此，人之为人，应顺应天地（道家），应"知天命"（儒家），"天人合一"是人与自然神秘和谐的最高境界。于是，中国的人与自然关系是出于一种敬畏的心，必须倾听并顺应的对象。即使在儒家这里更重视"人道"，但那也是在君子"三畏"之一的"畏天命"的纲领下的。就连对人体本身的理解，也是基于这样的基础之上的。《黄帝内经·阴阳应象大论》："阴阳者，天地之道也，万物之纲纪，变化之父母，生杀之本始，神明之府也。""阴静阳躁，阳生阴长，阳杀阴藏。"在《黄帝内经·阴阳离合论》中曰："而人为一小天地，故南面而立，则身中气化，合乎天地之道也。前曰广明者，心之部位，神明广大也；后曰太冲者，冲脉部位，与肾连属，肾名少阴也。……"人本身就是个小宇宙！

而在西方人那里，人是宇宙的灵长，自然是人行为的对象。从唯物史观看来，人的生命也是物质性的，生命现象可以通过科学的方法得以理性的解释，甚至精神状态也可以通过脑部神经的变化来测度出来。而中国人对生命精神层次的理解，则与对生命本身的理解密不可分。元气说、阴阳五行观念等统摄了整个中国思想文化史。其中的阴阳这一对矛盾对立又相互依存并不断在转化之中的概念，从原始的朝阳与背阳意义发展到具有无限生成力的元概念，本身就是动态的生命过程。《周易·易传》篇："一阴一阳谓之道。"

老子曰："道生一，一生二，二生三，三生万物。"（《道德经》）"道"在这里又作为万物之母出现，作为天地间生命的第一个元精神概念出现。也就是说，对道的把握应是在动态的变化中辩证地、全面地把握的。这大概也是中国的文化后来总是倾向于以虚来把握实的原因之一，因为太落实了就已经离道很远了。在毕达哥拉斯那里，"一"是万物之母，"二"是对立原则，"三"是万物的形式……与东方哲学可谓殊途而同归，也正是在这个意义上，我们可以理解早在公元前6世纪的古希腊毕达哥拉斯的"万物皆数""宇宙音乐"与中国哲学的契合，理解人体的神秘结构与音乐、数学甚至宇宙的音乐性契合。但西方的科学主义显然对他们生命观有着更为深远的影响。这从一直以来的中西医优劣争论，也许可以看出二者生命观的区别。中医历来重调养、重整个生命体与自然万物的和谐运行，而西医则重治疗效果的显著性、可重复性，所谓头痛医头，脚痛医脚是也。中医和西医孰优孰劣不是我们这里讨论的范围，但由此可见二者建立在根本不同的生命观上。这种不同几乎渗透到所有的领域。具体到艺术中，虽然中西方都承认艺术品本身也是个有生命的形式，都应赋予作品生命气息，但由于对生命这个基础现象的理解方式上的不同，导致之后的发展也大相径庭。正因为如此，无论是理解东方的艺术还是西方的艺术，都必须放在各自的文化传统中来看，否则很可能南辕北辙，或终究只能触及表层的形式。

二　源于自然、生命的艺术

靠天地吃饭的农业大国，孕育出来的独特的生命意识乃至对艺术的理解和期待，有两大民族特色。

第一，艺术与生命、宇宙的自然契合。从音乐方面来看，《吕氏春秋·大乐》篇云："音乐之所由来者远矣：生于度量，本于太一。太一出两仪，两仪出阴阳，阴阳变化，一上一下，合而成章。混混沌沌，离则复合，是谓天常。日月星辰，或急或徐；日月不同，以尽其行。四时代兴，或暑或寒，或短或长，或柔或刚。万物所出，造于太一，化于阴阳。萌芽始震，凝寒以形；形体有处，莫不有声。声出于和，和出于适。和、适，先王定乐，由此而生。"可见，中国的音乐，是根植于天地的"大乐"。虽然，《礼记·乐本》篇中从人本身来解释音乐的产生，这种音乐大概属于"人籁"吧："凡音之起，由人心生也。人心之动，物使之然也。感于物而动，故形于声。声相应，故生变，变成方，谓之音。比而乐之，及干戚羽旄，谓之乐。"中国的先民们早已取得令人惊叹的音乐成就。比如，近年考古学者在河南舞阳发现的贾湖骨笛系列，其中有被誉为"中国第一笛"的有七个孔，证明早在约 8000 年前，中国就已经具备了当时世界上最完善的吹奏乐器，具备传统十二律中的八律了。而在延续 1000 多年的贾湖文化中，骨笛系列也显示出从四声、五声直到七声音阶的渐进发展过程。而这个发展，依然是根源于传统的耕读文化，根植于生活于其中的大自然，这从十二律的制定也可以充分体现出来，《吕氏春秋·音律》篇的说法之一是："大圣至理之世，天地之气合而生风。日至，则月钟其风，以生十二律。仲冬日短至，则生黄钟；季冬生大吕；孟春生太簇；仲春生夹钟；季春生姑洗；孟夏生仲吕。仲夏日长至，则生蕤宾；季夏生林钟；孟秋生夷则；仲秋生南吕；季秋生无射；孟冬生应钟。天地之风气正，则十二律定矣。"虽然《吕氏春秋·古乐》篇中还记有另一个说法，认为是黄帝时期的伶伦所制，但都不影响我们得出这样的结论：音乐与自然宇宙的生息相连，即韩林德所谓的"宇宙的音乐化，音乐的宇宙化"[①]。

---

① 韩林德：《境生象外——华夏美学与艺术特征考察》，生活·读书·新知三联书店 1995 年版，第 195 页。

《庄子·天运》形容的大乐是这样的："听之不闻其声，视之不见其形，充满天地，包裹六级，汝欲听之而无接焉。"这与毕达哥拉斯的"宇宙音乐"具有相似之处。在毕达哥拉斯看来，自然的法则就是艺术的法则，宇宙的自然结构与音乐的音高等结构之间存在着类似的数比例关系，由此揭示出人、宇宙、艺术之间内在联系的点。虽然与中国大乐倾向的浑然忘机、"大化流行，生生不息"的自在不全相同，但也可以看到中西在对宇宙的音乐性理解上的一致。有一个很直观的例子是，中国的单线音乐如简朴古拙的古琴音乐，在我们的眼里首先从琴体本身来说，已经体现了天圆地方以及数的和谐的哲学观念。同时，几乎对每一个音的要求都细致到体现独有的生命形式的程度，正如对歌唱的"歌者上如抗，下如坠，曲如折，止如槁木，倨中矩，勾中钩，累累乎端如贯珠"（《礼记·师乙》）的描绘一样。因而，抚琴既是完成音乐基本的演奏程序，更是人与天地的生命感应："寂然凝虑，思接千载；悄焉动容，视通万里"（《文心雕龙·神思》）。中国的所有的艺术门类几乎都打上了这样的烙印。比如我们常说胸有成竹，所以虽逸笔草草，却兴味无穷："蕴古今之妙而宇宙在乎胸，穷造化之源而万物生于心"（宋张怀邦《山水纯全集·后序》），"画之道，所谓宇宙在乎手者，眼前无非生机"（明董其昌《画禅室随笔》）。

而这在西方人的眼里，简直无法理解。在他们看来，太单薄了，结构呢，力量在哪里，怎么能够从这么个点里看出那么多东西，那些东西从哪里来的？文化思维的差异不是简单的几句话可以说清楚的。所谓的"音乐无国界"，其实真正交流起来的时候，深入下去，常常还是会答非所问。在西方人眼里，很有代表性的一个看法是"音乐美是一种独特的只为音乐所特有的美。这是一种不依附、不需要外来内容的美。它存在于乐音以及乐音的艺术组合中"①。也就是说，在他们看来，巧妙的是结构组合和关系本身的巧妙，要展示出来的是结构内部的对比、和谐、对话、繁杂与复调对位的关系，是生命过程中的挣扎、恐惧、激情、宁静，而后又丢弃宁静，追求新一轮的自我蜕变的美。比如，康德就将音乐美看作"感受的游戏"（Spiel der Empfindungen）的形式，是一种"乐音关系中的数学的形式"②。因此，西方音乐在对组合与关系的探讨中发展出极为博大精深的结构体系，其深度和广度，早已成为无法超越的高峰，以致后现代音乐徘徊在形式和表达间玩概念，并且和所有的后现代主义艺术一样，跌进了平面、拼贴、戏仿、以瞬间的创意来赢得作品之外的含义的泥坑，美已经变得"认不出是美"了。

在这里，我们需要顺便指出的是，中国现代作家在进入西方古典音乐时，免不了会迷失在声音的丛林里。比如对沈从文而言，吸引他的一个关键是总能够在纷繁的声音世界中很清晰地发展自己。这一点，会在下面的论文中继续展开，此处点到为止。

第二，"实处之妙，皆因虚处而生"的"虚空"艺术生命的流转。中国人喜欢点到为止，欣赏"言有尽而意无穷"的艺术境界。所谓"不着一字，尽得风流"（司空图《诗品》），"玉版《十三行》，章法之妙，其行间空白处，俱觉有味""大抵实处之妙，皆因虚处而生。故十分之三在天地布置得宜，十分之七在云烟断锁"（清蒋和《学画杂论》）。石谷与南田则云："人但知有画处是画，不知无画处皆画。画之空处，全局所关，即虚实相生法，人多不着眼空处，妙在通幅皆灵，故云妙境也。"我们所讲的灵动、韵味，都是在虚实

① ［奥］爱德华·汉斯立克：《论音乐的美》，人民音乐出版社 1980 年版，第 49 页。
② 同上书，第 2 页。

相生之中变幻出来的。由于一般人大多关注的是实的那一部分，实际上正是因为虚才对比、衬托出实。某种程度上，虚在这里扮演着"器"的角色，是虚的形式决定实的特征，决定作品的是否空灵。这是中国古代艺术理论的精华高妙之处，也是颇为难解之处，而且回到了一直强调的原点：只能在与生命的相契之中体验与领会。

小说之不同于诗歌与绘画，正因为小说已经"说"得太多，其"风流之处"何在呢？笔者认为，就在于文本或隐或显的音乐性之中。此处之所以特别指出这一点，是因为在中国现代小说特别是抒情或诗化的小说中，诗歌的意境、气韵等范畴已经被引入小说当中。比如废名，他说自己："就表现的手法说，我分明地受了中国诗词的影响，我写小说同唐人写绝句一样。"① 李健吾在谈及废名的作品时也曾指出他句与句之间最长的空白，令读者不得不在这最长也最耐人寻味的空白逗留。沈从文也一再呼吁，若短篇小说作者"肯从中国传统艺术品取得一点知识，必将增加他个人生命的深度，增加他作品的深度"。并且这主要指的是"有个传统艺术空气，以及产生这种种艺术品的心理习惯，在这种艺术空气心理习惯中，过去中国人如何用一切不同的材料、不同的方法，来处理人的梦，而且又在同一材料上，用各样不同方法，来处理这个人此一时或彼一时的梦"。因为，"一切艺术都容许作者注入一种诗的抒情"②。另外，《礼记·乐记》说道"一唱三叹，有遗音者"，小说中各种形式的重复也是一种重要的抒情手段。比如老舍《月牙儿》中"月牙儿"的一再重复，使小说呈现出"一唱三叹"的抒情气质。

在中国人的眼里，艺品就是人品，更是作者生命境界的直接呈现，是

---

① 废名：《〈废名小说选〉序》，《冯文炳研究资料》，知识产权出版社 2010 年版，第 109 页。
② 沈从文：《短篇小说》，《沈从文全集》（第 16 卷），北岳文艺出版社 2002 年版，第 492 页。

作者追求自由生命的心迹。所谓的"取法自然，高于自然""无我之境"，以及那一大批用来描绘作品韵味的形容词"高旷""飘逸""清逸""悠远""幽深"等，千百年的境界积淀对后人来说，每一个词后面都有一双或迷惑或茫然或淡定的眼睛穿越生活的尘埃，将目光投向人生远处的虚空：人生的有限，个人在宇宙自然中的渺小，一种"人生代代无穷已，江月年年只相似。不知江月待何人，但见长江送流水"的苍茫永远在艺术家的心灵上空盘旋。而这种苍茫的底色，是人在自然面前的谦卑，是"顺其自然"，虽然这里的自然已不是我们前面的意义上的自然，但也从一个侧面反映了人类从倾听自然、顺应自然中获得生命和谐的愿望。这种顺其自然的追求贯穿在整部中国艺术史之中。艺术，作为有限对无限、超越、自由、永生的渴望的有机生命形式，始终流注着一种与自然生命、宇宙和谐的音乐性。因为艺术作为一种直接呈示人类情感活动状态的符号结构模式，决定了由人类创造出来的艺术作品本身，也是包含着各种张力之间的关联、发展、消除，从平衡到不平衡等的有节奏的活动模式。和生命过程一样，它既稳定地显示出连续性的一面，同时在这种稳定中保持着不稳定的因素，以继续发展。从这个意义上，我们可以说，音乐性是艺术与生命相契的神秘道路。

三　作为生命与艺术内在结构的音乐性

音乐性在作为艺术与生命相契合的道路之一的同时，作为二者的内在结构先验地存在于所有的生命形式中。韩林德在《境生象外——华夏美学与艺术特征考察》中，采用元气论与阴阳五行、易学、"律历融通说"进行论证后，令人信服地提出了宇宙音乐化、音乐宇宙化的观点，进而得出别开生面的关于中国艺术精神的结论："音乐（时间艺术）是华夏的最高艺术，音乐性

（时间性）是华夏艺术的灵魂。……其他门类艺术（不论是诗和舞，还是书和画），如若抛弃音乐性，必'缺大羹之遗味'，很难不丧失生命力。"①

在作者看来，五声十二律、一年四季十二个月、五方东西南北中、六气五行与天地之气（风）之间有着对应关系，由此形成了宇宙、音乐一体化的华夏美学观。这样，在强调中国艺术的最高境界是天人合一的浑然，最高目标是表现和体悟超越形体的宇宙本体时，我们实际上有着很坚实的生活基础。中国人的诗意，中国人的天生与自然节律脉搏一起跳动，中国人的时空意识，都具有内在的音乐性。甚至可以说，从中国文化的建构本身来看，也是一种极具音乐性的文化："如果有心人按照司马迁所示，对宇宙天地'仰观俯察'远望近察、连续关照一年，目光由北东南西环视苍穹一周，耳朵由冬春而夏秋聆听'天地之气'（风）十二个月，心灵对十二音律的变化感知一遍，那么终有一天，会顿然悟解：我们立身安命坐在的宇宙中，原来存在着最美的图画，最妙的音乐！"② 大概这就是庄子所谓的天籁、地籁、人籁，徐志摩所谓的"一切都是音乐做成的"吧！而生命、艺术与音乐性也就是这样自然地统一在一起，并且成为二者自然的血液，时而明显，时而隐蔽。只是在不同艺术门类的发展当中，音乐性的作用与被强调的程度不一，有时几乎淹没在生命的光环里，或者说在各艺术门类独立的发展体系中显得更不为人注意了。正像空气的无所不在但我们很难觉察到其存在一样，只有在空气循环严重不良的情况下，我们才能体会到其存在的性质。在沃尔夫的小说的音乐化当中，音乐之所以屡屡作为美学统一与宇宙秩序象征的功能而存在，就是因为音乐作为手段和目的的双重功能，以及音乐本身代表的音乐性是其最有效的有机

---

① 韩林德：《境生象外——华夏美学与艺术特征考察》，生活·读书·新知三联书店1995年版，第1页。

② 同上书，第199页。

生命的黏合剂。正是在那种现代或后现代支离破碎的艺术美学语境下，才更凸显出音乐性作为内在生命结构的天然血液的亲和力，而不仅仅是作为小说从音乐那里借来一条贯穿话语片断的线，使结构不至于崩溃。从这一点也可以说是音乐性在现代主义艺术或后现代主义艺术中的启示意义，虽然这远未引起足够的注意。

如果说生命与艺术的统一是在更高的精神范畴上，可以说音乐性是对各艺术技巧层面上的精神要求，同时并不能完全与二者相分离。只要看看当人们谈论任何一门艺术时，用节奏来形容无论是纵向还是横向上的把握时，就可以知道音乐性是意识中不可或缺的方式。比如，被认为是最抽象的中国艺术——书法，其笔画、字与字、行与行之间的节奏、书写速度的节奏就是一门深奥的学问，有人甚至认为"书法是无声的音乐"，因为在入境方式、结构等方面存在同质性①。韩林德在《境生象外——华夏美学与艺术特征考察》中也以具体作品为例，分析了诗词、舞蹈、戏曲的音乐性特征。在所谓的空间艺术绘画、雕塑中，同样的，我们也可以看到音乐性（时间性）在其中的渗透。如康定斯基著名的音乐绘画；从内容来看通过抓住表现对象的某个点，辐射出的这个点前后的过程；从构图来看疏密的分布节奏；从气息来看，空间上的气韵流动，正是"远山一起一伏则有势，疏林或高或低则有情"（明董其昌语）。甚至在围棋、太极拳等文体项目中也是如此，讲究气息的流动、节奏的把握，讲究"养气""蓄势"的阴阳虚实变化，非此不足以把握人生三昧（精气神）。这一观念深深地影响了各艺术门类，以致韩林德认为"如若抛弃音乐性""很难不丧失生命力"。

韩德林在《境生象外——华夏美学与艺术特征考察》的后记中说其书的

---

① 庞荣：《论书法与音乐的同质性》，《书法赏评》2009 年第 5 期。

写作吸收了宗白华、李泽厚的精辟论述。而我们在前面已经提到，宗白华的《美学散步》深谙中国美学的神髓：节奏。韩林德的将音乐（时间艺术）、音乐性（时间性）作为理解中国艺术精神的入口，是将这一神髓直接放到亮光下来检验。徐碧辉认为在中国美学史上，这是首次把音乐性（时间性）作为中国艺术精神的本质特征，"不夸张地说，这一论点的提出，使中国古代美学研究走上了一个新台阶，因为，人们将由此真正把握中国美学的核心和中国艺术的本质，由此而继续深化和展开对中国美学的研究与把握，进而更加深入准确地把握中国文化精神"①。的确，音乐性的提出有助于解决中国艺术精神中相当重要的一个方面：抒情性的生命意识。徐碧辉认为必须指出的是音乐性在韩著中主要是指时间性，虽然这两者本来就是同一个事物的两个方面。

在韩林德看来，音乐性在艺术中另一个重要的表现是，中国美学中重要的概念之一：意境的音乐性。他认为从本质上看，意境是本体性、时间性、音乐性的。因为意境产生自意象又超越于意象，意象的美学特征一般表现为虚与实（意与象、心与物、情与景）二者统一而偏重于"实"（像）；意境则突出表现为虚（宇宙本体之太虚、世界实相之空无）与实（意象）二者的统一而偏重于"虚"（本体化和实相化），是那种能深刻表现宇宙生机、世界实相和人生真谛的艺术化境。② 意境作为中国古典美学中一个极有特色的概念范畴，几乎可以用来衡量所有艺术种类的品格。

这一概念同时与气韵相辅相成。"气韵"这个与生命息息相关的中国艺术精神的关键词，其音乐性和意境一样，也具有本体意义。这个词，一开始是

---

① 徐碧辉：《时间与生命的艺术》，参见 http：//www.caae.pku.edu.cn/china/HTML/430.html。徐文进一步论述了中国人的时间意识如何与生命艺术融为一体。

② 韩林德：《境生象外——华夏美学与艺术特征考察》，生活·读书·新知三联书店1995年版，第176页。

用来品评人物的精神面貌和仪态气质的，继而被频繁用到画论中，直至成为衡量各艺术领域成败的一个高高在上的神秘标准。千百年来，人们似乎只能用心来品评另一颗心的跳跃，通过心灵感应的神秘方式，直接领悟对象的气韵。原因有二：其一，因为气韵如旋律一样，是流动的，没有固定的标准来衡量。只能采用韩林德所言的"流观"的方式来把握。由于"气"是生命的生生不息的力量（我们常说气势很大、气场很强，指的就是一种内在的螺旋上升或下降的力量，蓬勃着外在形体的神态），"韵"最先是用于音乐的，"气""韵"合在一起本身就意味着气的音乐性特征。而当我们采用"流观"的方式把握时，才能契合这种生命气息，就像玛采尔在《论旋律》中，从音响心理学角度来阐释旋律在人心里的作用过程一样："当第二个音出现时，音程的第一个音并没有从听觉中完全消失；第一个音在听觉意识中留下了某种'痕迹'，似乎在一定时间内隐藏地持续着自己的音响。"① 如此循环往复，音和音之间的结构关系在心里建立起完整的旋律形象，直至余音袅袅，绕梁三日，不绝于耳。气韵也可以这样在心灵中生动具象地流转。在绘画中也是如此："画山水贵乎气韵。气韵者非云烟雾霭也，是天地间之真气。凡物无气不生，山气从石内发出，以晴明时望山，其苍茫润泽之气，腾腾欲动，故画山水以气韵为先"（清唐岱《绘事发微》）。谢赫所说的六法为："一曰气韵生动，二曰骨法用笔：三曰应物象形，四曰随类傅彩，五曰经营位置，六曰传模移写）"（南齐谢赫《古画品录》）唐岱认为，这"六法中原以气韵为先，然有气则有韵，无气则板呆矣。气韵由笔墨而生，或取圆浑而雄壮者，或取顺快而流畅者"（清唐岱《绘事发微》）。由此可见，气韵生动是生命力的象征，是精气神的直接体现，是艺术的最高追求。其二，因为气韵的流动性，

---

① ［苏］玛采尔：《论旋律》，人民音乐出版社1958年版，第97页。

其音乐性特征与生命力的状态相成相生。气韵是生命力的直接体现，生命力是一切的基础和源泉。如果把生命本身看作身体结构各要素之间关系的合力结果，要素之间的任何变化都可能引发生命力或生命状态的改变。这种改变本身其实就是结构间关系的一种张力，而张力即生命力的绵延。艺术作品的各结构要素之间也存在这样一种关系和张力。无论是从我们一再强调的中国的宇宙观，还是毕达哥拉斯的宇宙音乐观，都可以看到这样一种洞察。本书谈论的作为内在生命结构的音乐性也正是在这个意义上提出的。

另外，还需指出的是中国艺术中特殊的时空观。宗白华在《中国诗画中所表现的空间意识》中对此也有很精彩的论述。他认为对画家来说，他们看的不是一个透视的焦点，画出来的是具有音乐的节奏与和谐的世界。《易经》上讲的"无往不复，天地际也"，正表明中国人的空间意识是音乐性的。中国书法表现出来的也是这种节奏化了的自然。"一个充满音乐情趣的宇宙（时空合一体）是中国画家、诗人的艺术境界。"还有绘画"三远法"中的清代画论家所谓的"推"，"趋向着音乐境界，渗透了时间节奏。它的构成不依据算学，而依据动力学"①。这里实际上非常准确地指出了艺术和生命时空中一个重要的因素：动力学构成依据，"推"形象地道出了这样一种生命力绵延的情状。虽然这是个在这里无法具体展开的话题，但因为这和本书的所谓时间艺术的感知有密切联系，并且终究是与前面的意境、气韵、音乐的宇宙化与宇宙的音乐化等相辅相成的，其中任何一个方面都不是独立存在的。或者说它们中的任何一方面都是在不断地接近生命本相的角度和努力。

当我们将音乐和文学并列为"姊妹艺术"时，很重要的一个根据是二者

---

① 原文加着重号。参见宗白华《中国诗画中所表现的空间意识》，载《美学散步》，上海人民出版社 1981 年版，第 98—108 页。

都是所谓的时间艺术，因二者从理论上以及媒介特征上来说都只能是线性地在时间中进行的。但二者间一个很重要的区别是，音乐的和声、对位技术可以使几个声部同时进行，也就是纵向和横向上音乐都可以有空间上的延展；而文学虽然可以在线性描述的幻觉世界中建构一个丝毫不逊色于音乐建构的音响世界，但从媒介上来看只能是单声道地进行。尽管如此，还有一个共同的观念支撑着二者能够进行最深层的本体交流：所谓的律化时空观[①]，即宗白华所说的充满音乐情趣的时空合一体。诗歌之中的境界不言而喻的，本来就有这样的传统，还有如嵇康、陶渊明、王维等一大批这样以音乐化的心灵感知世界的诗人；而在小说当中，情节节奏、结构安排等也一样体现出律化时空观的无所不在的影响。

总之，对中国艺术来说，无论是创造还是欣赏，其最终目的都是使主体通过艺术活动体悟超形迹的宇宙生命本体，使其精神能超越形体的有限性而进入自由无限、与道合一的境界。与西方艺术对比，如沃尔夫认为的谈音乐性简直毫无意义，因为我们无法区分日常生活与艺术作品中的音乐性界限在哪里。可以说，这代表了典型的西方逻辑思维。对他们来说，一切都是可以分析的，可以一步一步分解的，一切都有清晰可见的方法和过程。在这里所指的音乐性实际上指的正是我们认知世界的音乐性方式。西方思维偏重于实、细腻的层次，与深刻的逻辑、繁杂的结构，中国艺术偏重虚的意境、气韵、简朴的形式与无穷的意味等。理解了这样一种艺术精神前提，在下文的音乐性案例分析中，更容易接受音乐化手段与音乐性追求之间自然的转换，以及

---

① 沈亚丹在论述"中国艺术的泛音乐倾向"时，认为中国人感知的空间就是一种时间化的空间，同时，这种和空间结合而被感知的时间不是物理时间，而是主观时间，是主体在生命过程中与之相遇的四季以及晨昏，它和天地间的物象紧密联系在一起，同时分享着天地节律，因而中国人意识中的时空是一种律化时空，这种律化时空的流转是中国各门艺术门类之根。参见沈亚丹《寂静之音》，上海人民出版社 2007 年版，第 16 页。

中西小说与音乐的关系中创作实践与批评研究的自然分野，从而更好地理解中国现代小说本身在创作与研究上的可能性。从某种程度上也可以略微回应这样一些问题：小说能否从音乐中得益；如果以音乐为参照，所谓的一切艺术都趋向音乐，小说可以走多远；音乐性可以成为从内部推动小说发展的隐性力量吗？

第二节　小说音乐性的内蕴

言语的抒情性和逻辑性之间仍旧存在着一道裂隙；尚待澄清的恰恰就是一个声音赖以从抒情性发声变形为指称性发声的解脱过程。

——卡西尔

由上文我们得知，小说作为各艺术门类中的一种，也必然地具有音乐性，只是这种音乐性更加隐蔽。隐蔽不等于不重要。如果说作家从音乐获得灵感从而下笔如有神，我们说不清楚这其中的秘密是如何发生的，但依然可以从小说的不同层面出发，探寻小说是如何"隐蔽"了这些音乐性的，以及这些隐蔽着的音乐性是如何在默默发挥着作用的。本节第一部分讨论从诗歌的音乐性到小说的音乐性的转变；第二部分在与沃尔夫的小说音乐化研究对比视野中考察中西小说与音乐关系的不同，同时凸显中国现代小说与音乐关系的研究特点。下面分两部分予以介绍。

一　从诗歌的音乐性到小说的音乐性

从诗歌的音乐性到小说的音乐性，乍一看，也许题目有点奇怪，这有什么可比性吗？让我们首先从韦勒克、沃伦对文学作品是由四个层面构成的体系说起。在《文学理论》①中，这四个层面指的是：声音层面、意义层面、意象和隐喻层面、由象征和象征系统构成的"世界"或"神话"层面。毋庸置疑，无论是诗歌还是小说，我们都可以借用这四个层面来考量。本书认为，声音和意义层面可以纳入诗歌与小说外在音乐性范畴，后面两个层面纳入内在音乐性范畴。然而，从诗歌的音乐性到小说的音乐性，这中间到底经历了一个什么样的流失过程，或者音乐性重心的转移？为什么会有这样一个流失或转移过程？本书将在以上层次分析方法的基础上，结合不同文体从对语言的不同期待入手考察以下两种音乐性的流失与转移问题。

第一，外在音乐性：从本质到模仿。从诗歌的外在音乐性到小说的外在音乐性，几乎是一个从本质到模仿的"衰退"过程。有一种极端的说法：我们完全可以将音乐性的有无作为区分文学类型的另外一个根据，作为界划诗、文分疆的唯一标准②。尽管我们不完全同意这种说法，但有一点是肯定的，诗歌形式上的本质是音乐性的。无论是诗乐同源说，还是原始的诗乐舞一体的艺术混沌，都说明了诗与歌的结合，才构成了真正的诗歌。《尚书·尧典》说："诗言志，歌永言，声依永，律和声。八音克谐，无相夺伦，神人以和。"《礼记·乐记》说："故歌之为言也，长言之也。说之故言之，言之不足故长言之，长言之不足故嗟叹之，嗟叹之不足故不知手之舞之，足之蹈之也。"……诗、歌、声、律、八音、长言、嗟叹，这是诗歌一直以来的美学原则，是何为诗歌如何诗歌的基本规定，诗歌的声音性（外在音乐性）与表情性从这一开始就有了质的要求。有研究认为，"词语在被诗歌挑选的开

---

① ［美］韦勒克、沃伦：《文学理论》，刘象愚、邢培明、陈圣生等译，江苏教育出版社2005年版，第174页。

② 杨存庆：《古代散文的研究范围与音乐标界的分野模式》，《文学遗产》1997年第6期

始，就进入了一个先于诗歌而存在的音乐结构。诗歌语音结构模式是先于诗歌语言，乃至先于具体诗歌和音乐而存在的音乐模式"①。钱谷融先生在《论节奏》一文中引卡莱尔的话说："诗是音乐性的思想，诗人就是能够那样思想的人。"并说道："哪一篇诗的美不表现在它的音乐性上；哪一篇诗，除去了它的音乐性，仍能不失其美妙，仍能被称为诗呢？"在诗人铁舞看来，这里所说现代诗的音乐性已不局限于音节与形式上，而是更自由地处置音乐性。的确，诗歌的音乐性结构在某种意义上是判断诗与非诗的标准。而有关诗歌的音律、音乐性研究文献到今天已经是蔚为壮观的了，本书只准备在诗歌音乐性体现的几个基本点上，简单追溯这些点从诗歌发展到小说中的踪迹。

通常来说，人们首先是集中在汉语的四声与押韵系统上。的确，四声的发明使诗歌及时脱离了混沌时期外在的旋律，其语音系统也进入了一种类似于音乐的独立旋律体系。正因为这个四声的存在，诗是用来吟咏的，不是读的或念的，要在起伏有致的声音这个传送带上播撒出诗的丰富意蕴。所谓的唐宋声韵，其精密的平仄与押韵体系使每一首诗歌具备了不同的音色和调性。可以说，语言在这个时期的诗歌里音和义的艺术创造齐足并进，也因此奠定了千百年来语言音和义完美结合的最高艺术典范。比如，杜甫的《茅屋为秋风所破歌》：

安得广厦千万间，大庇天下寒士俱欢颜，风雨不动安如山！呜呼！何时眼前突兀见此屋，吾庐独破受冻死亦足！

其中的"呜呼""突兀""屋""吾庐""独""足"，一个句子中连续出

---

① 沈亚丹：《通向寂静之途——论汉语诗歌音乐性的变迁》，《南京师范大学学报》（哲学社会版）2002 年第 3 期。

现 9 个合口呼"u"，几乎都是平声，营造出的"呜咽"音色，形象地传达出"呼呼"秋风的萧瑟残忍。正是在这个时候，诗的声音层面与意义层面，也就是形式与意义层面达到完美的和谐，造就了无论从哪个角度来看都比较丰满莹润的声、形、义效果。一首好的诗歌，正是在这个意义上文学性（生动的形象与想象的空间）、音乐性（听觉）与绘画性（视觉）都达到了完美统一。

语言的声音层面和意义层面在诗歌中这种神秘的遇合，在现代白话诗歌中几乎完全被破坏掉了，更何况到了另一种新生的、侧重叙述、讲故事的文体当中，如何能有存在的空间？然而，事物的发展有时看起来毫不相关，但实际上彼此的根还是吸取着同样的养分的。中国现代小说，虽然是融合了古今中外的种种积累与元素发展壮大起来的，但由于第一批写出中国现代小说的作家，大部分是长期浸淫在诗歌吟咏传统的氛围里的，他们对语音的敏感自然地带到了小说的创作当中。比如，鲁迅认为自己的作文一定要"读得顺口"①，这个如何才是顺，与吟咏的和谐及长期的审美习惯养成休戚相关。更重要的是语音的原料色彩没有根本的变化，依然是四声。也就是说，四声的语音结构依然是进行小说叙述、讲故事时纯粹声音层次上起伏的基础。根本区别是，在小说这种文体中，语言的基本目的是语义，准确的意义。对读者来说，密集的意义轰炸着他们所有的视觉、听觉和情绪，文字所指呈现出的那个世界彪悍地统治着读者的所有感官。语言的声音几乎彻底消失了。对大部分的小说作者和读者来说，情况的确如此，而且人们认为理应如此，这是每一种文体应具有的基本素质和美德。但在有着悠久小说发展史的西方，小说的声音性、音乐性一直很突出。这也从一个侧面说明了小说这种文体并不会完全失去声音，特别是汉语特有的声音基础形成的特殊旋律。

---

① 鲁迅：《我怎么做起小说来》，《南腔北调集》，人民文学出版社 1980 年版，第 107 页。

纵观有关小说音乐性研究的文献，几乎都会出现这样的字眼"模仿"，语音上的模仿或者结构上的模仿。前者最有名的当数乔伊斯的《尤利西斯》中的《塞壬》：

> Far. Far. Far. Far.
>
> Tap. Tap. Tap. Tap.
>
> ……
>
> Tap. Tap. Tap. Tap.
>
> ……
>
> Tap. Tap. Tap. Tap. Tap.
>
> ……
>
> Tap. Tap. Tap. Tap. Tap. Tap. Tap. Tap. ①

不间断的这种词语，时刻在警醒着作者的意图：词语的音响，即文字音乐②的实验。又如，乔伊斯创造的，试图表现出音长过程中的震颤效果③：

> Pprrpffffrrppffff.

结构上的模仿，如米兰昆德拉著名的"七个章节"与"四个人物"结构。语音与结构上的同时模仿，如穆时英的《上海的狐步舞》，小说中有一部

---

① 译文为："遥远。遥远。遥远。遥远。笃笃。笃笃。笃笃。笃笃。……"参见［爱尔兰］詹姆斯·乔伊斯《尤利西斯》（修订本上卷），萧乾、文洁若译，译林出版社 2002 年版，第 515—516 页。

② 即 word music，这个概念是史蒂文·保罗·薛尔创造的术语，在维尔纳·沃尔夫 这里有了更明确的规定和发展。"它是指一种利用文字和音乐能指间的主要相似之处的音乐化技术。其目的在于诗意的效仿音乐声音，通过突出（foregrounding）文字能指的（原初的）听觉维度造成音乐在场的效果。"具体参见 Werner Wolf *Musicalization of fiction*：*A study in the theory and history of intermeadiality*，Amsterdan – Atlanda，GA. 1999：58。

③ 其实是表现布鲁姆趁着电车驶来时的噪音，把憋了好久的屁放出来。参见［爱尔兰］詹姆斯·乔伊斯《尤利西斯》（修订本上卷），萧乾、文洁若译，译林出版社 2002 年版，第 534 页。

分以"蔚蓝的黄昏笼罩着全场"开始的 13 个自然段，几乎是以第 7 自然段的"舞着，华尔兹的旋律绕着他们的腿，他们的脚践在华尔兹上面，飘飘地，飘飘地"为中心，倒着将前面的第 7 自然段重复了一遍，只做了部分的变动。读其文，如身临舞池，翩翩起舞的人们踏着音乐节拍前进、后退，在旋律中沉醉迷离的情景。同样的，以下这几个自然段里，由于不变的重复，除了常规的语言意义之外，我们在这里看到的是更有物质感与现场感的象征符号，以及几乎被重复抽空了语义的语音在回荡，也正是在这个意义上，《上海的狐步舞》与《塞壬》具有某种程度上的异曲同工之妙：

华东饭店里——

二楼：白漆房间，古铜色的鸦片香味，麻雀牌，《四郎探母》，《长三骂淌白小娼妇》，古龙香水和淫欲味，白衣侍者，娼妓掮客，绑票匪，阴谋和诡计，白俄浪人……

三楼：白漆房间，古铜色的鸦片香味，麻雀牌，《四郎探母》，《长三骂淌白小娼妇》，古龙香水和淫欲味，白衣侍者，娼妓掮客，绑票匪，阴谋和诡计，白俄浪人……

四楼：白漆房间，古铜色的鸦片香味，麻雀牌，《四郎探母》，《长三骂淌白小娼妇》，古龙香水和淫欲味，白衣侍者，娼妓掮客，绑票匪，阴谋和诡计，白俄浪人……

乔伊斯可以在一个词的内部进行变形（膨胀或减缩），也可以像穆时英这样进行大段大段的文字编排，达到局部分离语言文字的音和义的目的，但也因此在某种程度上偏离了小说这种文体的语言文字原本应承担的职责。同时，这也从一个侧面折射出小说中的语言与诗歌语言的距离，以及小说这种文体在语言上所能承受的音义离散程度。可以说，这是语言的声音层面在小说中的无数呐喊之一，以上的两个例子只是这无数呐喊的两个面向。但归根结底，这里的呐喊也只能是"效仿"。诗歌中的"声韵"，到小说这里只能是苟延残喘的了。不过大量的结构上的模仿音乐，也透露出这样一个信息：小说的无数文字的挥洒也可以在如音乐般严谨结构的规范下，更具有叙述整体上节律的和谐，而这种节律，正是从创作的模仿到完成，所有艺术品的活力与生命本质的某种深层契合。

第二，内在音乐性：从模仿到本质。内在音乐性是指诗歌和小说在意象和隐喻层面以及象征系统中体现出来的，源于倾听和模仿生命节律的一种自然消长。以生理的呼吸和结构为基础，万物在人类的眼里都构成了与自身和谐的节律性认识。可以说，与外在音乐性相比，这种内在音乐性是广泛意义上的音乐性，无所不在，但又贴切精微；是人对自身在世界的空间占有中的时间性认识。这样一来，诗歌和小说在内在音乐性上可以说没有根本上的不同，但也不是一回事。因为对于叙述性的小说来说，故事的发展只有通过线性时间才能显示出变化，空间中的存在与发展实际上构成了线性时间的厚度与内容，也正是在这种意义上，叙述节奏成为一种必然的提法：厚度与内容多的时间段，节奏紧凑；厚度与内容少的时间段，节奏相对舒缓。同样的，诗歌在这一点上，虽然也试图在空间意象上努力构筑时间上的发展，但与小说相比，诗歌更是空间上的节奏艺术，而非线性过程中的空间艺术。因此，从作为诗歌外在形式的本质之一的音乐性，到小说这里实际上转化成一种内在的、类似于使小说的发展在纵线上能够有节律地直立起来的音乐性，否则，小说便如一盘散沙。如果把整部小说比作孕育良久的绵长的一口气，这口气的吐出，必然是作者经过深思熟虑而后自如地驾驭吐出的节奏，像歌唱家的每一口气一样：富于弹性、节制、自然。如果只是呼啦一下就结束了，不但没有任何美感，而且构不成精心设计的那个吐的过程。

关于内在音乐性，除了无可奈何地用从模仿到本质，来描述从外在的语音及结构到内在的象征体系构筑出来的这个"世界"或"神话"，这样一个重心转移，本书也无法很坐实地分析。当年马拉美、魏尔伦、兰波先是提出诗的音乐化，而最后，音乐化成了一种文学理想的追求。也就是说，对这样内在音乐性的追求，是深沉的倾听之后的结果。卡莱尔也曾这么写道："希腊神话讲着什么'球体的和谐'：这就是他们对于'自然'内部构造的感觉；感到它一切声音，一切吐露的灵魂全是完备的音乐。所以我们可以说诗就是'音乐性的思想'，'诗人'，就是能这样思想的人。然而，根本上，他仍要凭借着理智的力量；这是一个人的至诚心与观察的深刻把他做成'诗人'的。必定要透射得深，你才找得到这音乐性；'自然'的中心本来到处都是音乐，就看你的能力找它得到不。"① 某种程度上说，中国艺术总是在寻找这个"自然"的中心，同时传统中国美学"不着一字，尽得风流"笼罩下，每个人身上甩不掉的影子，"寻找"与"不着一字"，反映的正是我们无法确切地说出来，但我们都不愿意否认内在音乐性的无处不在。这种内在音乐性在一些被称为诗化小说的作品中格外明显。其实，在对这些小说另眼相看的同时，我们已经给予内在音乐性特殊的礼遇：不可说、灵感式的东西。

李健吾对《边城》的一番鉴赏可谓对内在音乐性的最恰当描述："具有一种特殊的空气，现今中国任何作家所缺乏的一种舒适的呼吸。"② 若不以最感性的生命体验进入小说的阅读，进入《边城》的"世界"或"神话"，"同呼吸，共命运"的这种体验也就不可能存在。当然，沈从文本身也是位师法自

---

① ［英］卡莱尔：《英雄与英雄崇拜》，张峰、吕霞译，上海三联书店 1988 年版，第 98 页。

② 李健吾：《李健吾文学评论选》，宁夏人民出版社 1983 年版，第 53 页。

然、人性与生命现象的作家。在他眼里，社会生活、青岛的云、物质文化史等无不充满音乐感，无一不是现成的乐章。他时常感叹"表现一抽象美丽印象，文字不如绘画，绘画不如数学，数学不如音乐"。可以说，在沈从文的笔下似乎一再出现这个文字局限的问题，如何用文字表现变动不居的印象？因此，乐章在沈从文这里应该具有特别的意义，它是流动的、发展的、和谐的。而他自己的一部分创作，也在努力地用文字谱写乐章：用人心人事作曲。从这一点上来说，李健吾可谓是沈从文的知音。

与沈从文的这种流动的自觉音乐性追求不同的是萧红的用生命谱写的《呼兰河传》。可以说，《呼兰河传》综合了萧红之前写作的所有技巧，也可以说她已经达到了没有技巧的技巧时期。无论她在絮絮叨叨谁家的琐事儿，在她朴实流利的笔触后面，是一颗蘸满她的所有生活滋味的心在倾诉，是这一个生命个体的血液在汩汩流淌。美国学者葛浩文认为，这是一部非常独特的小说，是萧红回忆式文体的巅峰之作。那么到底怎么独特呢？实际上，萧红从《生死场》开始，便找到了一条属于自己的生命与故乡土地血肉相连的幽径，在这里：

> 倭瓜愿意爬上架就爬上架，愿意爬上房就爬上房。黄瓜愿意开一个黄花，就开一个黄花，愿意结一个黄瓜就结一个黄瓜。若都不愿意，就是一个黄瓜也不结，一朵花也不开，也没有人问它。

我们感受到的是作者心绪的自在流淌，生命的自由与美好，拟人的手法将自然的一切东西人格化动感了起来。"愿意……就……""愿意……就……""愿意""就""不愿意""就"，简单的重复中叠置出自在童真的节奏。

即便如此，我们依然只能说，小说的内在音乐性很强，或者说是《呼兰河传》形式与内容上内在的音乐性，更确切地说，是作者生命的音乐性表达贯穿了小说原本并不完整的故事叙述。而这种音乐性正是前文述及的小说模仿音乐到本质表达的升华。

在内外音乐性的重心发展与转移背后，还有一层不能不注意到的是小说的抒情开启的音乐性通道：语言不能承受之轻，指当我们把小说看作通过故事情节或非故事情节等手段来表达生存思想的同时，那一层轻扬在思想上方的抒情。这也是任何艺术作品共同的野心，它们在表达最初的内容之后，总是会指向较高一级的理想，直至生存的最后依据——绝对理念。这里想要揭示的是小说语言如何传达这一层轻扬的抒情，让语言在背负故事的同时依然能和音乐一样，在抽象的虚空中前行。

小说一词最早出现在《庄子》"杂篇"中的《外物》："饰小说以干县令，其于大达亦远矣。"也就是说，小说诞生于街谈巷议，是无关"大达"的琐碎小道理。即使这里的小说与后来梁启超的新小说相差何止万里，但毫无疑问，小说的抒情范围其实也从一开始就定下了基调的：高居庙堂的诗歌和散文无法表达的那一部分平民情怀。也许不够深刻，不够优雅，不够凝练，自有人生散漫与慵懒、私语与异想天开的一面，但这实实在在是人生能够优雅、飞扬的不可缺少的底子。相对于诗歌来说，小说中寄托的这一部分情感更加随意、放松，也因此更不为人们注意。我们在中国小说的另几个源头——神话传说、笔记体小说或是史传中都可以看到这样一份"闲情"。正像米兰·昆德拉所谓的"塞万提斯的客店"一样，欧洲当时最伟大的作家都是带着娱乐、游戏性质的，是以逗人开心为目的的。只是福楼拜之后，要尽量消磨掉小说技巧的人为特征，小说一跃而变得比生活本身更灰色了。直到现代主义、后现代主义，小说开始更关注自身的艺术技巧，出现了所谓的能指的自我指涉式试验作品，但人们依然把这些作品当作现代社会人类的心灵史，是社会档案的精华所在，是一个时代人类的精神写照。

那么，小说到底如何通过语言的理性梳理，在抽象的虚空中前行，抵达语言不能承受的那份轻，同时通过形式的美抵达对人生的拷问？对音乐来说，美似乎是全部，再艰深繁奥的音乐传达出来的时候似乎都能让生命升华、澄清；而小说，则与生活的距离太近，语言的概念表达和形象塑造似乎绕了个圈子，才重新回到冲击心灵的美的点上。并且在这个绕圈子的过程中，对表达和形象之外的看法始终缠绕着形式，使形式宿命永远无法像音乐那样清洗出自己的身影。正如我们必须先判断出阿Q是个什么样的人，发生了哪些可恨又可叹的事情，这些性格特征又是如何在我们身边不断出没，如何成为特殊时期国民性批判的一部分，如何体现出作者的道德和思想高度，甚至启蒙文学的定位，等等。正如作者自己说的，小说的目的是"揭出病苦，引起疗救的注意"。哪怕是说不清，这种种的解读也需要很多面向的结合，最后才能接受并放下这个形象，去欣赏纯粹的阿Q被理性地塑造出来的手段以及塑造本身的乐趣。

但实际上，作家在创作任何一部小说时，无不贯穿着他的倾向性、统一的观点在作品里面，"这是因为它不仅要把事情纳入经验的模式，而且要从本质上保证它们的文学形式"[①]。于是，"纳入"的同时，开通了一条通向虚空的抽象通道，这个通道也成为沉重的人间生活／故事描述的"庇护所"，幽忧的抒情与怜悯的俯视即在这个通道中，不断给人物行动的继续、故事的进行提供依据。也可以说，正是在这个通道中，小说的组织原则得以莹润地实现。

---

① ［美］苏珊·朗格：《情感与形式》，刘大基、傅志强、周发群译，中国社会科学出版社1986年版，第339页。

也正是在这个通道中，小说使自身与生活明确地区分开来：小说的虚构本质，以及虚构形式本身得以凸显。从这一点上来看，小说便是以这样一种方式抵达了诗的国度，同时，这是"趋向音乐"的手段之一。

具体到小说中，如老舍的《月牙儿》，故事的基本情节也就是讲述一对母女先后沦为暗娼。普遍认为，小说的目的在于揭露旧社会、旧制度下穷苦妇女命运的悲惨。本来，这在当时是个并不陌生的主题，但由于老舍一反常态地采取了"以散文诗写小说的企图"①，在平白无奇的叙述中，以最单纯的情节勾画完成了最丰富的意蕴传达。小说中最为引人注目的是：月牙儿。方锡德曾指出"'带着点寒气'的'月牙儿'的反复出现，使得全篇节奏和谐，充满着音乐感的魅力"②。实际上，这只指出了问题的一半。的确，月牙儿的反复出现是小说的音乐性不可缺少的重要因素，但说是隐喻也好，象征也好，或主题动机也好，月牙儿在这里还扮演了一个极为重要的功能：人间暗房里挣扎的韩月容，与惨淡的"月牙儿"孤单地挂在寥廓的天上，这天上人间的距离，是肉体和灵魂的距离，是故事与绝对理念的距离。作者就是通过"月牙儿"这座桥，让文字自由出入天上人间，沟通故事与那一条虚空的抽象通道。小说的开头便直接拉开这种关系的帷幕："是的，我又看见月牙儿了，带着点寒气的一沟儿浅金。多少次了，我看见跟现在这个月牙儿一样的月牙儿；多少次了。""我""看见""月牙儿"，月牙儿无语，但"我"总是能够在特定的时候看到月牙儿，仿佛是某种天启。小说中在女主人公命运的转折时刻，总是出现月牙儿：小说共 43 节，其中的 16 节都出现了月牙儿。而从第 24—42 节，主人公的命运急转直下，正式走上"暗门子"道路。这一期间，不见

---

① 老舍：《〈老舍选集〉自序》，《老舍文集》（第 16 卷），人民文学出版社 1991 年版，第 220 页。
② 方锡德：《中国现代小说与文学传统》，北京大学出版社 1992 年版，第 229—230 页。

月牙儿，直至进了监狱："在这里，在这里，我又看见了我的好朋友，月牙儿！多久没见着它了！妈妈干什么呢？我想起来一切。"似乎是某种宿命的吟唱，又似乎即使是宿命的，也是人间的某种永恒寄托。正如小说中所言："我心中的苦处假若可以用个形状比喻起来，必是个月牙儿形的。它无倚无靠的在灰蓝的天上挂着，光儿微弱，不大会儿便被黑暗包住。""月牙儿"是主人公"苦处"、命运的象征。就这样，整个故事即使不断地映照着人间生活的千疮百孔，作品的上方始终有一双俯视的眼睛；在读者这里，也始终能够满足他们螺旋上升的精神探求，最后变成读者对世界、对生命的认识有多深，你就能得到多少。由于小说散文诗般第一人称的倾诉调子，以至于熟悉了小说内容之后，产生了似乎是听小说而非阅读的效果了，是人物命运的旋律在牵引着读者的心和耳朵。而这种反复的吟唱，使小说产生了新的形式因素：小说语言不能承受的轻盈的抽象，在这里由于不断地吟唱而逸出文字叙述的时空之外，越熟悉小说的内容，内容也就如蝉蜕一样隐去，通向虚空的抽象通道就越明晰地敞开。小说中"带着点寒气的一沟儿浅金"作为小说的原始意象也通过人物的命运不断得到具象化，最后绽放为小说整体上的气质："一沟儿浅金。"年轻的生命本来是有希望的，但生来"带着点寒气"，最后连那一点"浅金"也被无边的黑暗吞没了。人物真实的生活、月牙儿不断强调的象征、主人公幽幽的讲述，与作者似是不动声色的叙述一起，合成一股相互奔突推进的强有力的情感之流，推波助澜地将语言的叙述推向了另一个"轻"的那一端。苏珊·朗格在谈及各艺术因素相互影响时曾指出："正是构造艺术的原则导致了一些特殊形式的进化。"① 这里，正是虚空的抽象通道与小说的

---

① ［美］苏珊·朗格：《情感与形式》，刘大基、傅志强、周发群译，中国社会科学出版社1986年版，第326页。

语言叙述特殊的结合，使抒情小说这种介于小说、诗歌、散文间灰色地带的文体得到了特殊程度上的进化，并在走向音乐的路上迈出了很有意味的一步。

某种程度上可以说，这是大部分中国现代抒情小说语言或多或少共有的特征，如萧红的《呼兰河传》《小城三月》，沈从文的《边城》等；同时，这也是本研究的一个隐性基础。

总之，诗化小说的概念中本身就预示了从诗到小说音乐性转移的可能性，如果这是一种介于文体边缘的作品，那么这个边缘是对诗歌与小说所谓的要素进行一次新的洗牌，其中的扬弃包括诗歌形式上（主要指语音层面）音乐性的削弱，与小说语言的所指建构出来的"世界"或"神话"的节律加强的一次结合。从读者方面来说，这种小说带给他们的体验接近于音乐，语言带他们进入某个意象，然后隐在背后，和旋律一样，读者听到的是意象世界中的声音在吟唱。我们不能说清楚言语的声音从抒情性发声变形为指称性发声的解脱过程，但诗化小说也许正是处于言语的抒情性与逻辑性的那道裂隙中。正是在这个意义上，从诗歌的音乐性到小说的音乐性，本书还阐释不太清楚的一个音乐性流失或转移过程，是弥合那道裂隙的一次有益尝试。

二　作为手段和目的的小说音乐性

在这里，首先要区分小说的音乐化与音乐性，才能辨析出作为手段和目的的小说音乐性。在国内的小说与音乐关系研究中，对小说的音乐化与音乐性并没有明显的区分。比如《论张洁小说的音乐化特征》[①]，研究着眼点是小说在人物刻画、环境渲染、叙述方式和结构以及语言方面对音乐的借鉴。与此同时，相当一部分对所谓小说音乐性的研究，也都是着眼于这五个方面，虽然这是绕不过的几个方面，但是在研究出发点上还是应该有个明确的界定，

---

① 周志雄：《论张洁小说的音乐化特征》，《中州大学学报》2010 年第 3 期。

如此方能看到小说与音乐关系间的不同性质与功能。

在英语文学研究中，小说的音乐化研究成果不少，但对此做出最全面的理论探讨的，还是德国学者维尔纳·沃尔夫的《小说的音乐化》一书。书中认为小说的音乐化是文学中出现的隐蔽或间接媒介间性的特殊例子，大多数情况下出现在话语（影响如语言材料、形式安排或叙述结构和所用的意象）层面的塑造，有时也出现在故事（叙述的内容结构）层面，因此小说文本中至少产生的效果，以及有着令人信服的、能够辨别的与音乐（作品）的相似性或类比。这样，读者在阅读小说时，有这样一种印象：音乐参与了叙述意义过程，不仅是作为一般所指或特殊的（真实的或想象的）指涉，而且在阅读过程中可以间接地体会到音乐的在场。① 必须指出的是，这个概念强调小说作品的效果或者与音乐的相似或类比必须有足够令人信服的证据。因此作者紧接着对如何辨别这些证据做了一番条分缕析，该书的意义也正在于此。作者认为，该书至少填补了两个理论空白：一是如何判断一部小说是音乐化了的；二是以历史眼光，考察这些音乐化小说的技术的同时，关注小说的音乐化功能。在沃尔夫看来，判断一部小说是否是音乐化了的，至少可以看是否具备一些潜在证据②。

一般来说，这些证据出现得越多，音乐化的倾向就越明显，我们也就越容易辨认。作者的目的也在于：有了这样一些大略的标准，对于什么是音乐化小说，能够有更直观的认识。目前，在中国的小说与音乐研究领域，的确缺乏这样一种系统化的梳理，虽然不能很精确，但至少有一个大致的框架。至于小说音乐化的功能，这是使本书具有研究价值的首要因素，但确实为很

---

① Werner Wolf：*Musicalization of fiction：A study in the theory and history of intermeadiality*，Amsterdan – Atlanda，GA. 1999：52.

② 具体在绪论中已列出。

多人所忽略。原因大概是由于工程浩大，以及必须有足够的历史眼光和理论敏锐度。作者从 18 世纪以降至浪漫主义，音乐在美学评价中地位的上升谈起，分别选取了浪漫主义小说德·昆西的《梦的赋格》，现代主义小说乔伊斯的《尤利西斯》、伍尔夫的《弦乐四重奏》与赫胥黎的《旋律与对位》，后现代主义小说贝克特的《乒》、安东尼·伯吉斯的《拿破仑交响曲》与加布里尔·夏希波维希的《赋格》来论述音乐化技术以及音乐化在这些小说中的音乐化功能。作者认为，《梦的赋格》是英语文学史上第一部尝试音乐化的小说，在这个音乐化的过程中，其主要功能有四个：其一，音乐形式与视觉、幻觉的联合，回应了音乐和诗歌再次结合的思想；其二，通过结构自我指涉，创造一种具有强烈感情心理状态的非模仿表达；其三，"赋格"形式可以统领其小说中的"混乱"；其四，小说的末世主题与音乐的作为宇宙秩序象征的功能。作为小说音乐化历史上的第一个高潮，《尤利西斯》中的"塞壬"插曲，不仅是小说总体上实验姿态的象征，它本身也是打破传统叙述手段，偏离线性叙述，探索美学连贯的杰出代表，其突出的美学形式上的自反性，探索叙述极限，为现代主义小说作出了重要贡献。同样，音乐化在这里作为古老的秩序象征，以及负责整部实验小说美学上的一致性与连贯性问题。同时，更深远的功能是还在讨论中的，是否这里包含了对当代语言和文学一些重要思想的暗示和评论。比如，"塞壬"中的"能指从与所指的关系中解放自身，完全凭本身起飞"，因此，"'塞壬'的步伐是走向绝对形式，走向抽象"①。最后就是对语言的戏仿与美学探索的结合功能。被誉为迄今为止最全面地对一部小说进行音乐化的后现代主义小说《拿破仑交响曲》，作者认为可以通过伯

---

① the signifier freeing itself from the link with the signified and taking off all on its own；"'Siren' is a [⋯] step towards absolute form，towards abstraction." 参见 Werner Wolf, *Musicalization of fiction：A study in the theory and history of intermeadiality*，Amsterdam – Atlanda，GA. 1999：125。

吉斯处理的音乐前文本——贝多芬的《第三交响乐》，以及拿破仑历史传记和小说之间的关系来考察其音乐化功能。这样不仅包括了迄今为止大部分小说音乐化都会有的功能，即强调形式、偏离传统叙述，而非内容上的模仿。这些本身也是后现代主义的一个重要特征：选择音乐结构来代替已过时的传统结构，或者说让音乐承担起自斯特恩与狄德罗作家们将情节、结构统一性变得非常脆弱的乐趣引起的后果①。同时，作者用文字音乐实现了部分音乐中蕴含的语义潜力，伯吉斯在小说的《致读者信》中也在思考这个问题"音乐可以教给小说家什么呢？"回答是：结构问题。

总之，对音乐化功能的个案分析，最后不外乎归到六点：语言、结构、叙述实验与极限挑战、美学连贯的新选择以及最后的秩序象征作用。由于作者的文化研究背景、历史眼光与两个领域（文学和音乐）的专业知识储备，使研究既能深入具体内部的技术细节，又能从整体上反观这些技术在小说史、美学史甚至在文化史上的意义。这样，小说的音乐化不但不是个别的实验现象，而且可以纳进一个时代的潮流中，汇进"众声喧哗"中。

那么，我们中国现代小说的音乐性呢？前面说过，我们没有明确的概念界定，几乎都是一上来就对某部小说理所当然地进行一番形容、描绘与定性，致使研究不能系统展开。这里，我们不能否认，沃尔夫的小说的音乐化技术在某种程度上必然是造成小说具有音乐性的原因，但由于汉语不同于英语，英语小说与西方古典音乐/中国现代小说与中国的自然音乐、民间音乐以及中国作家理解的西方古典音乐，音乐在文化传统中的不一样含义，使得我们不能简单地将 Wolf 的小说的音乐化与中国现代小说的音乐性对等。从语言层面上来说，上文已有对中英文小说中的文字音乐（word music）的简要对比；从

①　［捷克］米兰·昆德拉：《小说的艺术》，董强译，上海译文出版社 2004 年版，第 103 页。

小说的发展史来看，正像米兰·昆德拉所说的"十九世纪赋予小说以技术，二十世纪赋予音乐性"。但这个说法对中国现代小说而言并不是那么合适。相对于中国音乐和中国现代小说，无论是西方小说还是西方音乐，都具有"织体"庞大、内在结构的逻辑严密，发展完备的特征，二者之间的借鉴与模仿也具有内在的亲缘关系，特别是从结构上来说。因此，它们的音乐化（有目的的借鉴与模仿）研究可以清晰地进行量化与归类，可以在"化"的程度以及相似度上有比较可见的一面。在这样一个庞然大物面前，新生的中国现代小说几乎是个脆弱、稚嫩、瘦小的婴儿，表现有三：其一，结构上对西方音乐的借鉴。没有经过特殊的训练，中国人很难真正理解西方交响乐的语言。我们习惯于沉浸在"一花一世界"式的美之中，我们的美在于与人本身的浑然和谐的意韵，而西方的美更多地在于整体上的力量或者结构因素本身的形式美，让整体的形式本身表现出艺术的生命力。对我们而言，我们常常觉得很难进入交响乐的铜墙铁壁。所以在这一点上，我们的借鉴更多的还是中国式的西方古典音乐结构，即引子、发展部、尾声的方式，而在发展部中可能借鉴了几条线索同时进行或交叉进行①。其二，依然归因于中国人的思维方式，即上一节讨论过的人、生命、艺术与自然的和谐关系，自然音乐、民间音乐在中国现代小说里多作为一种自然的生命状态出现，不是有意识地去"化"的，只能是"性"质的。其三，我们在谈小说的音乐性与音乐化的时候，很多时候其实是在谈同样的一个问题：小说的媒介界限。小说到底能够在多大程度上音乐化或具有音乐性？因此，每一次实验都是对媒介或文体界限的一次靠近和触摸，也是对小说领地的扩展。

---

① 这只是针对部分的实验作品而言，如沈从文的《看虹录》，而且严格来讲，和所有的讨论过的音乐化或音乐性小说一样，都只能从想象效果上而言，即如 Wolf 所言，发生在读者脑中的。

可以说，小说的音乐化更关注的是实质性的技术借鉴与模仿，遗憾的是"肢解"的结果几乎令小说的美感消失殆尽。小说音乐性更多的是指无论是否出现模仿行为作品总体上呈现出的一种性征。如果从狭义上来看，无论哪一个概念都不能满足小说与音乐的关系的全部内涵。

另外，有个有趣的问题是，Wolf 认为小说的音乐化的重要功能之一是音乐作为宇宙秩序的象征（毕达哥拉斯的音乐思想）。这一点与本书的音乐性有相似之处，只是二者的关注路径相反：一是从外到内的努力，二是由内而外的表达。音乐化的强调从一种媒介向另一种的"借"鉴，事实上预设了两种泾渭分明的媒介技术，假如这个预设是对的，那么就如伯吉斯的雄心最后也不得不"认为不可能"① 一样，这种借鉴是很值得怀疑的；假如这些技术本身在某种意义上具有媒介模糊性特征，如节奏、结构上的一些安排，这应属于各自媒介的技术问题呢，还是属于人类思维的问题？不过，中西不约而同地将音乐与宇宙联系在一起，是否说明宇宙就是音乐性的？或者人类在认识宇宙的时候，就是以一种音乐性的方式进行的？这些关联也为本书的小说的音乐性研究提供了理论依据。本书的音乐性研究由此可以避免因纯粹的技术借鉴或模仿引起技术归属问题的讨论，而是直接讨论这种具有音乐性的特征在小说形式、小说美学或历史上的微妙作用。

同时，沃尔夫的小说音乐化研究对本书具有极大的理论与方法上的启发，即上文提到的量化方式以及将小说放回大历史中的功能研究。我们可以借鉴其辨识音乐化小说的方法来判断一部小说是否具有音乐性。当然，还有很重要的一环是我们觉得最舒适的一种艺术体验方式：我们的内心是

---

① " ［…］ things have occasionally to be done to show that they cannot be done. " 参见 Werner Wolf, *Musicalization of fiction*：*A study in the theory and history of intermeadiality*，Amsterdam – Atlanda，GA. 1999：208。

否也和作品一起感受到了脉搏的和谐律动？虽然这里也出现了这样的问题：如何区分任何别的艺术种类甚至现象当中这种的和谐律动？其实在提出这样的问题时，也许我们的内心也已经有了答案：这种区分也许不一定必要。因为每一种艺术种类或现象都有自己的语言系统、自己的理解方式，如果我们掌握了这种语言的讲述方式，我们自然能够与这种作品"同呼吸共命运"。这种的不需要区分其实就是所谓"所有的艺术都是相通的"，是在生命的深层基础上相通的。当我们谈论小说的音乐性时候，我们的语言体系是在小说范围里的，自然只需顺着小说叙述这一条道路，进入那一个生命幻觉世界。那么，音乐在我们这里起的是什么作用呢？是作为"姊妹艺术"并立存在，还是作为媒介他者，卷入小说的意义建构与形式表达过程当中来？沃尔夫的音乐化中，是作为绝对的他者媒介，是被模仿和参照的对象。而在本书中，则就像音乐性概念指出的一样，既是他者媒介、模仿对象，是影响一部分作家文学理想的因素，又是一种内在的结构特征。中国人讲究一切都是自然而然的，而不是刻意的，所以即使是模仿或借鉴，也是以做得天衣无缝为高妙。所以，真正比较成功的具有音乐性的作品（有目的的音乐化的，如《边城》），借鉴的痕迹相当模糊。英语文学中也不乏这类作品，如托尼·莫里森的《爵士乐》、伍尔夫的《海浪》，那是一种音乐节奏型的冲击，不是具体的生硬模仿。

也许某种程度上可以说，音乐化研究的领域在于两种媒介之间我们看得见的那一部分，我们以为说得清楚的那一部分；音乐性研究更试图言说看得见与看不见的。实际上，所有这些理论的分析、各种概念框架的建构，都只是对两种艺术能表达、试图表达与不能表达的一次次限定，试图让我们尽可能看清它们之间的界限和轮廓，让那些永远无法理性、无法概念化的东西理性与规矩起来，并成为我们所谓的知识。同时，这也是文学表达与研究永远的宿命，在框住某些东西的时候，失去了更多的精彩。

第三节　中国现代小说与音乐

艺术作品是艺术家认识与表达世界及生命体验的物化形式，而在物化的同时，试图赋予作品生命的魂魄。小说，作为以文字为表达工具的叙事艺术，其艺术形式也必然具有生命的特性：连续性、意义的自我繁殖机制、以形体为框架的精神绽放。约翰·布莱金的研究认为，"很多（即使不是全部）产生音乐模式的基本过程，都可能在人类的身体构造以及人类社会中的相互作用模式中被发现"①。因此有学者便指出，人的外在生命迹象与内在生命诉求都具有音乐性。② 这里的关键，依旧是对音乐性的理解。这里的音乐性是广义上的音乐性。因此可以说，上面的艺术形式的生命特性也就是某种意义上的生命的音乐性。而这种视角，也为我们提供了一个从生命的音乐性来探讨小说形式的内部张力与发展的角度。而在采用这一角度之前，我们必须首先梳理一下中国现代小说与音乐的不同层面上的关联。下面分两部分来论述。

一　中国现代小说与音乐的关联

小说与音乐的关联可以发生在多种不同的层面上，如作家本身与音乐的关联，作品与音乐的不同方式的关联等。对中国现代小说来说也是如此。下

---

① ［英］约翰·布莱金：《人的音乐性》，马英珺译，人民音乐出版社 2007 年版，第 24 页。
② 许祖华：《鲁迅小说的人物与音乐——鲁迅小说的跨艺术研究》，《山西大学学报》（哲学社会版）2010 年第 3 期。

面试从三个角度予以论述。

第一，中国现代作家与音乐。乍一看，音乐与中国现代小说似乎没什么关联。的确如此，如果单从现代作家与音乐的关系来看，也能说明这一问题。辛丰年在《中乐寻踪》里就有一个相对全面的梳理。在他看来，鲁迅是最可遗憾并令人费解的，因为他对形象艺术更感兴趣，但奇怪的是《野草》充满乐感；张爱玲本应很懂音乐，却只站在音乐之外偶尔谈乐；新文化人中最懂音乐的应是赵元任、徐志摩，而后是朱自清。另外，和音乐关系相对密切的是陈寅恪、梁启超、田汉、陶晶孙等，而周作人、茅盾、老舍、闻一多等都是宣称不懂乐的。① 毫无疑问，若只从小说作者队伍来看，情况更糟糕。当然，辛丰年这里漏掉了一个现代小说史上最不应忽略的作家，即沈从文。因为沈从文不但热爱音乐，对声音世界极为敏感，用文字不断书写对音乐的感受，而且试图"用人心人事作曲"。另外，许地山善琵琶，能谱曲编词，似乎也鲜为人知。虽然作家喜欢或不喜欢音乐，不必然地影响其小说是否具音乐性特征，但按照沃尔夫的音乐化证据来看，这也是一个可资参考的潜在证据之一。

第二，中国现代小说中的音乐。往往，人们会把小说中提到音乐、描写音乐或引用具体的音乐作品，作为小说具有音乐性的证据。因为这个现象在中国现代小说中比较普遍：如沈从文的《龙朱》等不少作品中，山歌的大量出现；许地山的异域风情小说中也不时提及音乐；张爱玲的《倾城之恋》中，咿咿呀呀的胡琴首尾呼应，等等。那么到底该如何看待这些小说中的音乐呢？如果以音乐化的要求来看，实际上这个证据常常是靠不住的。而在本书的小说音乐性的研究中，更应根据文本效果来考察这些与音乐相关的元素，是否

---

① 辛丰年：《中乐寻踪》，辽宁教育出版社 1998 年版，第 72—76 页。

参与了小说形式意义的建构，并且使小说具有音乐性特征。与当代小说如张承志的《黑骏马》，以古老的民歌"黑骏马"贯穿小说，使小说本身荡气回肠，山歌在《龙珠》中作为乡民生活的内容和方式出现，胡琴在《倾城之恋》中作为隐喻的手段出现，而在《黑骏马》中则是一种整体生命上的气质。因而我们应仔细分辨，区别对待这个现象。

第三，中国现代小说的特殊身份，决定了与音乐的关系也具有特殊时期的特征。特别是在音乐资源的选择上，比传统小说更多元，但又没有当代小说便捷。众所周知，五四作家多为"海归"，陈寅恪、徐志摩、朱自清等更是经常去音乐会赏乐。因此，完全不同于中国单线音乐的西方复调音乐，已经吹拂并滋润过他们的审美习惯。沈从文是典型的汲取了这种多元音乐资源的作家：民间音乐、自然音乐和西方古典音乐。从他的作品中，我们亦能看到这些音乐资源的奇妙整合，如对单音的内涵的生命感悟，以及对庞大复调结构的接受。因此在小说语言与结构的音乐性追求上，体现出更明显的既不同于中国传统小说，也不同于中国当代小说的中国现代小说的节奏。

二　中国现代小说形式的音乐性感知

艺术方式能够最方便、最形象地让我们直接感受到人类生命的形式。一部小说首先是一件艺术品，是一种表现人类生命的艺术方式。并且这件艺术品"往往是一个基本符号"①，是一种表现形式。这个基本符号如果要将情感内容传达出来，"其唯一的方法就是把有表现力的形式表现得非常抽象、非常有力，以致任何有正常艺术感受力的人们都可以看到这个形式及其'感情的

---

① ［美］苏珊·朗格：《情感与形式》，刘大基、傅志强、周发群译，中国社会科学出版社1986年版，第427页。

特质'"①。如果说认识就是赋予未知世界一定的概念形式，那么艺术品就是对认识的一种形式命名。伟大的艺术家激动人心的地方常常在于不但赋予情感博大精深且结构巧妙的艺术形式，而且以这个艺术形式的轮廓启示未知世界的某些亮光。

海德格尔认为在审美事实中，有表现力的行为并不是补充表现事实，而是表现事实被纳入形式之中，并通过审美事实得到解释。因此，审美事实是形式，而且仅仅是形式而已。那么，在这个意义上来说，故事也是一种形式，是喜剧或者悲剧，是以这样一种故事发展或另一种，都是情感走向的形式选择。比如《边城》，假如沈从文最后让二老回来，和翠翠顺利完婚，算是不完美情景下的完美结局，那么就将完全破坏整个故事中弥漫的轻愁以及命运的不确定感，破坏小说整体形式上的统一。因此，这种安排是故事问题，也是情感问题，更是形式问题。还有个著名的例子，《红楼梦》后40回的结局，有多少人就可以设想出多少个结局：黛玉什么时候离世；宝钗什么时候嫁给宝玉；宝玉什么时候出家，等等。每一个环节的设计，都是形式，是一种生命形式的想象、感知与定型。

很多人都同意这样一种说法，认为不是诗人在创造作品，而诗人只是上帝忠实的使者，就像莫扎特一样，只是上帝借他之手，把美好的音乐带到人间。我们不去讨论这样的说法是否合理，但这里其实隐含着这样一个信息：无论是诗人还是莫扎特，他们都带来了全新的情感形式。形式是否创新，直接决定了一部作品在艺术史上的价值。鲁迅、沈从文都被称为"文体家"，就是指他们创造出了新的表现形式，他们都是形式的自觉者。

---

①　［美］苏珊·朗格：《情感与形式》，刘大基、傅志强、周发群译，中国社会科学出版社1986年版，第440页。

可以说，每一位伟大的作家都为文学史贡献了自己独特的表现形式，如加西亚·马尔克斯的"魔幻现实"形式、乔伊斯的放大"现在"时刻的形式、普鲁斯特的留住"过去"的形式、卡夫卡的人在现实的种种设限中自我的可能性形式……每一种形式首先是切入世界的角度，是向世界提问的方式，然后才是内容被塑造的容器。从这个角度上可以说，一个时代有一个时代的文学，如所谓的唐诗宋词元曲明清小说，几乎是一个时代尽所有之力来穷尽一种形式的所有可能，以致后来者只能另辟蹊径，寻找新的表现形式。而每一种可能性的探索，都是一种情感的定型：五言诗七言诗、律诗绝句，是怒发冲冠还是淡然恬适，完全取决于容器，因为内容、情感就像水一样，"器方则水方，器圆则水圆"。

中国现代小说史以鲁迅的《狂人日记》为开端，这个开端也是一个高峰。小说至少在四个方面直接呈现出新的形式特征：与文言文相对的白话文形式；以狂人视角展示正常人的"不正常"；狂人的白话与正常人的文言；以日记体形式来探索现代人的心理，播放生活事件在个体心灵上的投影，等等。当这些形式变成一个整体、一个基本符号时，表达的意味之多义性与复杂性也直接使小说达到了一个很难超越的高度，于是成了无法重复的经典形式。沈从文也认为，"所写的故事，超越一切同时的创作形式，文字又较之其他作品为完美"。因此，这一表现形式"非常有力""以致任何有正常艺术感受力的人们都可以看到这个形式及其'感情的特质'"①。《狂人日记》之后，不少作品如丁玲的《沙菲女士的日记》、庐隐的《丽石的日记》、沈从文的《一个妇人的日记》、茅盾的《腐蚀》等一批日记体小说相继出现，以致陈平原也把日记

① 沈从文：《论中国创作小说》，中国现代文学馆编《沈从文代表作》（下），华夏出版社 1999 年版，第 309 页。

体小说纳入小说叙事模式转变的框架中来探讨。另外，即使到今天，研究者依然对《狂人日记》投入极大的研究热情，从各种角度挖掘其可能存在的意义，打开每一扇可能的窗口。那些流行理论的轮子，几乎轮番在小说的形体上碾过。无论如何，这都是对这一基本符号、这一形式的各个角度的感知。从这一点上来看，《狂人日记》实际上有点像斯特恩的《项迪传》，一部被称为西方"种子小说"的小说，现代主义或后现代主义的很多技巧、手法都可以在这部小说里找到。

鲁迅自己在谈小说创作时曾说，"太伟大的变动，我们会无力表现的，不过这无须悲观，我们即使不能表现他的全盘，我们可以表现它的一角。巨大的建筑，总是一木一石叠起来的，我们何妨做做这一木一石呢?"[1] 这里，创作即"表现"，而且是"只有多读多写，再别无他法"。这是一个谁都明白的道理，多练习（技巧），以使词能达意。如何达，能否达，其中的秘密，作者在寻找合适的形式过程中一定都与之细细交流、磨合过。沈从文说："艺术品之真正价值，差不多全在于那个作品的风格和性格的独创上。""文字要恰当，描写要恰当，全篇分配更要恰当。作品的成功条件，就完全从这种'恰当'产生。"[2] 老舍创作名言之一是：不断地写作才会逐渐摸到文艺创作的底。那么，怎么样才叫"恰当""文艺创作"的底呢?靠的就是作者在反复过程中对形式的度的感知和把握，因为小说家关注的是"他所追求的一种形式，只有那些符合他梦想的苛求的形式才属于他的作品"[3]。叶圣陶在谈到如何组织作文时指出，"文艺作品……必须是浑然的一个有机体……是一个融和致密有

---

① 鲁迅：《致赖少麒信》，《鲁迅书信集》（下卷），人民文学出版社1976年版，第838页。
② 沈从文：《短篇小说》，《沈从文全集》（第16卷），北岳文艺出版社2002年版，第493页。
③ ［法］萨特：《什么是写作?》，转引自米兰·昆德拉《小说的艺术》，董强译，上海译文出版社2004年版，第185页。

生机的球体"①。一旦安排剪裁恰当，这个球体便生成了自己的节奏、声音、色彩的形式自足的世界。

中国文论对此也早已有过相当多的论述，如刘勰说："方其搦翰，气倍辞前；暨乎篇成，半折心始。何则？意翻空而易奇，言征实而难巧也。"正因为词达意的困难，"子曰：书不尽言，言不尽意。然则圣人之意共不可见乎？子曰：圣人立象以尽意，设卦以尽情伪，系辞焉以尽其言"（《周易·系辞上》）。立象以尽意，于是象在中国美学中便成了个神奇的阐释空间。但这个象，也依然是这个"基本符号"中的象，因为"审美事实是形式，而且仅仅是形式而已"。如果，我们不否认小说首先也应该是个"审美事实"。所以，对中国现代小说形式的感知，其实也是对小说史本身血肉成长的感知。虽然，这种感知与小说本身对自己的角色定位也有一定的关系。比如中国现代小说在政治动荡的时代，很容易就会出现所谓内容大于形式的社会传声筒作品，热情压倒表达且艺术性缺乏。在沈从文看来，郭沫若的很多小说作品就是属于这种情况。而且，当救亡或启蒙成了小说的道德准则的时候，小说早已担负起了非小说的任务。而此时的批评关注的也只是社会意义、意识形态是否正确，是否批判旧社会、批判旧制度等二元对立的简单化思路。加上政治、商业的合谋以及作家本身冠冕堂皇的浮躁理由，形式的探索被视为不合时宜，没有社会责任感，一段时期内几乎处于停滞状态。另外，因为对中国现代作家来说现代小说这一文体、工具都是全新的，需要一个适应过程，才能对工具的运用得心应手，因此早期的很多小说在形式上大部分都属于实验性的。

《圣经·新约》说"万物始于词语"，有人说音乐始于词穷之处，小说

①　叶圣陶：《文艺谈·十二》，《叶圣陶研究资料》（上），知识产权出版社2010年版，第233页。

是以"词"为物质材料建筑起来的。那么，生命的音乐性如何被艺术化为小说这种形式？小说形式又是如何体现出这些生命的音乐性的？最后，生命的音乐性如何成为在深处推动小说形式的自我调整与发展的力量？

生命的过程总是要经历出生、成长、死亡，小说与音乐的展开从通常意义上来说也是如此，因此生命、小说、音乐天然地具有同样的性质。博尔赫斯在某一处也说过："一切艺术都要求取及音乐的属性，而音乐的属性是形式。"那么，到底如何吸取呢？具体到我们的小说，那些物化为一行行的文字，其排列方式、内容的分段、情节的设置安排、叙述的方式，甚至文字的外形都可能是形式建构的关键因素。首先从生命的连续性来看，小说的第一个字到最后一个字，在物质表层上只是一长串的文字；而从这一长串文字表达与建构的世界来看，由于具有了意义建构上的黏合性与连续性而有了曲折和节奏，有了生命的活力，这一长串文字才幻化出时间进程中空间的扩张与搭建。而这一点，在音乐中表现得更为明显。因为我们现在所用的词语都是很陈旧的工具，并且很拘泥于约定俗成的意义范畴，虽然因为陈旧而具有丰富的言外之意；音乐虽偶尔也有一定的可以表意的"主题动机"，但对纯音乐（器乐）来说，其形式的模糊性与确定性神奇地统一于一身。它是最局限的语言，但也是最无限的表达。古今中外几乎都有这样的共识：音乐能够直达心灵。音乐旋律的蜿蜒与流淌，使生命的纹理得以清晰，使生命的每一个角落都能够被照亮与慰藉；音乐节奏的规律撞击，使生命找到了最放心的落脚点与实在感。这种实在感与旋律的飘荡一起，构成了生命最清晰的梦想形式：脚踏实地，仰望星空，自由穿越宇宙空间，缭绕舒畅。这一点，也是小说这种线性形式试图到达的。小说的连续性中能否让叙述飞起来，能否缭绕星空，很大程度上便取决于成型的形式是否契合生命的音乐性。那么，生命的音乐性到底是如何被"艺术"为小说这种形式的？

中国现代作家中，对音乐与宇宙甚至艺术的关系有独到体会的不乏其人。比如，在沈从文看来，一切都是现成的乐章，只差用乐谱谱写出来；徐志摩认为一切都是音乐做的……其实，这种体认的文化传统基础正是上文提到过的中国音乐的最高理想——"天籁"，是"大乐与天地同和""大音希声"的个体体认。

的确，音乐中完美的逻辑与结构，与大自然、生命的神气是如此的一致，以至于"一切艺术都以逼近音乐为旨归"（佩特语）"一切艺术都是音乐"（克罗齐语）成了一种合理而且像是必须如此的判断。音乐与生命的直观关系，使得音乐成为谈论艺术与生命的最方便、最高的标准。正是从这种意义上，我们可以理解许祖华指出的，研究小说的音乐性其实也是对人性的研究[①]。不同时期、不同的生命状态，体现出的不同艺术生命节奏与生命的音乐性，正如不同面貌的音乐"百花齐放"。由于生命的体验、理解是无穷的，所以，所有的不同音乐都是在从自己的角度阐释、充实、汇入生命的大海。如果从这个意义上来看中国现代小说的音乐性，来使用原来我们在前文"鄙弃"的音乐术语，则有了新的内涵：音乐术语在这里形容的是一种"一切艺术都是音乐"，那么小说也可以在生命的角度上来理解成音乐。这样，除了鲁迅部分作品中公认的复调，沈从文的有意识的"用人心人事作曲"，那些不同音乐风格的小说作品因而有了新的视野：牧歌情调的小说、社会交响乐式的小说、都市现代音乐等。余华在谈到文学的叙述与

---

① 参见许祖华《鲁迅小说的人物与音乐——鲁迅小说的跨艺术研究》，《山西大学学报》（哲学社会版）2010 年第 3 期。

音乐的叙述时认为，它们是"如此的相似，它们都经历了时间的衰老和时间的新生，暗示了空间的瞬息万变。……它们的叙述之所以合理的存在，是因为它们在流动，就像道路的存在是为了行走"①。正是在这个行走的道路中，小说通过语言、故事、人物、情节等营造出的一个生机勃勃的虚幻空间，只是这个空间里发生的一切都是以现实为依托，如同在茫茫无边的社会生活中撒下的一张网，企图打捞出一些可以理解的标本。所以，一方面，生命的音乐性很大程度上是依靠小说这个空间整体来完成的；另一方面，这条文字线性行走铺展开的道路也形成了时间在空间中划出的旋律，并且这条旋律一旦形成，始终蕴含着丰富的弹性"意象"空间：历史的、文化的、美学的、哲学的或宗教的等。只有在把目光从这些无限空间中收回，来关注时间过程本身时，我们才能体会到生命的音乐性原来是如此被"艺术"进小说形式了。

当回顾一部小说（指传统的线性叙述小说），我们习惯于从故事梗概来把握。比如《倾城之恋》，讲的是离异的上海小姐白流苏，在白家备受冷嘲热讽，最后如何把自己嫁给多金男范柳原的故事。然后，小说以貌似生活的本来节奏叙述，读者自在想象中将各色场景安置在相应的位置。而这个过程中，作者的生花妙笔可能将读者的注意力不平衡地引向一些他/她感兴趣的细节，如张氏特有的贵族式华美缤纷的语言："里屋没有灯，影影绰绰的只看见珠罗纱帐子里，她母亲躺在红木大床上，缓缓挥动白团扇。"读者这里需想象出"影影绰绰"的屋里，"珠罗纱帐子""红木大床""白团扇"与女人的场景，并且对这些参差的颜色搭配有足够敏捷的反应，才能真正使这一叙述空间流转起来。同样，当面对下文这种既乡村又古典的场景，

① 余华：《音乐影响了我的写作》，上海文艺出版社 2004 年版，第 78 页。

对一些没有相应生活背景的读者来说，对小说音乐性的流畅感知也会有某种程度上的迷失："清早起来，太阳仿佛是一盏红灯，射到桥这边一棵围抱不住的杨柳，同时惹得你看见的，是'东方朔日暖''柳下惠风和'褪了色的红纸上的十个大字——这是陈老爹的茅棚"（废名《河上柳》）。本来，废名描述的图景和语言都是简洁质朴的农村风格，突然来一个"东方朔日暖""柳下惠风和"，叙述线条像是突然打了个褶皱。而这个褶皱，似乎正是废名用心良苦想捕捉的，进而让这个褶皱释放出摇曳之姿。这只是从小说线性叙述上来谈的音乐性的生成特点，是最隐蔽的、最抽象却最具象、无所不在的概念性音乐性空间。

而在音乐中，一切都是在具体的声音中发生的，与生命的共鸣基本上是通过音的升降、强弱、高低组合幻化出社会生活给生命带来的各种程度不一的刺激。这种共鸣几乎可以满足人生所有的情感体验，因为"音乐能创造性地以无数的差别和对比来塑造"[1] 和情感状态的共有因素。这种差别和对比可以达到丝丝入扣的境地，以至于门德尔松在给友人的信中写道"那些我所喜爱的音乐向我表述的思想，不是因为太含糊而不能诉诸语言，相反，是因为太明确而不能化为语言"[2]。

那么，生命的音乐性是如何在小说深处推动形式的自我调整与发展的？在这里虽然还不能很深入地展开，但这是个非常有意义的问题。这里只能略微论及，并希望在后面的论述中不断做出相对的回应。

明代谢榛读诗歌的要求是："诵之行云流水，听之金声玉振，观之明霞散绮，讲之独茧抽丝"（《四溟诗话》）；柯勒律治说，在灵魂中没有音乐的人不

---

① ［奥］爱德华·汉斯立克：《论音乐的美》，杨业治译，人民音乐出版社 1980 年版，第 31 页。
② 转引自余华《音乐影响了我的写作》，上海文艺出版社 2004 年版，第 91 页。

能成为真正的诗人；郭沫若认为："诗之精神在其内在的韵律（Intrinsic Rhythm）"，而"内在的韵律便是'情绪的自然消长'"，"内在韵律诉诸心而不诉诸耳"① ……对诗歌而言如此，小说何尝不是这样？米兰·昆德拉说"一部小说的形式，它的'数学结构'，并非某种计算出来的东西；这是一种无意识的必然要求，是一种挥之不去的东西"②。鲁迅则说：不要看了就写，要观察了又观察，研究了又研究，精益求精，哪怕是平凡的事物也能创造出它的生命力来③。"挥之不去的东西""生命力"，是不是一种内在机制的自觉调整力量？

这一点，我们在萧红的创作当中，也许能够有比较直观的体验。对萧红来说，是生命深处音乐性的凝聚力，为表面上没有什么特定结构的散文式小说提供结构统一的内在依据。写于作者离世前几个月的《小城三月》，"无结构的结构"④，却异常的完满、充沛，这里只是传递了"命力"，是"命力"以及那种"挥之不去的东西"，支撑起小说中看似漫不经心的拉杂。这与意识流追求的模拟与有意地追求精神状态的原始状态有着本质上的不同。前者只能是源自生命，后者的模拟以精神的原始状态为参照，实际上在有意地向生命本身的节律靠拢。因此，西方现代主义小说成为小说音乐化史上的一个高峰就不足为奇了，也再一次证明了音乐艺术与生命的特殊关系。应该说，这是生命的音乐性推动小说形式与技巧发展的一个较有说服力的事件。这体现了小说音乐化的基本功能之一：美学统一与宇宙秩序的象征的音乐。从中国艺术精神来说，这也是人类生命的音乐性在统一艺术作品

---

① 郭沫若：《论诗三札》，《郭沫若选集》（第 4 卷），人民文学出版社 1997 年版，第 200 页。
② ［捷］米兰·昆德拉：《小说的艺术》，董强译，上海译文出版社 2004 年版，第 114 页。
③ 沈尹默等：《回忆伟大的鲁迅》，新文艺出版社 1958 年版，第 190 页。
④ 赵园：《论萧红小说兼及中国现代小说的散文特征》，《论小说十家》，浙江文艺出版社 1987 年版，第 219 页。

形式的象征。

米兰·昆德拉在《小说的艺术》中指出："小说的形式是几乎没有局限的自由。小说在它的历史进程中没有好好利用这一点。它错过了这一自由。它留下了许多尚未探索的形式可能性。"① 因此，每位小说家的创作其实都是关于什么是小说，以及小说还有什么样的可能性的实践，生命的音乐性作为内在的一个强力因素总是在"挥之不去"地影响着小说，无论小说在吞噬什么样的领域，在形式的道路上迈出什么样的步伐。

---

① ［捷］米兰·昆德拉：《小说的艺术》，董强译，上海译文出版社 2004 年版，第 104 页。

第二章　中国现代小说音乐性的显性特质（一）

语言作为文学最基本的物质表现形式，其音乐性是诗歌之所以成为诗歌的重要特质之一。在小说中，语言的音乐性被语言传达的信息所遮蔽，只有在重新将小说视为一种语言艺术时，我们才会发现音乐性也是小说语言的重要特征之一。也许有人会认为，只有那种被称为诗化小说的语言具有鲜明的音乐性，或者认为过分讲究小说语言的音乐性，将扰乱小说严肃宏伟的意图，使小说显得过于花哨。我们在这里要重申的是：小说语言音乐性的特征不只包含抒情性的，正如长相各不相同的每个人都有资格被称为"人"一样，他们都具有成为人的基本因素。在总体和谐的前提下，音乐性也具有多种不同的面向，这种不同的面向构成每位作家不同的语言内在节奏，形成了不同的语言风格。

正是在这种意义上，我们不可能穷尽所有作家的语言风格。本章的论述思路是借助索绪尔的能指与所指概念①，首先分析中国现代小说语言

---

① 瑞士语言学家索绪尔把语言符号看作一个概念和一个音响形象的统一体。音响形象又称能指（significant），概念又称所指（signifier）。参见［瑞士］费尔迪南·德·索绪尔《普通语言学教程》，商务印书馆 2004 年版，第 102 页。在本书中，能指主要指语言文字的声音、形象层面，是语言实际传达出来的；所指是语言的意义本身，是人们通过语言试图表达出来的。

语音层面的音乐性，而后分析新感觉派作家的语言实验带来的语言音乐性的功能变化：从形式进入意义的渗透过程。分析的基础是：中国现代作家的小说语言从以所指为目的能指为形式与风格等物质表征到以能指本身为目的，所指被悬置的内在思路，来透视小说语言音乐性的重心在这一过程中的巧妙转移，从而折射出社会文化心理的变迁。这一过程还有一个不可忽视的基础是，根植于诗歌传统的中国现代小说的普遍的诗化要求与倾向。

第一节 《倾城之恋》及其他："声音系列"的音乐性

"每一件文学作品首先是一个声音的系列，从这个声音的系列再生出意义。"[①] 尽管我们的文化训练已经让我们能够越过"声音系列"，直接面对"声音系列"后面的意义，但这些"声音系列"的特点和组合形式直接决定着作品的风格。这一节，主要阐述"声音系列"从在古典诗学中的重要地位到小说中的失落地位，现代作家对小说的"声音系列"本能的和谐要求，以及现代小说不同风格与调性的"声音系列"。

一 小说的"声音系列"

汉字作为音、形、义的统一体，在不同的文类中，这个统一体的三个部分呈现出不太相同的历史面貌。《文心雕龙·情采》将组织语言列为"立文"的三大原则之一："立文之道，其理有三：一曰形文，五色是也；二曰声文，

---

① ［美］雷·韦勒克、奥·沃伦：《文学理论》，刘象愚等译，生活·读书·新知三联书店1984年版，第166页。

五音是也；三曰情文，五性是也。"其中的"声文""五音"指的是文学作品"声音系列"的调谐。和很多古典诗学的谈论对象一样，刘勰这里指的是高居庙堂的珠圆玉润、流光溢彩的诗歌语言艺术，以此来要求小说的语言未必恰当，因为每一种文体都有自己的语言使用与审美规则。

传统的诗学中，语音对诗歌具有重要的意义，音、形、义在诗歌中连成一个紧密的整体；但在小说中则不然，义占去了如果不是全部也是绝大部分的空间。小说的语音问题被压缩到几乎可以忽略的程度。只要进入小说，我们的阅读机制马上会调整到"小说档"：透过语言文字，寻找背后的故事。我们完全可以"得鱼忘筌"。这一方面是由小说的文体特征决定，另一方面更是由长期以来对小说的功能定位决定的。同时，从五官的功能来看，也是眼睛在小说阅读中扮演认识和理解功能的主要角色。

从诗歌语言到小说语言，语言的声音和意义的结合方式发生了变化：诗歌语言总是力图以最俭省适切的笔墨，从语音到意义共同散发出最大的声音和意象空间，是一个从实到虚、从有限到无限的过程。正是在这一点上，诗歌语言的意义被虚化了，实词的意义并非实，而是虚，目的是"境"。比如，当面对"床前明月光，疑是地上霜。举头望明月，低头思故乡"这样的诗句时，如果不摇头晃脑地吟诵数遍，在唇舌缠绕与声音的婉转之间仔细体味简朴直白、大智若愚般的诗歌空间，也只是些低年级小学生都认识的字句而已。所以说，诗歌是一种声、形和义浑然一体的综合艺术。而小说则相反，如果说一个故事就是一个陈述句，那么一部小说拥有无数的定语即限定性材料，将小说具体地划定出一个似乎轮廓清晰的"物质世界"。小说的词语具有明确精细的意义功能，它们犹如绣花中的一个个针脚，要在整体中起到缝合的作用。单个的词是虚的，要在词语整体中共同筑成"物质世界"的铜墙铁壁。

这个文体上的巨大区别，使小说语言的意义得到空前的强调，声音则被压制到针脚中去了。强调"五音"在小说中的重要，自然显得那么不识大体，不合时宜。

小说被赋予了娱乐的、消磨时间的外形，小说的语言扮演的是真正的"媒介"功能，能指在这里是通往所指的"桥"。在小说以声音系列的外在形式支撑故事这个内在生命内核的展开过程中，由于小说的历史、语言互文性，小说语言的音乐性不仅困难重重，而且容易显得"搔首弄姿"。这一切都是小说的功能决定的。从根本上来说，这是一个时代的风气决定的。当一个时代需要唤起人们的精神和斗志，所指必然是语言的全部意义所在，促进语言展开生长的是语言外部的力量，小说语言的音乐性某种程度上在这里是指所指的音乐性。而所指的音乐性更为隐蔽，几乎没有引起注意。而当一个时代各就各位、各司其职，文学能够回归到文学本身时，小说便开始反观自身的语言了。于是，语言能指的游戏成了作品的中心。这是两种完全不同的文学模式。中国现代史上所谓的"文学自觉的时代""为艺术而艺术"以及20世纪末文学的边缘化等现象，都是语言将目光收回到自身内部，经营语言形式的必然契机。

即使在文学自觉的时代，小说中的"声音系列"何在？我们如何公平地看待每一部作品的"声音系列"？西方现代派小说中有纯粹的"文字音乐"，如《尤利西斯》中的《塞壬》，如 Imperthnthn thnthnthn 试图在表意的同时，通过词形的变化直接呈示声音的震颤效果，以唤起人们对"声音系列"的注意（当然小说本身的雄心绝不仅仅在此）。但由于语言体系的不同，汉语的"文字音乐"有着完全不同的面貌。

假设将一部作品的声音系列完全抽离出来，那会是什么样的结果呢？不外乎是四声的交叉变化？这里以张爱玲独具特色的声音系列为例，来做一番细查：

> 胡琴咿咿呀呀拉着，在万盏灯的夜晚，拉过来又拉过去，说不尽的苍凉的故事——不问也罢！（《倾城之恋》）

"声音系列"是：

> Húqín yīyīyāyā lāzhe, zài wànzhǎndēng de yèwǎn, lāguòlái yòu lāguòqù, shuōbújìn de cāngliáng de gùshì——búwèn yěbà!

这里我们看到的是唇舌缠绕，以及不同发音部位与方法的声韵母勾画的舞动的声音世界。剥离出"声音系列"的"高下"，结果是：

> 22 1111 1 轻声，4 431 轻声43，142 4 144，124 轻声12 轻声44——24 34!①

从这剥离出来的"骨架"上，我们至少可以有以下四个方面的发现："声音系列"的声之高低，自然的婉转旋律；轻声的神秘效果；单音与双音或多音组合的自然节奏；标点符号在这里的表情一目了然。然而问题也随之出现，因为如此一来我们对任何环境下的语言使用都失去了分别，这是汉语的自然效果！但与此同时，也昭示着一个不可否认的事实：小说语言的旋律与内在节奏的天然存在。其区别于其他语言的使用的是：这种语言的旋律与内在节奏是附着于小说这种特殊的文体的！它并不是单独的存在。这种附着有故事或非故事（淡化故事情节）、形象、意蕴、境界等多层次的底色。"声音系

---

① 这里的1、2、3、4分别代表阴平、阳平、上声和去声。

列"与不同层次的交融，实际上形成了小说不同层次的声音（也可以说是旋律）。尝试清晰地分辨这不同层次的声音色彩，即本书讨论的音乐性，也是本书的目的所在。我们会在下文不断回到这个话题。因此，这里的"声音系列"不是纯粹的韦勒克、沃伦意义上的物理声音，理由有二：其一，这里的声音直接染上了"胡琴"苍凉的"咿咿呀呀"的色彩，在"万盏灯的夜晚"自个儿"拉过来又拉过去"，何时是个头呢？这过来又过去的，这"说不尽的故事"，拉不完的情，正是因为"音乐的音调结构与人类的情感形式……在逻辑上有着惊人的一致。这种一致恐怕不是单纯的喜悦与悲哀，而是与二者或其中一者在深刻程度上，在生命感受到的一切事物的强度、简洁和永恒流动中的一致"[1]。而胡琴在这里，便具有了特殊的意义。其二，破折号如一声长长的叹息，无限滋味在里头——不问也罢！简洁的四个字，加上感叹号，如古琴中的"伏"的动作（一掌劈下去，截去所有的幻念）。破折号与感叹号，一放一收，"声音系列"由此进入了充满人生况味与艺术意蕴的层次。由于这个句子在《倾城之恋》的文中重复出现，小说的旋律基调也由此奠定，无论如何婉转，全是"咿咿呀呀"的苍凉的人生故事。

总之，小说的"声音系列"不只是声音系列——这是小说的声音或旋律性被忽视的主要原因，也是不可被忽视的主要原因，是其区别于诗歌的音乐性、日常语言或任何语言使用中的自然旋律与节奏的关键所在，是不同作家具有不同语言风格面貌的重要原因之一。尼采曾用了一个比喻来说明希腊或基督教建筑物每个细节关系到的更高一层的秩序："这种无穷意味的情调如同一层魔幻的纱幕在建筑物四周。"[2] 对小说而言，声音、节奏的

---

① ［美］苏珊·朗格：《情感与形式》，刘大基、傅志强、周发群译，中国社会科学出版社1986年版，第36页。

② 文良文化编译：《天才的激情与感悟》，华文出版社2004年版，第238页。

玄妙也正如这层"魔幻的纱幕"，而这也正是本章关注的重点。

二 适于口而顺于耳

对作家而言，首先要面对的便是讲故事的工具——语言。因而在作家这里，语言的语音这层包裹与承载世界图景的外衣，具有本体性的意义。这一节要讨论的是一部分中国现代作家对小说语言的基本要求：适于口而顺于耳。而这一点是语言音乐性的重要特征之一。下面试从三个方面予以论述。

第一，与在诗歌中一样，小说的语言也具有形式上的音乐性。有学者指出文学作品的音乐性有两重含义：其一，指文被律吕的音乐属性；其二，指字句内部的四声节制和句尾用韵①。王力先生在《略论语言形式美》一文中说："语言的形式之所以能是美的，因为它有整齐的美、抑扬的美、回环的美。这些美都是音乐所具备的，所以语言的形式美也可以说是语言的音乐美。"② 无论如何，形式与声律从古至今都是文学语言形式中被关注的焦点，因此在大部分论述小说语言音乐性的研究中也概莫能外。本书在此不准备再详细展开。当然，不展开不等于这部分的内容在这里不重要。只是因为本节更关注的是语言的内在声律、人的本能感受以及作品的音乐性之间的深层关联。

适于口而顺于耳，撇去意义不谈，这里强调的是五官本能的和谐要求具有的权威判断能力。而这种权威，就是抽象意义上的音乐性的本能要求，中国的吟诵传统则是这种本能形成的重要原因，即周作人所谓的"音乐方法"。他在谈到"八股文里的音乐分子"时认为作文"义轻声调重"的八股文的方

---

① 王少良：《刘勰论文学语言的形式美》，《文学评论》2006 年第 1 期。论文指出在四声理论没有出现之前，古人借用宫、商等音乐上表示音级的"五音"来表示声调。具体参见郭绍虞《再论永明声律说》，《照隅室古典文学论集》（下编），上海古籍出版社 1983 年版。

② 王力：《略论语言形式美》，《龙虫并雕斋文集》（第一册），中华书局 1980 年版，第 461 页。

法纯粹是音乐的，跟了上句的气势，下句的调子自然出来："他读到这一出股：'天地乃宇宙之乾坤，吾心实中怀之在抱，久矣夫千百年来已非一日矣，溯往事以追维，曷勿考记载而诵诗书之典要。'耳朵里只听得自己琅琅的音调，便有如置身戏馆，完全忘记了这些狗屁不通的文句，只是在抑扬顿挫的歌声中间三魂渺渺七魂茫茫地陶醉着了。"所以，周作人认为中国人实在是音乐的国民，"无论写什么都要一面吟哦着，也是这个缘故，虽然所做的不是八股，读书时也是如此，甚至读家信或报章也非朗诵不可，于此更可以想见这种情形之普遍了"①。创造社的小说家陶晶孙、倪贻德也推崇音乐。倪在《近代艺术的趋向》中指出：一切的艺术都应当音乐化，这是近代艺术界的呼声，因为音乐的价值最是属于本身的，它通过高低不同的节奏，使精神适当舒适。

虽然这不能适用于所有中国现代作家对语言的要求，但在很大程度上，浸染过中国古诗词的中国现代作家在语言问题上也自觉不自觉地遵循了不同趣味的音乐性追求。例如，叶圣陶认为："今文若何为美，若何为不美，若何则适于口而顺于耳，若何则仅供目治，违于口耳，倘能举例而申明之，归纳为若干条……大有现实意义。"②鲁迅认为自己的作文做完之后，"总要看两遍，自己觉得拗口的，就增删几个字，一定要它读得顺口"③。鲁迅这种"顺口"不能说与周作人所说的"朗诵"传统毫无关系，关键是这种语言追求蕴含的诸多有待发掘的美学可能性。朱光潜则在对比古文偏于形式的声音节奏之后指出："语体文必须念着顺口，像谈话一样，可以在长短、轻重、缓急上

---

① 周作人：《论八股文》，止庵校订《看云集》，河北教育出版社 2002 年版，第 79 页。
② 王力：《略论语言形式美》，《龙虫并雕斋文集》（第一册），中华书局 1980 年版，第 477 页。
③ 鲁迅：《我怎么做起小说来》，《鲁迅全集》（第 4 卷），人民文学出版社 1981 年版，第 512 页。

面显出情感思想的变化和生展。"①

第二，适于口顺于耳之所以如此重要，源于情感表现与音调、文字结构间的天然联系。钱理群曾不无深刻地指出："鲁迅作品不能只是默看，非得朗读不可。他作品里的那种韵味，那种浓烈而又千旋万转的情感，里面那些可意会不可言传的东西，都需要通过朗读来触动你的心灵。"② 这种"可意会不可言传"，即在言辞之外的声韵节奏中散发出的似模糊而宽广的音乐性力量。正是这种音乐性力量，将小说的概念描绘"转化"③ 成原始情感形象的音乐性效果。卡尔文·布朗在《音乐与文学：关于艺术的对比》中指出音调结构与文字结构，被用同质的方法提供给了耳朵④。这种"同质"是转化的前提与触点。

同时，从汉语本身的语言特点来看，由于汉语的声调、音步等具有区别语义的作用，"汉语的语法组织需随语气的顺畅与否而易其措施。汉语的词语单位则需有一定程度的弹性，以适应语言组合中音韵的要求"⑤。在朗读以充分体认与展开声调与音步的过程中，"那种浓烈而又千旋万转的情感"才能得以呈现，甚至某种程度上可以说这种呈现是无穷的。有人认为："生动的情感只能通过那些具有形形色色的节奏的形式而得到直接的表现。"⑥ 的确，节奏

---

① 朱光潜：《散文声音的节奏》，《艺文杂谈》，安徽人民出版社 1981 年版，第 83 页。
② 钱理群：《与鲁迅相遇·北大演讲录之二》，生活·读书·新知三联书店 2003 年版，第 138 页。
③ 苏珊·朗格认为每当人们用模仿手段去取得某种情感上的意味时，就会完全超出模仿的范围，而取得一种抽象的效果。参见［美］苏珊·朗格《艺术问题》，滕守尧、朱疆源译，中国社会科学出版社 1983 年版，第 94 页。中国现代抒情小说采用的很多传达情感的手段，包括这里的"声音系列"上的特殊效果：适于口而顺于耳，显然也是一种特殊的模仿手段，只是模仿的是"口"与"耳"的"适"与"顺"。
④ ［美］卡尔文·布朗：《音乐与文学：关于艺术的对比》，转引自［美］苏珊·朗格《艺术问题》，滕守尧、朱疆源译，中国社会科学出版社 1983 年版，第 155 页。
⑤ 申小龙：《中国语言文字之文化通观》，《天津社会科学》1994 年第 2 期。
⑥ 这是苏珊·朗格在《艺术问题》中对吉恩·D. 乌丁论述艺术和手势之间的关系的引用，参见苏珊·朗格《艺术问题》，滕守尧、朱疆源译，中国社会科学出版社 1983 年版，第 88 页。

使用得好，"就能够使我们更好地理解作品本文；它有强调作用；它使文章紧凑；它建立不同层次的变化，提示了平行对比的关系；它把白话组织起来；而组织就是艺术"①。俄国学者波斯彼络夫在谈到艺术言语语调的表达力时指出："在原则上，艺术语言永远不会令人只通过视觉，只通过手稿或印刷文字去领会，而要能从听觉上，从其生动的、可以直接感受的抑扬顿挫的声音上来接受。正是在其中，语言艺术的作品才能彻底揭示自己思想内容的全部感情—形象的丰富内涵。"② 朱光潜认为文学要表现情趣，而这"情趣就大半要靠音乐节奏来表现""我因此深信声音节奏对于文章是第一件要事"③，所谓"音乐始于词穷之处"也。在这个朗读节奏与想象世界、心灵上的微妙契合过程中，达到了真正的"触动你的心灵"。因为在这时，"感官的听"与"精神的听"④ 得到统一。

第三，从中国人的传统艺术思维上来说，身心与艺术作品节奏的高度契合是必然的。这种契合渗透在中国人思维的每个角落。王一川认为"宗白华的《美学散步》探寻到了中国文化固有的音乐性问题"⑤。这是个了不起的发现，因为"节奏"是中国文化精神的象征物。无论是对自然的理解把握，如潮涨潮落、阴晴圆缺、花开花落，还是对生活的理解，如祸福相依、进退自如等，我们的方式都是辩证式的，是二元对立的，但不拘泥于此二元。所谓的"一阴一阳谓之道"，一切秘密尽在力的对抗消盈的节奏之中。从语言方面

---

① ［美］雷·韦勒克、奥·沃伦：《文学理论》，刘象愚等译，生活·读书·新知三联书店1984年版，第175页。
② ［苏］T．H．波斯彼络夫主编：《文艺学引论》，邱榆若、陈宝维、王先进译，湖南文艺出版社1987年版，第401—402页。
③ 朱光潜：《散文的声音节奏》，《艺文杂谈》，安徽人民出版社1981年版，第82页。
④ 苏珊·朗格在《情感与形式》中认为在音乐上，内在的听与外在的听相结合，构成了艺术创作的完整状态。这两种听实际上就是感官上的和精神上的。参见［美］苏珊·朗格《情感与形式》，刘大基、傅志强、周发群译，中国社会科学出版社1986年版，第155—156页。
⑤ 王一川：《文学理论讲演录》，广西师范大学出版社2004年版，第328—329页。

来说，正如有人指出的，"由声韵律构成的内在和谐不仅是中国诗歌追求的效果，同时也已经渗透到了汉语散文的节奏甚至是日常口语的节奏当中"①。著名鲁迅研究专家朱彤在《鲁迅创作的艺术技巧》一书中也说道："文学语言的'贴切'，不只具有形象性上的意义，也有音乐性上的意义。在实际的生活里，这两者是自自然然结合在一起。"而周汝昌先生则在这种语言基础上，一语中的，认为类似汉语联绵词这样的建立在语音形象基础上的语言，传达的绝对"不是器物死的呆相"，从深层上讲，它体现出的是中国人"生命的神采姿致，精神的照射"，其美好神奇，很难传达到另外一种文化当中去，只有在汉语文化中才能真正领会②。联绵词与生命的神采，这也是中国人典型的艺术思维方式，这种"生命的神采姿致，精神的照射"其实就是艺术中的"道"，是艺术的最高目的。直接从语音飞跃到生命的思维方式，可以解释西方人的疑问："语言的韵律节奏是一种神秘品格，它或许能证明至今还完全没有进行探索的思维与情感的生物学统一性问题。"③ 对我们自然而然的东西，对他们却难以逾越。

总之，当适于口而顺于耳成了一部分中国现代作家对语言的自觉要求时，小说的语言形式从内部已天然地生成了一种与作者的个性相一致的音乐性风格。即使同是适于口顺于耳，如叶圣陶与鲁迅，但由于作家的个性、对生命体验与理解，以及对这种理解的表达方式千差万别，作品的风格于是也呈现出万般姿态。这里要强调的是，这种音乐性虽然与语言表面的"文被律吕""回环押韵"等形式不无关系，但还是有着重要的区别。我们在上文也已经指

---

① 泓峻：《汉语的音乐性潜质及其在现代文学语言中的失落》，《内蒙古社会科学》（汉文版）2006 年第 3 期。
② 周汝昌：《思量中西文化》，《文汇报》1999 年 5 月 30 日。
③ ［美］苏珊·朗格：《情感与形式》，刘大基、傅志强、周发群译，中国社会科学出版社 1986年版，第 299 页。

出小说中语音的音乐性具有的独特性质，此处不存在与任何别的文体或别的地方语言使用问题的区分。只是当我们从这个角度来理解一些小说作品时，本来不能理解的问题可能会向我们敞开更多的亮光，如鲁迅语言的音乐性问题，沈从文语言的特殊韵味等，进而可能触及作家语言风格的内在韵致。当作家对语言能力理解发生变化时，这种语言面貌往往也在悄悄酝酿着新的容致。下面，我们就将尝试讨论小说语言的音乐性作为形式上的因素与作品风格的深层关系。

三　作为形式与风格的小说语言的音乐性

小说声音系列带给我们的是一种总体的声音氛围，我们很容易将某个作品说成是美丽的小夜曲，如废名的梦幻般的《竹林的故事》，新感觉派代表作的都市流行音乐般的没心没肺和无病呻吟，张爱玲的浓厚色彩与铿锵音韵的语言美学追求，沈从文"水上语言"的简峭古朴，老舍的既俗又白的"大白话"……无论是何种追求，小说的声音系列作为一种集体性的力量出现，使中国现代小说的语言呈现出不同的节奏与旋律模式，与此同时，形成了不同的叙述风格和作品的声音面貌。这一节将以四个案例来说明这种集体性力量形成的作家个人的语言形式与风格。

例一：她不是鲁镇人。有一年的冬初，四叔家里要换女工，做中人的卫老婆子带她进来了，头上扎着白头绳，乌裙，蓝夹袄，月白背心，年纪大约二十六七，脸色青黄，但两颊却还是红的。（鲁迅《祝福》，描写祥林嫂的）

例二：翠翠在风日里长养着，把皮肤变得黑黑的，触目为青山绿水，一堆眸子清明如水晶。自然既长养她且教育她，为人天真活泼，处处俨然如一只小兽物。人又那么乖，如山头黄麂一样，从不想到残忍事情，

从不发愁，从不动气。（沈从文《边城》，描写翠翠的）

例三：玄色轻纱氅底下，她穿着金鱼黄紧身长衣，盖住了手，只露出晶亮的指甲，领口挖成极狭的 V 形，直开到腰际，那是巴黎最新的款式，有个名式，唤作"一线天"。她的脸色黄而油润，像飞了金的观音菩萨，然而她的影沉沉的大眼睛里躲着妖魔。古典型的直鼻子，只是太尖，太薄一点。粉红的厚重的小嘴唇，仿佛肿着似的。（张爱玲《倾城之恋》，描绘印度女人的）

例四：她可以说是一个近代的男性化了的女子。肌肤是浅黑的，发育了的四肢像是母兽一样的粗大而有弹力。当然断了发，但是不曾见她搽过司丹康。黑白分明的眸子不时从那额角的散乱着的短发下射着人们。（刘呐鸥《流》，描写家庭教师晓英的）

同样是描写女性的文字，例一节奏短促、简洁、干净。由于定语用得少，节拍比较平稳，正如有人说的，删去一个字都不行，已经是极简了。这就是鲁迅的语言风格特征。钱理群说：鲁迅文章的情思婉转，必须朗读才能出来，正在于极素朴的节奏后面那颗深沉的心和饱含着泪花的眼睛，和缓的节奏静静地流淌出对旧中国一切的无奈复杂的情绪。也因此，不管今人如何贬抑鲁迅的价值，他的文字有一种今人谁都没有的力量，就是文字背后和缓真诚地面对现实的力量。这种力量是他语言的风格，同时是他人格的写照。

例二节奏流畅简洁，旋律优美、浑然。无论是绘声绘色的朗读，还是心领神会的默诵，语言节拍间流露出的都是如置身大自然般的心旷神怡的浑然优美。与例一相比，虽然都是简洁的短句为主，但语气之间的紧张沉闷明显地减少了：如"乌裙，蓝夹袄……"在极简省笔墨之后的停顿，留下的是无言的沉重，当然，小说的思想性也盈溢于这些缝隙间。而例二的"翠翠在风日里长养着，把皮肤变得黑黑的，触目为青山绿水，一堆眸子清明如水晶……"清风拂面般的节拍，自由、尽情，却节制，一派"风日里长养"的和谐、"青山绿水"的悦耳。语音、语义、声音系列与内在文气（外听与内听，下面会讲到）在这里自然统一成一体，甚至可以说这种内外节奏与人体呼吸乃至与宇宙节律和谐。

例三节奏纷繁，华丽。语言节拍间的修饰明显增多，像是穿了层层叠叠花边的浓艳女郎，搔首弄姿。读起来已不再那么顺口。傅雷认为，张爱玲的文体之所以特别富丽动人，原因在于她能充分运用绘画、音乐、历史等多方面的修养①。此处就是一个很好的例子。"粉红的厚重的小嘴唇，仿佛肿着似的"是张爱玲参差对照的语言美学的绝好写照，"粉红"本来并不"厚重"，"厚重"又如何只是"小"的嘴唇，这"仿佛肿着"吗？像是不符合逻辑，这种节拍（参差对照的定语）的往复容易产生颓废、荒谬感，小说的贵族落寞及都市情调由此而生。而这是张爱玲才有的声音和节奏。

例四有点别扭，不太顺口。欧化的句子，定语过长，使得有些句子头重脚轻，气有点拗，不适于口也不再顺于耳，古老中国与西方现代文明杂交的都市眩晕感，如"黑白分明的眸子不时从那额角的散乱着的短发阴下射着人们。"特别是音译词"司丹康"带来的奇怪视觉与听觉冲击力：只能取其音，我们习惯掠过文字直取文字背后的所指世界在这里暂时遇到障碍，想象力似是而非地绕过这个障碍（总之这是个"障碍"），不必深究。另外，这种突然出现的障碍，使得原本的文字面目更为清晰可辨：意义才是根本。若只留下纯粹的声音，将成为噪音。这里之所以没有成为噪音，是因为这是出现在语境里的，偶尔为之，如旋律中的不和谐音，具有丰富和谐的面向的作用（破

---

① 傅雷：《论张爱玲的小说》，《傅雷经典作品选》，当代世界出版社 2002 年版，第 177 页。

坏，然后恢复和谐的努力）。这种自动取消了一切意义联想的词，突兀得与例三中的深 V 领一样，是外来的不和谐因子。正是这种突兀奇怪的节奏，构成了现代派初期的作品面貌。

这些语言的声音节奏特征与语言的风格特征互为表里，因此上面的形容词用来描绘其声音节奏的同时，也适用于其风格特征。那么，从声音节奏到风格这中间，有一段什么样的交融过程呢？让我们先抽出四个案例中同样描写肤色的词语组合来看一下有什么不同。

例一：脸色/青黄，但/两颊/却/还是/红的

例二：翠翠/在/风日里/长养着，把/皮肤/变得/黑黑的

例三：她的/脸色/黄而油润，像/飞了金的/观音菩萨

例四：肌肤/是/浅黑的

先看例一的"脸色/青黄"与例四的"肌肤/是/浅黑的"，如前所示，句子表现出来的不仅是节奏上的差别，还有情感姿态的不同。"脸色/青黄"看似纯粹的描绘，但由于后面接连的转折词"但""却"以及"还是"，实际上已经烙上了作者的情绪，这里既不能用例四相对客观的判断句式（这种句式像是对象直接横在面前，就是这么一回事儿），也不能用例二中有点引以为豪、欣赏的句式，特别是其中的"把""变得"甚至带点儿"嗔怪"（"黑黑的"，叠音具有的亲昵效果）的语气。而例三的节奏起伏较大，与语义上来看的调侃意味吻合，"像/飞了金的"参差节奏对比出来的是滑稽的嘲讽。况且，张氏特有的夸张离奇的比喻的运用，使作者的情感更飘忽，离描述的本体更遥远。如果单从这几个句子来看，借用王国维的"境界说"，很明显，例一、例二是"有我"的，后二者是"无我的"。而且例一、例二中"我"的情感状态也很不一样。

小说的诗化，实际上正是从语言节奏的诗化开始，即放慢放大语言节拍，让语言的描述更接近情感流动的结构，而不是现实细节的逼真上。正是从这一点上可以理解为什么有人认为鲁迅不懂音乐，但其作品充满音乐性。叶圣陶就认为，小说中"凡说及事物或情思，在本质上同时在形上具有一种内在的韵律，比较一般散文性的东西更为深美，都可以说是诗，广义的诗"①。

事实上，每位成熟的作家都有自己的语言的节奏特征，而这种外在的节奏特征根本上来说是由作家的文气特征决定的，如婉转、急切、嘲讽或者超逸等。因此从这个意义上来说，大部分小说的语言都具有音乐性特征，只是其特征因人而异，程度因作品而异。正是在这个意义上，小说如小夜曲，或者牧歌情调，或者抒情民谣之类的形容比喻在这里找到了最适切的意义："人们不是在听了我，而是在听了那语言之后，才明智地赞同：万物为一。"② 之所以借用音乐术语，叔本华的分析就显得特别深刻："一首乐曲和一个直观的描述之间的关系能成为可能，如已经说过的那样，所依据的是，两者只是世界同一内在本质的完全不同的表达方式。"③

第二节　《上海的狐步舞》：能指与重复的旋律

20 世纪的语言学转向，从某种意义上来说是人类开始重新打量语言这个一直以来毫无疑问的思维承载工具，人们的目光从内外部世界的意义探寻转

---

① 叶圣陶：《叶圣陶论创作》，上海文艺出版社 1982 年版，第 546 页。

② ［古希腊］赫拉克利特：《赫拉克利特著作残篇》，楚荷译，广西师范大学出版社 2007 年版，第 63 页。

③ ［德］叔本华：《作为意志和表象的世界》，石冲白译，商务印书馆 1982 年版，第 363—365 页。

移到如何表达上。于是，语言的性质一夜之间变得暧昧起来。语言成为操纵与反操纵的神奇工具，它不再俯首称臣于思维，而是在纷繁又贫乏的历史语境中舞动真实又虚幻的身姿。因此，现代小说的一个重要的特征是作家写作视角的向内转，关注语言本身，更注重语言的符号性及物质性。小说语言的能指和所指作用在 20 世纪发生了某种程度上的颠倒，所指的范围缩小，语言的能指顺着感觉到情状滑行，接近音乐音响以及由音响唤起的既确定又不确定的想象世界。

如果说本章第一节关注的是小说语言的自然和谐的音乐性，那么这一节将借助索绪尔语言学的能指与所指概念，以穆时英的《上海的狐步舞》作为研究对象，重点集中在小说语言的能指与所指功能转移所带来的语言音乐性的另一个层面，以及小说中利用重复这种手段，使能指本身构成自足的舞曲旋律。虽然这种现象只能算是一个特殊的小说案例，但由于这也是小说的媒介语言以音乐的媒介语言为参照时，所进行的一种可能性维度的实验，并且这种现象在中国当代小说以及西方现代主义、后现代小说中时有出现。同时，在这一实验中实际上也触摸到了音乐和小说甚至诗歌的某种无法突破的边界，因而具有探讨的价值。

一　能指的旋律

1933 年 1 月 13 日，穆时英在《南北极》（改订本）题记中坦言，"我所关心的只是'应该怎么写'的问题"。在《公墓·自序》中，他说"《上海的狐步舞》是作长篇《中国一九三一》时的一个断片，只是一种技巧上的试验和锻炼"。《穆时英小传》的编撰者认为，穆时英的"大部分小说用感觉主义、印象主义方法，在快速的节奏中表现现代大都市的声、色、光、影，以及都市人生的孤独感、寂寞感和失落感"①。这一点也是大部分论者对穆时英作品评论的基础，还有一些论者认为作品具有电影蒙太奇的手法特征。的确，作为中国"新感觉派圣手"——现代都市小说作家，穆时英受到日本早期新感觉派的影响，有意识地寻找不同于古中国的语言乃至结构形式上的表达，描绘由主观印象构成的现实世界。那么，作品在采用感觉主义、印象主义方法的时候，语言本身或者说语言"技巧"上发生了什么样的变化或"锻炼"，才得以满足这些主义呢？

在索绪尔的语言学概念中，能指和所指是语言不可分割的一体两面，能指主要是指音响形象，包含声音、形状等外在形态甚至原始含义，"能指属听觉性质，只在时间上展开，而且具有借自时间的特征：（a）它体现一个长度，（b）这长度只能在一个向度上测定：它是一条线"②。其实，这指的就是能指的线性特征。

所指是指音响形象在文化传统中延伸出来的概念、引申义等。二者之间的关系是任意的。二者的结合也才是语言符号性功能的实现。一般来说，文学作品之所以引人入胜，令人回味无穷，主要是因为所指的丰富深邃辐射出的无限联想空间。虽然，有一个例外是在诗歌中，能指在很大程度上影响诗歌的艺术成就。特别是在小说当中，充分发挥所指的强大指涉功能，就更为明显了。因此，在小说中，能指和第一节谈过的语音一样，基本上算是故事的"筌"，只是通往故事的桥，所指才是根本。但在《上海的狐步舞》中，由于一些特殊的叙述方式，小说实际上微微撼动了语言的能指与所指在文学

---

① 穆时英著，李今编：《穆时英代表作》，华夏出版社1998年版，第365、367、370页。

② ［瑞士］费尔迪南·德·索绪尔：《普通语言学教程》，高名凯译，商务印书馆2004年版，第106页。

中的这种常规关系。能指颠覆了所指的外部世界或象征意义，所指濒临滑落的边缘，能指裸露出自身的物质感。而裸露的能指本身的组合与滑动构成了能指的旋律，以直逼事物的本来面貌形式，犹如音乐的旋律，其运动的线条既是形式也是内容，既是物质本身也是精神。如此，达到原始的感觉主义、印象主义，以文字本身形式来再现都市的声、色、光、影。

比如，在本书中被一再引用的著名的描写华东饭店段落：

> 二楼：白漆房间，古铜色的鸦片香味，麻雀牌，《四郎探母》，《长三骂淌白小娼妇》，古龙香水和淫欲味，白衣侍者，娼妓掮客，绑票匪，阴谋和诡计，白俄浪人……

> 三楼：白漆房间，古铜色的鸦片香味，麻雀牌，《四郎探母》，《长三骂淌白小娼妇》，古龙香水和淫欲味，白衣侍者，娼妓掮客，绑票匪，阴谋和诡计，白俄浪人……

> 四楼：白漆房间，古铜色的鸦片香味，麻雀牌，《四郎探母》，《长三骂淌白小娼妇》，古龙香水和淫欲味，白衣侍者，娼妓掮客，绑票匪，阴谋和诡计，白俄浪人……

一般认为小说中很难进行逐字逐句的重复，像在音乐中一样。维尔纳·沃尔夫在讨论文学（特别是小说）与音乐的异同时也谈过这个问题。但是在《上海的狐步舞》中，穆时英创造了这个纪录。

按常规的小说原则，这里完全可以用一句话交代清楚，然而如果这里只是一句"二楼、三楼、四楼都在上演着同样的戏"之类的句子，这里就是描绘，是概括，是抽象的概念。因而，读者需要重新对概念进行解码与释放想象，还原事物面貌的过程。而这里连续重复三遍，显然，作者的目的不在于传递二楼、三楼、四楼同样的景观，而是让语言排列（能指）的形式来直接传达信息，语言的所指功能在这里被一再地重复、一点点地削弱。虽然我们得到了同样的信息（每一楼都在发生同样的事），但我们的目光被如此的语言"浪费"和堆砌所吸引。在这里，如果全然接受向我们"砸"过来的文字音响，小说的另一面相便向我们敞开了：单个的物体如"白漆房间"没有叙述上的意义，我们可以毫不费力地扫过这一行行的文字："白漆的房间……白俄浪人……"不用去寻找字面背后的深刻喻义，用不着去想象一个纸醉金迷的世界，而直接体会到小说整体的氛围力量和能指旋律的流淌，正如直接面对这些千篇一律的事物。习惯透过文字来建构文字背后的世界的读者，迎面而来的便是生硬的"白漆的房间……白俄浪人……"等本身，能指在展示自身，在裸露自身的形式。我们只要接受形式本身，就是接受了全部。也正是在这个意义上，《上海的狐步舞》的能指从所指解放自身，其旋律自由流淌，舒展自如。

实际上，这种读解方式也从另一个侧面显示出20世纪30年代上海滩颓废式的繁华。直面物质，精神隐退，麻木的肢体机械地跟着舞曲扭动，到处都是放浪形骸挥霍人生的红男绿女。正是从这个意义上可以将现代派作品与现代主义精神直接关联在一起，拒绝深刻、感觉的官能化、都市的光怪陆离、时空的快速切换等，浮躁喧嚣缺乏耐性，成天听着爵士乐，喝着混合酒，在消费主义浪潮中来寻求和确证人生价值的所谓都市人，根本没有时间细细去品味所指的韵味，他们要的只是欲望的满足：随波逐流地堕落、堕落，直观地刺激、刺激。在穆时英的另一篇小说《夜总会里的五个人》中也有不少这样的表达，比如：

> 白的台布，白的台布，白的台布，白的台布……白的——
> 白的台布上面放着：黑的啤酒，黑的咖啡……黑的，黑的……

如醉醺醺的酒鬼，颤巍巍地指着一排排铺着白台布的桌子，迟钝地口吃着："白的台布，白的台布……"声音忽高忽低，如吟似唱，重复使"白的台布"而非黑的台布这个具有明显的辨别功能本身都失去了意义，能指从所指的幻觉世界中脱离而独自飞起来。

回到我们将之归类的"新感觉派"这里，试图呈现的并不是已被大家所熟识的新感觉派的诸多技巧、特征，而是这些描绘方式背后显露出的作品的音乐性特质。新感觉派崇尚的"要使作者的生命活在物质之中，活在状态之中，最直接、最现实的联系电源就是感觉"[①]。感觉在这里成为小说语言通向音乐的桥梁，无论是所谓的联觉还是通感，这种感觉追求直接导致语言的"物质化"——"活在物质之中，活在状态之中"，也直接促成小说语言的音乐化。也就是说，小说语言到底能够在什么样的程度上丢弃所指这个盔甲，像音乐的音符一样，单凭声音本身的情状传达所要表达的。我们所说的语言这个媒介与音乐的媒介之间的边界就是在感觉世界中清晰，虽然这个边界并不是一条不可跨越的直线，而是有一个过渡的模糊地带。在这个模糊地带中，媒介之间的相互理解看起来似乎更为简单。比如，上文提到的"二楼：白漆房间，古铜色的鸦片香味，麻雀牌，《四郎探母》，《长三骂淌白小娼妇》，古龙香水和淫欲味，白衣侍者，娼妓拐客，绑票匪，阴谋和诡计，白俄浪人……"这个句子，刚读第一句时，我们的思维不会是流畅的，也不能是麻木的，我们依然需要一个解码（所指）过程，在想象中安置一个个笨重的形象，直到第三遍的重复，句子本身才能够飞起来，某种程度上不再为所指所累。也许可以达到歌词的效果，虽然飞起来了，但依然束缚在具体的形象之中。或者说，所指在这里反过来成了束缚能指的形体、躯壳。上文所说的能

---

① ［日］西乡信纲等：《日本文学史》，佩珊译，人民文学出版社1978年版，第348页。

指与所指在这里被颠覆了，指的就是这个意思。而在音乐中，旋律直接裹带着心灵飞扬，即使一些容易引起各种情感的如浪漫主义音乐，我们也无须解码，我们只需跟随，是音乐与心灵的契合在先，而后产生音乐形象的。而小说中则是先形象，而后再不完全地脱离形象。这大概就是小说语言所能够做到的极限了，是能指的旋律能够呈现并依然能够为人们所理解的一个界限了，再走下去，怕就是晦涩、不知所云了。当然，在西方后现代主义作品中，如贝克特的《乒》，一部"只依靠123个词汇962个单词的文本"。由于所用的词汇少，便只能不断地重复，"这里的重复推向了一个极致。它将文本的指涉意义撤空到以前的文学史中很难达到的程度，使它不只在一个方面具有了像音乐一样的性质。同时，过量的重复致使接收者意识到这个'作曲'下面的形式交换和变化原则的一种形式，并将它们从内容中拽出来"①。显然，这只是极端试验。但无论如何，这种试验是小说靠近音乐，或者说小说融合其他艺术媒介功能的一种尝试，严格来讲是小说语言的音乐化尝试。而这种语言上的试验，恰恰是小说总体上音乐性倾向的一个重要侧面，和上一节的语音一起，构成小说各个因素的音乐性可能的探索，因而具有重要意义。

顺便要提及的是关于如"小桥流水人家"般的不同意象的排列，显然这不是穆时英的发明，但在穆这里也自然具有20世纪30年代上海的神韵。这种写法后来在王蒙的笔下得到再一次的焕发，不同的是王蒙的排列中透露出的是长期压抑后大肆发泄的快感，显得粗粝笨拙，但其中的乐感是一脉相承的。如《春之声》中的"自由市场。百货公司。香港电子石英表。豫剧片《卷席筒》羊肉泡馍。……"

---

① Werner Wolf, *The Musicalization of Fiction*：*A Study in the Theory and History of Intermediality*，Amsterdam. Rodopi，1999：192.

二　重复与狐步舞

《上海的狐步舞》中至少存在四种形式的重复：单个词语的重复、段落的重复、狐步舞式重复、变奏式的重复。下面分别予以论述。

第一，单个词语的重复。即使在诗歌中，如"行行重行行"，重复之中，中间的"重"将前后相同的词隔开，并且将前后意思的层次渲染了出来。而在《上海的狐步舞》中，"精致的鞋跟，鞋跟，鞋跟，鞋跟，鞋跟"。连续出现了五次，而这些简单音节的不断重复，仿佛勾画出了一个无法言说的空间幻觉：到处都是鞋跟。

第二，与单个词语相类似，只是在规模上更大的是段落的重复。一是如上面列举的关于华东饭店的描绘的逐字重复，另外还有如小说的第一句：

上海。造在地狱上面的天堂！

与最后一句：

上海，造在地狱上的天堂。

类似的例子还有，当汽车飞驰在现代都市的马路上，窗外的景象是：

上了白漆的街树的腿，电杆木的腿，一切静物的腿……revue 似的，把擦满了粉的大腿交叉地伸出来的姑娘们……白漆的腿的行列。沿着那条静悄的大路，从住宅的窗里，都会的眼珠子似的，透过了窗纱，偷溜了出来淡红的，紫的，绿的，处处的灯光。

不同的是这是隔了一些段落的重复，如音乐的动机再现，整体具有表明性格特征的作用。

第四，狐步舞式重复。由于这个重复的效果必须在较长的篇幅里体现出

97

来，此处不得不长篇引用：

（1）蔚蓝的黄昏笼罩着全场，一只 saxophone 正伸长了脖子，张着大嘴，呜呜地冲着他们嚷。当中那片光滑的地板上，飘动的裙子，飘动的袍角，精致的鞋跟，鞋跟，鞋跟，鞋跟，鞋跟。蓬松的头发和男子的脸。男子的衬衫的白领和女子的笑脸。伸着的胳膊，翡翠坠子拖到肩上。整齐的圆桌子的队伍，椅子却是零乱的。暗角上站着白衣侍者。酒味，香水味，英腿蛋的气味，烟味……独身者坐在角隅里拿黑咖啡刺激着自家儿的神经。

（2）舞着：华尔兹的旋律绕着他们的腿，他们的脚站在华尔兹旋律上飘飘地，飘飘地。

（3）儿子凑在母亲的耳朵旁说："有许多话是一定要跳着华尔兹才能说的，你是顶好的华尔兹的舞侣——可是，蓉珠，我爱你呢！"

（4）觉得在轻轻地吻着鬓角，母亲躲在儿子的怀里，低低地笑。

（5）一个冒充法国绅士的比利时珠宝掮客，凑在电影明星殷芙蓉的耳朵旁说："你嘴上的笑是会使天下的女子嫉妒的——可是，我爱你呢！"

（6）觉得轻轻地在吻着鬓角，便躲在怀里低低地笑，忽然看见手指上多了一只钻戒。

（7）珠宝掮客看见了刘颜蓉珠，在殷芙蓉的肩上跟她点了点脑袋，笑了一笑。小德回过身来瞧见了殷芙蓉，也 gigolo 地把眉毛扬了一下。

（8）舞着，华尔兹的旋律绕着他们的腿，他们的脚践在华尔兹上面，飘飘地，飘飘地。

（9）珠宝掮客凑在刘颜蓉珠的耳朵旁，悄悄地说："你嘴上的笑是会使天下的女子嫉妒的——可是，我爱你呢！"

（10）觉得轻轻地在吻着鬓角，便躲在怀里低低地笑，把唇上的胭脂印到白衬衫上面。

（11）小德凑在殷芙蓉的耳朵旁，悄悄地说："有许多话是一定要跳着华尔兹才能说的，你是顶好的华尔兹的舞侣——可是，芙蓉，我爱你呢！"

（12）觉得在轻轻地吻着鬓角，便躲在怀里，低低地笑。

（13）独身者坐在角隅里拿黑咖啡刺激着自家儿的神经。酒味，香水味，英腿蛋的气味，烟味……暗角上站着白衣侍者。椅子却是零乱的，可是整齐的圆桌子的队伍。翡翠坠子拖到肩上，伸着的胳膊。女子的笑脸和男子的衬衫的白领。男子的脸和蓬松的头发。精致的鞋跟，鞋跟，鞋跟，鞋跟，鞋跟。飘荡的袍角飘荡的裙子，当中是一片光滑的地板。呜呜地冲着人家嚷，那只 saxophone 伸长了脖子，张着大嘴。蔚蓝的黄昏笼罩着全场。

从形式上来说，无论如何，这一部分都值得大书特书（此处最后用图表表示，可画三个）。这里可以组合出多种重复步伐。从整体上看，一是以例（8）为中心，两边几乎以同样的句子（只有少数词的变动）在后退和前进，特别是例（1）和例（13），除了例（2）、例（3）在这个进程中像是多出来的步伐；二是除了例（1）和例（13）完全的对应，中间部分的重复对应关系是例（2）—例（8）、例（3）—例（9）、例（4）—例（10）、例（5）—例（11）、例（6）—例（12）；三是另一个像花边式的重复中的花边句子例（4）、例（6）、例（10）、例（12），即以例（8）为中心，有规律地反复出现。本来，狐步舞就是在简单的基本舞步基础上，流畅从容地变换位置，旋转重复的一种舞蹈。某种程度上可以说，这一部分的重复，就是一种狐步舞的文字直观显现。

例四，变奏式的重复，描述刘颜蓉珠的会使天下女子忌妒的笑：

> 在高脚玻璃杯上，刘颜蓉珠的两只眼珠子笑着。
>
> 在别克里，那两只浸透了 cocktail 的眼珠子，从外套的皮领上笑着。
>
> 在华懋饭店里的走廊里，那两只浸透了 cocktail 的眼珠子，从披散的头发边上笑着。
>
> 在电梯上，那两只眼珠子在紫眼皮下笑着。
>
> 在华懋饭店七层楼上一间房间里，那两只眼珠子，在焦红的腮帮儿上笑着。
>
> 珠宝掮客在自家儿的鼻子底下发现了那对笑着的眼珠子。
>
> 笑着的眼珠子！

旋律原型是"笑着的眼珠子"，这浸透了鸡尾酒的眼珠子，在高脚玻璃杯上、皮领上、头发边上……显然这里预设了一个看客，否则这笑着的眼珠子只能是一双永远没有眼皮来遮盖的没有生命的"眼珠子"。但如此地笑，也的确让人头皮发麻。这里的变奏凸显的是麻木：笑着的，是"眼珠子"！

这里，我们至少可以从三个层面来看《上海的狐步舞》的重复蕴含的能量。

第一，从表面上看，可以说这些重复的目的就是模仿舞曲音乐，甚至是狐步舞形式本身。这里就是狐步舞的狂欢。当然，这里我们不必拘泥于与狐步舞节奏形式的严格对应。

第二，重复在这里玩味的是能指与所指间的张力关系。回到穆时英的自白：技巧的试验和锻炼。被称为"中国新感觉派圣手"的他，其小说技巧创造出了直到今天依然能够直观地表现出"罪恶的天堂"的上海具有的畸形声色生活节奏。各种形式的重复下面，裹不住的是狐步舞滑动的节拍。同时，这种袒露事物本身的重复，凝聚着道德品评没有的触目惊心的力量。也正是这种力量，使小说具有音乐性的原始力量。借用叔本华的说法，如果说音乐是意志的直接反映，那么这里的重复，使文字的所指不断萎缩，因此反而不甚重要，能指本身的意志，顽固地坚挺着。于是，小说呈现在我们面前的是：狐步舞滑动的同时稍作文字的变换（交换舞伴或者换一处地点），大上海不同地方不同人之间同样的沉醉、迷离在同时进行着。

第三，这里的重复创造的感觉体验新模式。无论是单个词语的或段落的重复，还是狐步舞式、变奏式的重复，穆时英在这里"锻炼"的是这种重复的容忍度到底有多大？重复多少遍是艺术，正好既可以使形式本身成为意义，又可以实现道德上的野心？如何重复可以正好是这种中国前所未有的生活所匹配的外衣？如果说创造型作家的成就之一，是为探索中的前方发现、生成适合的艺术表达形式，那么穆时英在这里便是如此。而在这一部短篇小说中，作者找到的形式就是：重复。这里的重复汇聚了"蔚蓝的黄昏"下的麻木、颓废、罪恶；汇聚了上海特定时期的声、色、光、影，舞厅里只要音乐响起，舞步便滑行，精致的鞋跟、鞋跟便机械地飘荡起袍角和裙子。

另外，从听觉上来看，由于不同形式的重复轮番轰炸，视觉麻木的同时，听觉反而习惯了有节奏的重复的来临。从这一点来看，穆时英实际上也"逼着"读者以全新的阅读模式进入《上海的狐步舞》，就是你也可以没心没肺地听，摇头晃脑舞起来。

总之，重复在《上海的狐步舞》中改变的不只是原来看起来可以轻易掌握的所指，一次次词语的覆盖渲染的是生活本身，还是艺术表达，或更准确地说是语言的诡异与眩晕？同时，重复也改变了小说读者原本并不平衡的阅读模式：只是眼睛的事情。和伍尔夫的《海浪》、托尼·莫里森的《爵士乐》一样，你无法安坐在舒服的靠背椅中，任凭从眼睛发动起来的思维"上天入地"神游，而必须伸展拳脚，卷入从听觉滚滚而来的音乐律动。

三 "文字音乐"还是形式模仿

"文字音乐"（word music）是文学与音乐研究前辈史蒂文·保罗·薛尔创造的词，主要指利用文字的声音维度形象地模仿音乐。比如，大家耳熟能详的"大弦嘈嘈如急雨，小弦切切如私语。嘈嘈切切错杂弹，大珠小珠落玉盘"，其中的"嘈嘈切切""弹""盘"等声音上与琵琶音乐的声似与神似，千百年来依然飘荡在字里行间。与西方英语文学中的"文字音乐"[①]相比，如乔伊斯的《尤利西斯》中的《塞壬》插曲，虽然这不是纯粹的"文字音乐"，因为还有言语音乐（verbal music）[②]的成分。然而这是诗歌的情况。形式模仿或可以称作结构模仿，指的是小说作品对某种具体的如交响乐等音乐结构，或某种具体的音乐作曲技术如对位等的模仿与借鉴。大部分的音乐化作品（特别是小说）都是在这一点上来接近音乐的，前者如罗曼·罗兰的《约翰·克里斯多夫》，后者如阿道斯·赫胥黎的《旋律与对位》。

那么，《上海的狐步舞》中的音乐化现象到底是属于"文字音乐"还是形式模仿？根据沃尔夫的小说音乐化理论，音乐化必须有类文本、文本内或者传记类的证据证明小说的音乐化动机和目的。但由于《上海的狐步舞》作

---

① 绪论中提到过，在沃尔夫看来，文字音乐是作为小说音乐化的一种特殊技术。

② 也是薛尔创造的新词。得到了不少学者比如布朗、胡伯的认可，并使用。沃尔夫在《小说的音乐化：媒介间性的理论与历史研究》一书中进行了新的发展和界定，认为 verbal music 是文学中音乐的隐蔽在场，更准确地说是特殊的、准互文媒介间性的指涉变体，即无论通过何种形式的模仿，是文字音乐还是结构或想象内容类比的形式，通过将之主题化而暗示出具体的、真实的或想象的音乐作品在文学作品中的在场。参见 Werner Wolf, *The Musicalization of Fiction: A Study in the Theory and History of Intermediality*, Amsterdam. Rodopi, 1999: 60。

者方面明确的证据只是"技巧的锻炼和试验"，暂时没有发现更直接的"互证"，因此这里我们的依据只是文本本身。很显然，根据上文的分析，小说正如作者自己所说具有强烈的试验特征。并且具有沃尔夫认为的小说模仿音乐的四个重要症候：不寻常的模式与再现，自我指涉化，偏离传统的叙述合理性与指涉，以及最后一个突出音响维度。沃尔夫指出，继斯特恩在《项迪传》中的一章中进行了"文字音乐"的试验之后，乔伊斯再一次作为激进的先锋试验者，在《尤利西斯》的《塞壬》中频繁地使用了几乎所有音乐—文学媒介间性的手段，甚至还有包括对作曲技术的一些微观结构的类比。比如，对利奥波德·布卢姆（Leopold Bloom）想起他最早与莫莉（Molly）的关系时的意识流的"颤音"模仿："Her wavyavyeavyheavyeavyevyevyhair un comb：'d."（228）沃尔夫说，即使小说依然无法让我们很容易就听到言语中所暗示的音乐，但《塞壬》中文字音乐的大量存在是一个不可忽略的事实，并且这些文字音乐也参与到文本意义的建构之中。在《上海的狐步舞》中，除了音响维度，其他几个特征在上文的论述中已经比较详细地分析过了。这里要特别指出的也是这个音响问题，实际上上文也已经涉及了，而且与乔伊斯的文字音乐有一些共同之处，但不同也显而易见：英语的能指可以通过随意（当然也只是指乔伊斯如此）膨胀或紧缩（如上文的"颤音"）一些字母，以达到表现某些特殊的效果的目的。而在中文的单音节汉字中则没有这样的便利，唯一的可能是在至少双音节或双音节以上的词语中可以这么做，在《上海的狐步舞》中，如"精致的鞋跟，鞋跟，鞋跟，鞋跟，鞋跟"。当然，穆时英在这里不是像乔伊斯那样，用心良苦地模仿音乐的"颤音""断音""连音"等一系列音乐的微观结构，但这里起到了相似的作用。当只是"精致的鞋跟"出现时，我们的意识里搜索到的经验里的可能是水晶鞋跟或者金色、银色的纤巧鞋跟，但由于不寻常的重复，句子在突出自己的排列形式的同时，当第二个"鞋跟"甚至第三个、第四个、第五个源源不断地挤上来时，耳朵里充斥着的是女郎们的高跟鞋在舞厅地板上叩击的"嘁恰嘁恰"声了。同时，"鞋跟"（xie gen）这个词的发音：擦音 x 的轻柔与齐齿呼 ie ＝ xie，与舌根音 g 浑圆的金属感音质与开口呼 en ＝ gen 连在一起，更形象地暗示出跳舞时的拖曳与鞋跟点地的动作。作者的本意也许是抓住直觉的如林的鞋跟，不管是由于巧合还是有意，这个词在这里的确从视觉的冲击直接转化成了听觉上的形象。新感觉派的"活在物质之中，活在状态之中"正是被这样巧妙地渲染出来：舞场的摩肩接踵、舞者的眩晕、旋转感、声色的光怪陆离。

文中相当快速的节奏，也是使得音响维度被调动起来的不可忽视的原因。这是指相对于传统的小说而言，单位时间内出现的场景与物象密度增加，线性叙述被繁复的空间切割，字词拥挤得没有令人回味的余地，全新的文字盛宴带给读者的是不由分说的卷入，然后跟着语词的迪斯科，摇摆，摇摆……如现代音乐 Rap（说唱）一样，只有音响的崩落，没有意义的回味与萦绕。

从这个角度上来说，本书认为《上海的狐步舞》中的个别段落既是"文字音乐"（当然是由特殊的效果造成的"文字音乐"），同时是对舞曲音乐或狐步舞场景本身的形式模仿。回答这个问题的意义是我们可以在更明确的角度或位置上来反观和衡量作品的形式和美学功能，同时以更宽容和有意味的心态接受小说回响的都市喧嚣花哨的节奏和旋律（小说如都市霓虹灯闪烁般的时空跳跃与朦胧恍惚），站在这种恍惚之上的作者或欣赏，或悲悯，或批评，或揭露的所谓道德良心，以及沉浸在恍惚之中的男女或自豪或游戏或迫不得已或麻木的大上海众生相。

　　总之，正如上文已经详细分析过的，不管是文字音乐还是形式模仿，论文把《上海的狐步舞》作为小说音乐性显性特质的案例来分析，有其代表性的两大意义。其一，语言和形式上的特殊试验效果，致使小说语言的能指与所指关系发生了微妙的转化，语言的符号性、物质性与音响效果得以凸显。这在小说语言向音乐符号的物质性靠近的道路上迈出了很大的一步。同时，小说语言所指功能的削弱也是现代主义或后现代主义文学的重要特征。小说语言的音乐化在这里的功能主要是另类的经验需要另类的思维和表达方式。在启蒙或救亡的浪潮当中，所指的功能远远高于能指的大势之下，这种形式上自我指涉的自觉和探求不但弥足珍贵，同时可以算作世界小说与音乐关系的实践当中颇有中国语言特色的试验。更重要的是，小说作为融合了电影、音乐、绘画等其他媒介技术（虽然本书只谈论音乐技术）的现代主义作品，再现了现代艺术极为生动的一面：艺术间界限的模糊，以及某种程度上的"综合艺术"① 倾向。其二，不少新感觉派的作品都具有类似的倾向，特别是在语言的使用上如穆时英的《黑牡丹》《夜总会里的五个人》等。这种种的试验都推动中国现代小说的现代嬗变，使小说本身的语言、结构等形式成为审美对象，试图打破传统的线性叙述，视点始终对着人物的感觉。作为中国现代文学史中真正的都市文学的开始，小说中很多在当时看来奇异怪诞的手法在今天看来，依然有着不可阻挡的艺术魅力。而这种现代主义的音乐化的倾向与努力，恰恰是中国古典美学中追求的音乐性缺乏，因而是极为鲜明的对比和补充。从音乐方面来讲，这也是中西完全不同的音乐气质决定的。中国的音乐倾向于使人"和"，使人

---

　　① 瓦格纳的概念，但这里指的是小说为了表现现代人快节奏的生活，以及这种生活下的心理状态，或者更准确地说开拓新的表现领域而进行的在一种媒介作品中融合多种媒介功能的试验，即沃尔夫所说的"媒介间性"。

内心充盈；而回荡在20世纪30年代老上海的音乐是激发人的所有生命力的用萨克斯、小号、小鼓、爵士钢琴等乐器演奏的爵士乐、交谊舞曲等，这是发泄的音乐、无限的欲望、无尽的发泄，结果是灵魂被抽空的空虚，正像所指被抽空的形式游戏。因此，《上海的狐步舞》只是在寻求一种合适的发泄的节奏和表达方式。

第三节　小说语言音乐性的形式功能

整个语言能力是如何被对音乐的模仿这一新原则激发出来的？

——尼采《悲剧的诞生》

一般来讲，当我们谈论小说的音乐性时，我们首先注意到的就是语言的音乐性，比如音韵铿锵，比如利用押韵、回环、顶针、重复等种种修辞手段，使小说的"声音系列"朗朗上口，整饬华美。但我们的思维能否再往前推一步，这个"声音系列"的华美，除了表面上的赏心悦目，还有另外更深层次的功能和意义吗？是不是这种"声音系列"的形式本身传达出了文字之外的言说不清的东西，虽然用的只能是清晰的言说？

如果将中国现代小说语言的趋向音乐性放到小说史上来看，具有什么样的形式功能？或者说是如何在内部促进小说形式的发展与变革的？这也是本书在研究中国现代小说的音乐性时贯穿始终的一个问题。这一节，首先把注意力放在一部分作家对文字表达能力的困惑，以及对音乐表达功能的一些看法，之后从两个方面分析中国现代小说语言音乐性的功能。

一　如何"表现一抽象美丽印象"

大部分中国现代作家似乎都具有一种诗人的气质，甚至本身就是抒情诗人，如鲁迅、叶圣陶、沈从文、郭沫若、废名、王统照、庐隐、萧红等，他们不但是小说名家，而且诗作成绩也不容小觑。无论他们作的是现代白话诗歌，还是古体旧诗，那一份情怀、那一份感受与体验世界的方式必然或多或少地带入小说的写作过程。因此，中国现代小说史上出现数量可观的所谓"诗化小说""散文诗式小说"便不足为奇了。而探索研究中国现代小说与传统文学（主要是诗歌传统）的关系的成果自然也是蔚为壮观了，如方锡德的《中国现代小说与文学传统》（1992）等。只是从艺术媒介的表达能力以及作家在使用这一媒介时的表达困惑这一角度来理解"诗化"现象的研究不多见，特别是在与音乐或其他艺术门类对比的背景下的研究则几乎没有。这里试图梳理中国现代作家在以音乐为参照的前提下，或者说其实是将音乐作为某种无形的目标，用佩特的话来说是"所有艺术通常渴望达于音乐的状态"，同时由于作者本身表现出来的音乐性思维感受特征，而发出的对文字表达能力的困惑呼唤。因为某种程度上可以说这种呼唤是小说"诗化"倾向的预兆。

沈从文的下面这一段话已成为引用频率颇高的对文字表现能力困惑的证词了：

> 表现一抽象美丽印象，文字不如绘画，绘画不如数学，数学似乎又不如音乐。因为大部分所谓"印象动人"，多近于从具体事实感官经验而得到。这印象用文字保存，虽困难尚不十分困难。但由幻想而来的形式流动不拘的美，就只有音乐，或宏壮，或柔静，同样在抽象形式中流动，方可望将它好好保存并重现。（《烛虚》）

可以说，这个并不新鲜的论点在中国现代作家中也颇有赞同者。如周作人似乎就很有同感："我平常很怀疑，心里的情是否可以用言全表了出来，更不相信随便便地就表得出来。"他认为，我们可以用文字表现出来的"实在是可有可无不关紧要的东西，表现出来聊以自宽慰消遣罢了""或者只是音乐有点这样的意味，缠缚在文字语言里的文学虽然拿出什么象征等物事在那里挣扎，也总还追不上"①。而如果再往回追溯，这种困惑则是这个世界上任何一种艺术表达必然出现的问题。

同时，之所以出现这样的困惑，与作者的感受特质也不无关系。比如，徐志摩就感叹："宇宙的底质，人生的底质，一切有形的事物与无形的思想的底质——只是音乐，绝妙的音乐。天上的星，水里泅的乳白鸭，树林里冒的烟，朋友的信，战场上的炮，坟堆里的鬼磷，巷口那只石狮子，我昨夜的梦……无一不是音乐做成的，无一不是音乐。……是的，都是音乐——庄周说的天籁、地籁、人籁。"②沈从文与徐志摩两个完全不同背景的人，能够彼此欣赏，从这一同样的感受特质上也可见一斑。在沈从文看来，"丘陵起伏中的自然背景，任何时候看来都是大乐章的源泉，是乐章本身！任何时候都近于音乐转成定型后的现象，只差的是作者用乐章符号重新翻译"；"在土地草木天光云影中即有一切旋律和节奏"；"不知从万象取法，从自然脉搏中取得节奏，不会有伟大乐章可得的"③；还有青岛那具有音乐感的天空，那有秩序地荡动着的大海……真是"无一不是音乐做成的，无一不是音乐"！

沈从文的"抽象美丽印象"，文字的抒情诗或者能够通过暗喻烘托出来，

---

① 周作人：《散文一集》（导言），《中国新文学大系》，上海文艺出版社1935年版。

② 参见徐志摩为其翻译的波德莱尔的《死尸》所写的题记，《语丝》1924年第3期。

③ 沈从文：《1951年11月19日，沈从文在内江寄给张兆和的信》，《从文家书》，上海远东出版社1996年版，第181页。

但如何保存，则只有音乐的直观了，如尼采所说的"抒情诗依赖于音乐精神的程度，就像音乐本身处于完全的无限之中，不需要形象和概念，而只是容忍它们在自己身边一样。音乐中尚未有那种迫使抒情诗人以形象来说话的最高普遍性和最高普遍有效性的东西，抒情诗人的诗是无法说出来的。音乐的世界象征意义之所以无法用语言来全面企及，是因为它象征性地涉及太一中心的原始矛盾和原始痛苦，从而将一种超越一切现象和先于一切现象的境界象征化了"。文中接着写到，"与之相比，更应该说每种现象都只是比喻。因此，语言作为现象的器官和象征，绝不可能把音乐至深的内在世界亮到外边来，当它一参与对音乐的模仿时，它就始终只是停留在同音乐的一种表面接触中，而音乐的至深意义，尽管有抒情的口若悬河，却不能让我们靠近一步"①。

综合沈从文、周作人、徐志摩、尼采的思考，至少都涉及了以下两个方面的问题：其一，"语言作为现象的器官和象征"，用"象征等物事"在挣扎，只能用比喻来表现一些"印象动人"的经验，一些"可有可无"的东西。这里实际上指出了语言艺术的功能本质：是象征，是比喻，是概念的普遍性与有效性的方式。其二，关于"形式流动不拘的美""心中的情""一切有形的事物与无形的思想"以及"太一中心的原始矛盾和原始痛苦"，只有音乐可以做得到。尽管是从不同角度考虑，四个观点都指向生命最深层体验的形式表达。艺术的本质是形式，其"使命是将生命表现于形式之中"②。而如果按照艺术的三层结构：景、情、形来看，语言艺术的表现能力大概是这样的：尽管"滔滔不绝""总还追不上"，只因为用的是比

---

① ［德］尼采：《悲剧的诞生》，杨恒达译，译林出版社 2007 年版，第 42 页。
② 宗白华：《美学散步》，上海人民出版社 1981 年版，第 231 页。

喻、概念和象征。而在景方面，总不如绘画来得直接。在周作人的"心中的情"——第三层：也只能是比兴、描绘，形式更难直接表现情感了。而音乐则直接就是第三层，并且在某种程度上只是第三层的形。它只是数的比例关系，而这种比例关系也正是人、宇宙内在结构的秘密所在（毕达哥拉斯），所以容易引起共鸣，乃至认为是表达的至境。另一个要素是音乐的身体性。音乐是在人类心灵与身体直接参与下完成的，心灵与身体的每一丝颤动，都可以"合理"地直接转换成声音形象。这一点，是任何文学作品都无法企及的。可以说，音乐不是表现了"太一中心的原始矛盾和原始痛苦"，而是直接宣泄了这矛盾和痛苦。正是因为音乐的身体性，心中的情尽可以淋漓，"形式流动不拘的美"可以"好好保存并重现"，一切有形或无形的看起来都是音乐的。因为在音乐之中，形式和表达是一体的，没有如文字一样的像雾里看花、水中捞月。

从这一点来看，"所有艺术通常渴望达于音乐的状态"便是一种再好理解不过的愿望了：趋向音乐的形式。回到我们的正题小说语言的音乐性上来，现在我们会发现，语言的音乐性也是形式感的一种表现。也就是说，小说尽量在"景""情"之外格外注重"形"的表现功能。那么，从这里，我们可以很好地观照"整个语言能力是如何被对音乐的模仿这一新原则激发出来的"。模仿的是音乐的能力，同时是流动不拘的美本身。艺术的创造永远是赋予未知的感知某种形式，这一过程本身就是音乐性的。只是由于艺术媒介符号之间的天生差别，使语言艺术永远只能处在与"原始矛盾和原始痛苦"的符号性的表面接触之中，而不能真正靠近一步。那么，假若要"表现一抽象美丽印象"，假如一作品（主要指小说），具有抒情倾向，我们便可以断定其语言在一定程度上的音乐性形式特征。为此，这里再次证明了本书音乐性研究的内在意义，即小说与音乐的关系不是"音乐化"这一概念能够涵盖的。接下来，我们就来看看在"景""情""形"之间，中国现代小说语言的音乐性有什么样的形式功能。

二　语言媒介：服从—逃逸功能

对任何一个艺术门类的艺术家而言，他/她使用的媒介都会给他/她程度不同类型不同的阻力，同时，任何媒介都具有宿命的能够与不能够。"艺术家如何最充分地运用形式，物质本身最多能提供什么，这两者之间好像还有无限的周转余地。"① 本书所关注的是在音乐引领下的，小说语言这种物质与形式之间的"周转余地"，实际上在服从描绘、批判、指涉性功能的同时，逃逸的姿态从始至终都存在。而这种服从与逃逸的博弈在内部促成中国现代小说语言形式功能发生变化。尼采在谈到民歌的诗文时曾极具启发性地写道："语言竭尽全力地模仿音乐……我们以此表明诗与音乐、词与声音之间唯一有可能的关系：词、形象、概念寻求一种类似于音乐的表达方式，现在自己听命于音乐的威力。"并且认为在这个意义上，希腊语言史上可以区分两个主要历史潮流，而区分的依据则是："语言究竟是模仿现象世界和形象世界，还是模仿音乐世界。"紧接着，他在提出民歌问题时说："整个语言能力是如何被对音乐的模仿这一新原则激发出来的。"如果把抒情诗看作音乐以形象和概念发出的模仿亮光，那么"音乐在形象和概念之镜中是作为什么而出现的呢？"② 虽然我们这里谈的不是民歌，但这个问题在这里也显得特别令人深思：在音乐化或者说具有音乐性的小说当中，音乐在小说语言的形象和概念之间是为什么出现的呢？

---

① ［美］爱德华·萨丕尔：《语言论》，陆卓元译，陆志韦校订，商务印书馆 1985 年版，第 198 页。
② ［德］尼采：《悲剧的诞生》，杨恒达译，译林出版社 2007 年版，第 40—41 页。

比如在《上海的狐步舞》中，即我们在上文所谈的狐步舞式的重复，这些段落的语言在服从描述的基本功能的同时逸出了描述，其整体排列如"3̲4̲ 5 5 3 | 1. 2 2 — |"的旋律性，如同狂风掠过空气中的障碍物，呼呼不止，高低因障碍物的大小不一、质地软硬等而异，而形成所谓的旋律（上文曾提到过的"十二律"亦由此形成）。如果说可以把抒情诗看作音乐以形象和概念发出的模仿亮光，那么诗化小说或者我们所说的音乐性/音乐化小说，由于其强烈的抒情特征，在《上海的狐步舞》中是其"感觉"特征，也可以看作音乐以形象、概念和故事发出的模仿亮光。本来，小说中的语言只是极力模仿客观世界给主体带来应接不暇的直接感觉，语言作为表达的媒介，只能尽力地让感觉服从媒介在这里的形式（词与词组合形成的"器"），而由于感觉的性质犹如音乐的无限，可以被装进"器"，镶进形式，但其逃逸的姿态也是必然的。由于小说本身就是在描绘伴随音乐而蹁跹起舞的场景，能指的旋律已经抛开所指而自由飞翔，叙述在这里仿佛是在开头点了个火，音乐亮光沿着形式迅速流布开来。因此，当我们在阅读小说时，我们仿佛浸泡在霓虹灯的漩涡中心，令人销魂的音乐电流般穿越全身，欲罢不能。语言这个物质媒介与词语的组合形式，由于音乐亮光的照耀，发出了璀璨的光芒。语言在这里和音乐一样，除了形象、概念和故事的责任，调动起人本身所有的知觉，让全身的感觉都随音乐舞起来。这样，所谓的印象主义、感觉主义，都如愿活在了"物质"之中，并且一直持续出现在小说的叙述之中，而不是稍纵即逝的火花，如一些小说中偶尔的神来之笔。即使如前文提到过的不同风格的语言的音乐性，也是如此，只是那是来自不同的音乐光源。而如果这个光源足够强，某种意义上可以说如果小说的感觉够集中，小说语言的净化程度就越高，其总体上的抒情性、音乐性也就更强。在这个时候，其形式才是沃尔

夫意义上的"作为美学统一"的功能出现。比如，本书中的案例《边城》《月牙儿》《呼兰河传》等实际上都具有这种倾向，因而小说本身都具有一种蛊惑人的美感。虽然小说都讲述了故事，但那种明里暗里的逃逸与音乐性的气息青翠欲滴。这本身，也是我们在导言中提到的小说由具体的描述功能走向抽象的象征功能的表现之一。

另一个富有意味的例子是废名的心象意念式诗化语言："小林在那河边站了一会儿，忽然他在桥上了，一两响捣衣的声响轻轻送他到对岸坝上树林里去了。""坝上很少行人，吱唔吱唔的蝉的声音，正同树叶子一样，那么密，把这小小一个人儿藏起来了。"（《桥》）在"河边"站着，却忽然已经在"桥上"了，"一两响捣衣的声响"，又已"轻轻送他到对岸坝上树林里去了"。人物在这里不需要在空间中移动，随着心象的飘移而自然变幻时空位置。这里也出现了挑战传统阅读方式的语言结构。对想象世界的描绘线索不是线性的（不管是直线还是曲线），线性叙述变成断珠式的叙述，意象与意象之间的奇怪跳跃，让我们不得不关注这跳跃之间的"桥"。但只要适应了这种模式，我们的思维也能跟着滑行，正如旋律的音符与音符之间，从"do – mi – sol"之间的过渡，没有人去询问过渡的中间"– –"略过了些什么。废名的"桥"，其实意味深长地提醒目光正游移于他的文字之间的读者，你眼前的所有文字，都是你通往那个世界的"桥"，然而你又都看不到桥。也许废名的本意想弃"桥"而直接过岸，只用"一两响捣衣的声响"去"轻轻送他到对岸"，但不幸的是这里的"桥"的影子无处不在。正如"do – –mi – sol"是旋律，但又是"do – –mi – sol"这种旋律效果（为什么"do – mi"之间的距离是这样的一种效果，"mi – sol"是那样的效果，"do – mi – sol"表现出的连续上升的距离又是另一种效果一样）的"桥"一样，旋律似乎什么都展露给你了，但又什么都没说。因为没有人知道从岸的这边到另一边的这个"桥"上，包含了多少天地间的内容！所以，正是在这个"桥"上，废名创造了独特的诗化空间，所以从这个意义上来讲，废名的语言实际上一直在走向音乐的路上，在走向言说无限的路上。

废名在小说中服从的是岸，逃逸的是桥。与此同时，岸本身也吊诡地成为每一个意念之间的"桥"。就像 mi 成为 mi 前后的"－"的桥一样。服从是逃逸，逃逸亦是服从。这里语言功能与前面的《上海的狐步舞》不同的是，这里几乎是直指形式本身如何成为形式的要害，对音乐来说就是音符之间如何互为关系而成为旋律的。因而可以说，对废名小说的阅读，必须把注意力放在连接前后的"桥"上。虽然若错过了一座桥，下面的桥依然可以独立地理解。其小说语言的目的在于揭示纯粹的形式本身，是一种波澜不惊的、源于生命深处的宁静。而最深刻的律动，依然是和谐的乐音。语言物质与形式之间的空隙似乎被拧成结实的长条，在小说中执拗地从头坚持到尾。而音乐，如我们前面说过的，抒情/诗化小说若可以看作音乐用形象、概念和故事发出的模仿亮光，则在三者之间被风干为洁净的构架与淳朴的原始节奏。

然而，正如沃尔夫所指出的，小说音乐化的程度越高，语言的自反性（self－reflexive）也越强，也就变得越晦涩难懂，小说作为小说文体的可辨识度也就越低。废名的小说历来以晦涩著称，我们不能说这种晦涩完全是由于音乐化（没有足够的证据）的结果，但从语言这种物质媒介与音乐的物质媒介对照框架中来看，废名的语言是具有"逃"向音乐媒介的倾向的。

三　新的情感结构功能

无论何种小说语言形式，最终都是为小说整体所要表现的意味和意义（此处指苏珊·朗格的表现性形式的意味与意义）服务。而语言的组合节奏和结构甚至声音，都直接影响了这种表现性形式的情感结构。有人说"要想说好汉语，或写好文章，如果对它的音乐与声音性毫无知觉，那就永远也不可能得着其神髓"[①]。的确如此，古典小说神闲气定的雍容典雅节奏，不同于现代小说躁动喧嚣的跳跃轻浮，乡村小说如缓慢河流上微波粼粼的闪耀之不同于都市目迷五色的眩晕，无不是古人与现代人、乡村与都市人情感结构的不同所致。比如：

例一：黄花满地，白柳横坡。小桥通若耶之溪，曲径接天台之路。石中清流激湍，篱落飘香，树头红叶翩翩，疏林如画。（《红楼梦》）

例二：树林满被金光，不比来时像是垂着耳朵打瞌睡，蝉也更叫得热闹，疑心那叫得就是树叶子。（《桥》）

例三：红的街，绿的街，蓝的街，紫的街……强烈的色调化装着的都市啊！霓虹灯跳跃着——五色的光潮，变化着的光潮，没有色的光潮——泛滥着光潮的天空，天空中有了酒，有了灯，有了高跟儿鞋，也有了钟……（《夜总会里的五个人》）

只凭感性阅读经验，我们已经能够领略到 3 个例子中不同的节奏类型。例一慢条斯理，悠闲自在；例二节奏明显斑驳了起来；例三更是毫无耐性地跳跃了起来。深究其语音结构，我们会发现：例一中几乎都是双音节词，除了"通""接"两个动词。并且由于对仗工整，支撑着语句的是一种稳重、有节制、贵族式的雕饰美。这样一种情感结构是古典的、经典的，让人精神如沐春风的优雅结构，人在里面是一种美的享受升华的舒畅。也可以说，《红楼梦》虽为小说，但其实从根底上看依然是属于"抒情言志"的诗歌大传统

---

① 石映照：《读小说 写小说》，新世界出版社 2006 年版，第 135 页。

的情感结构。不消说，这种情感结构与中国古诗词的音乐性有着本质上的一致性。不同的是语境。诗歌中，这一节可以构成独立的时空形象，因而在形式上的自足性更强，似乎看起来也更严谨一点，但对意境的期待是无限的。比如，"无边落木萧萧下，不尽长江滚滚来"。我们既可以让作者"死去"，只专注于眼前这苍茫博大的意象（它本身就是完整的，独立的），也可以"知人而后论世"，将诗歌放回作者的历史语境，来作"有我"的"同情的理解"。而我们此处的"黄花满地，白柳横坡……"按传统的小说观念来看，没有独立性：小说中的风景描写也是为典型人物形象服务的。处于服从的地位。我们很自觉地会将对此"诗句"的期待，想象成将出现人物的氛围渲染。因此，对比此二者会发现，情感结构在不同的文类中是不一样的，即使一样的景物描写。正因为如此，我们在上文提到，小说的情感，是更加坚实但平庸的日常情感，虽然这里面往往包含着极为驳杂的纠缠。

接着来看例二。与例一相比，词语的组合节奏明显随意了起来，句子变长，单、双音节随着语流自由排列。由于废名小说的"绝句化"，如果加上对其意象跳跃的综合考察，会发现：如果可以说废名在现代白话小说"我手写我口"等口号的平白与丰饶精致的古典诗词的情感结构之间徘徊的话，我们也许可以同意这样一种看法，这是一种介于诗歌与小说的情感模式，虽然严格来说，句式是纯小说的。从这一点来看，废名无疑在中国现代小说史上具有极为特殊的地位：拓展了小说的表现范围，通过语言节奏及创造的微妙意象，在诗歌与小说的情感结构之间架起了"桥"，尽管这座"桥"有时令人费解。而"树头红叶翩翩，疏林如画"与"树林满被金光……疑心那叫得就是树叶子"，前者美则美矣，但这是多么老套的审美模式！也就是说，即使有从诗歌到小说的文类跨越，审美习惯上并非根本不同。一派静谧清幽，翩翩的红叶正好是其中的灵动之处，而"疏林"一如画，当然本已"如画"了。而到了后者，"树林满被金光……疑心那叫得就是树叶子"，虽然像是卸下了满身的绫罗绸缎，放下了正襟危坐的不苟，俨然一副居家舒适的活泼泼样子，新的情感结构跃然纸上。"疑心那叫得就是树叶子"，文字的叙述这一层纱幕，透薄得快让我们惊呼：我们似乎听到了树叶子间的"蝉"叫声！有研究者指出鲁迅做学术用文言文，亦写了不少古体诗，虽然是作为现代白话小说大家名世的①，其间对不同文类、语体的情感理解，与此处有异曲同工之妙。

最后，例三中有点放肆的节奏："红的街，绿的街，蓝的街，紫的街……"颜色与街之间的"的"，构成的短语如一个个切分音符，力量的在"红/绿/蓝/紫"与"街"之间的倾斜，犹如头重脚轻的跟跄，舞步微醺的恍惚。短促的单音节以并列形式连续出现，而后省略号造成一阵急促的催逼。两个小分句之后又出现一个排比句："五色的光潮，变化着的光潮，没有色的光潮"，节奏在加快，舞步也在踢踏交叠；一个小分句后再次 4 个"有了"——"有了酒，有了灯，有了高跟儿鞋，也有了钟……"排比句、省略号。节奏回复和缓与偶尔的纷繁，如此的迫不及待，亦缘于营造都市的匆忙与促迫的冲动。都市的，更准确地说，是夜总会的语言形式与情感结构也在这种迫不及待之中迥异于例一、例二。

而从以上三个例子的变迁中，我们似乎也可以觉察出一点小说语言的音乐性特征（节奏）与小说形式变迁内在的某种隐秘关联：情感结构的变迁。在实际的生活里，这两者其实是自自然然结合地在一起的。比如，网络时代每年几乎都会有不少新的词语出现，如 2011 年的"给力"，似乎用了这个词，就进入某种社会情感结构，说者与听者之间都有一种会心的默契。并且，在

---

①　参见陈平原《现代中国的述学文体——以"引经据典"为中心》，《文学评论》2001 年第 4 期。

某些时刻，只有这个词能够到位地体现当下的情感。应该说，是人们的生活体验不同导致新情感结构的出现成为可能，并且是现实。但是形式赋予这种情感结构理性、清晰的外形。这一使情感清晰的过程和方式本身就是艺术史的主要内容所在。正是从一点，考察小说语言节奏的变化，以及作家是否建立起自己的语言节奏，几乎是衡量作家成熟与否的重要因素。比如，上文提到的"一定要它读得顺口"，那便是鲁迅自己的节奏习惯和标准，因此，我们熟悉鲁迅语言节奏和风格的人，能够凭语感在众多的文字当中辨识出属于鲁迅的节奏色彩。

由于我们在研究内部形式时不能无视中国现代小说的启蒙任务，服从与博弈间实际上使得小说的音乐性总是暗潮涌动，如上文讲到的对"适于口而顺于耳"的追求以及对语言的"试验与锻炼"。

第三章 中国现代小说音乐性的显性特质（二）

当人们将文学与音乐并称为"姊妹艺术"的时候，其中一个重要的根据是二者同是时间艺术。也就是说，它们都是在时间的过程中展开并建构艺术意义的。在这个时间过程中，二者都可以使用各种手法使时间的展开呈现出各种不同节奏、密度与空间上的深广度。比如在小说中，顺叙、倒叙、插叙形成的时空交错折叠，细节描写造成时间的空间化，略写营造的故事、认识以及情感上的时间的缩短以及稀疏感等。然而，音乐特有的时间过程中的空间平行结构，如复调、对位技术，却是文学这个"姊妹艺术"无法逾越的。有一些作品通过文字描绘的暗示、故事线索的并置等手段来模仿或借鉴音乐手法，这一部分作品，无论在中外文学史上都是不"安于本分"的实验性作品。只是其中一些是有目的地将之"音乐化"的，如阿道斯·赫胥黎的《旋律与对位》，安东尼·伯吉斯的《拿破仑交响曲》等①；有一部分是作者也许没有意识到，但后世的读者从中读出了音乐结构因素的，如鲁迅的《狂人日记》及另外一些作品的复调等。

---

① 这两部作品都模仿音乐中的一种具体作曲技术——对位，以及某种具体的音乐作品。

显然，无论是有意识还是无意识，小说中的音乐技术或结构因素都只能是一种想象效果，而不可能是真的与音乐一样，如复调、对位，几条平行旋律同时在时间中展开。沃尔夫在谈到同时性这个问题时也指出，从根本上来讲，同时性在小说中是不可能实现，只能在读者的脑中发生。由于近代以前中国的音乐基本上属于单线音乐，加上中国艺术天生的泛音乐倾向①，因此中国现代小说中表现出的形式结构上的音乐因素，也与西方的小说不一样。这一点会在下面的文本分析中具体展开。

鉴于对中国现代小说复调等音乐结构的研究基本上属于比喻性的研究，其研究立足点比较薄弱，技术上的一一对应比较勉强，这里将这种结构上的音乐因素归于小说音乐性的显性特质，目的是囊括作者有意识的借鉴或模仿，与读者的"过度"音乐阐释。因为显然它们都是使小说具有音乐性的显在理由。

本章选择沈从文的《看虹录》与鲁迅的《狂人日记》作为分析案例，是因为前者是有意识的模仿音乐（沈从文理解的西方古典音乐的大体曲式，目前还没看到是否参照某部具体作品的证据），后者主要属于读者的"发现"，二者虽都具备复调性质，但层次不一样，因而具有文本细读和理论分析的价值。

第一节 "用人心人事作曲"的实践：《看虹录》

沈从文的短篇小说《看虹录》，1943 年 7 月发表在《新文学》期刊上。作品自诞生便毁誉参半。作者本人对此早有准备，自谓他的《看虹录》《摘星

---

① 参见沈亚丹《寂静之声——汉语诗歌的音乐形式及其历史变迁》，上海人民出版社 2007 年版，第 18 页。

录》的理想读者，应当是批评家刘西渭先生和音乐家马思聪先生，他们或者能够超越世俗所要求的伦理道德价值，从篇章中看到一种"用人心人事作曲"的大胆尝试；或者"是一位医生，一个性心理分析专家"①。这一段独白是中国现代小说史上绝无仅有的关于小说模仿音乐的证据，并且是来自作者本身的证据。

如果是一位不知道作者意图的读者，大概更能感兴趣并容易接受的是文中男女的相互挑逗与揣测场景；而如果知晓，必会感叹如此一部作品，不从音乐的试验角度来理解，怎么能领会其中妙趣？并且从作者期待的两种读者来看，也可以发现其中的关联：一是形式上对音乐的模仿试验，二是为心理"疾病"求医，即病例的展示。说是病例，其实是大部分人都会有的"病"：人生情、欲、道德、责任等的交织冲突状态，令人无所适从。因而也可以看作为这一种人生现象寻找合适的"外衣"。虽然，人生的潜在疾病千头万绪，岂是这试验中的精致小结构及两条线索所能担负的？于是，生命在沈从文看来又实在是一部头绪纷繁却各行其道的交响乐了。

这里关注的是作者到底是如何用"人心人事作曲"的。下面分两部分予以介绍。

一　作曲实践之一：一节真实的"音乐"

从整体结构上来看，小说分成三节。第一节是引子，如京剧的自报家门，也是由坚硬却混沌的现实进入抽象的虚空通道的打开。其中，"夜""空阔而寂静""感情"是打开的准备要素，"梅花清香"则是直接的诱发。香味暗示一个空间长驱直入的形态，弥漫开来，影影绰绰。空间的进入过程如此不可

---

① 沈从文：《〈看虹摘星录〉后记》，《沈从文文集》（第11卷），花城出版社、生活·读书·新知三联书店香港分店1984年版，第49—50页。

思议、不可捉摸、不可言说，一如跟着"清香"走。从"作曲"的目的上看，此处亦可理解成作者是从音乐在时空中建构幻觉世界的神秘方式，来扭转读者关注小说世界的习惯，因而完全可以以聆听音乐的方式，细细触摸、进入这里保存并重现的"流动不拘的美"。这样，才能在接下来的"故事"展开过程中，"有所为，有所不为"：既可以当故事解读，也可以当作旋律的展开和发展。作者在叙述的过程中努力营造这样一种"音乐幻觉"，也希望读者理解并呵护这实际上比较朦胧的音乐效果。因此，这一节简单的引子却从整体上奠定了文本的多种姿态。"万物自生听，太空恒寂寥"，小说将音乐幻觉世界的背景放在"空阔而寂静"的夜里，即使万籁不俱寂，但是这一个世界的诞生意味着万物的退隐，"梅花清香"如划过夜空的炫目亮光，如神说的"我要有光"，于是世界便有了光，刹那间，那一道门打开了。沈从文"用人心人事作曲"的野心似乎也只是想在这道亮光中想象一个充满纠结与挣扎的心灵世界。而后随着时间的消逝而化成一把灰烬，如梦如幻。同时，这更是一个绝妙的进入"抽象的抒情"的小说开头。"夜""感情""清香"使小说的开头实现了纯粹的"抽象"，使凝眸虚空成为接下来自然而然的顺从了。

第二节，顺着清香而进入的"空间"——房间内发生的故事，如梦如魅，如影如幻。作为小说第一节已打开的空间，这一节，叙述的有限线条构成了空间的界限。就像雕塑在空间所占的体积与形状，舞蹈的肢体在空中划出的弧度，音乐的旋律在时间中留下的起伏身影。"房间"，象征音乐在时间过程中建构的虚幻空间。如果我们依旧遵循第一节的聆听音乐的原则，依旧让"用生命中最纤细的神经捉住了一个美的印象"，继续纯粹地在抽象中流动，小说中的环境、人物、对话描写便都可以幻化出纯粹的音响幻觉。只是虽然，如上文提到过，音乐在这里是以形象和概念出现。问题是音乐对我们的影响方式由声音而形象、感觉，这里确实反过来的，由形象、感觉而声音。这里我们不必苛求："如此的不合情理或牵强。"因为当我们阅读这一部小说，我们就已经接受了作者对这一小说的文体预设——"用人心人事作曲"的尝试。作者自己也说"文字写得太晦，和一般习惯不大相合""十分危险，会出乱子的"。的确，假如诚心理解作者，我们也可以意识到小说的危险无处不在，感觉到作者小心翼翼的叙述触角十分有节制地扶"墙"（房间的墙）行走。比如，进入房间后，小说中的第一次关于窗外的描写是："像是一个年夜，远近有各种火炮声在寒气中暴响。"第二次是主人阅读故事时，客人的心绪似乎又飘移到了窗外："房中只两人，院外寂静，惟闻微雪飘窗。间或有松树上积雪下堕，声音也很轻。"第三次是客人拉开窗帘一角，"但见一片皓白，单纯素净"。窗外，有一种静默的声音，由于不太过分，倒有点丰富了屋内声音的层次。否则，将不但是寒夜中冷空气的无情侵入，更可能使温暖的幻觉空间顿时分崩离析。

沃尔夫在分析《尤利西斯》中的《塞壬》插曲时，曾把小说中的人物分组，各归到几个声部当中去，这对本身就是音乐表演者的乔伊斯（男中音）来说，具有合理的现实意义。而对沈从文来说，虽然这一特殊的实验几乎达到了沃尔夫意义上的通篇小说音乐化的程度，但我们依然不能忽视的是沈从文在此处凸显出的特质有二：其一，营造音乐幻觉，文字的目的是保存并试图重现幻觉；其二，小说的结构是按中国人的思维习惯理解的西方交响乐的一般特征，即各声部的对话性。因此，这里的结构显得略微单薄、拘谨。作者只能集中在二人之间的言在此意在彼的对话上，即使换了个方式，多了个"嵌套"：移到小说中的小说，作者在总体上想维持的叙述思维也没有改变。而乔伊斯，则可以在众多人物与场景当中，像米兰·

昆德拉所说的，以某个隐秘的概念将他们拢到一起。《拿破仑交响曲》也是这样，虽然严格将小说的结构定位在贝多芬的《第三交响乐》（*Eroica*），以完全实现音乐的线条为小说的目标，但作者依然可以大胆驰骋在历史与想象之间。至于随后是否实现了结构上的模仿，在什么样的程度上实现，似乎就留给批评家与读者去"激扬"文字了。另一方面，我们还应该看到的是，沈从文这里的小心却也实现了一种纯粹的音乐结构概念，并且是只有中国的作家才会如此理解的结构：带着单线音乐的思维来理解的交响乐。这一点，到了小说的第三节就体现得更为突出了。这一节如果能够简洁一点，与第一节在结构上会更协调一点。

第三节，小说由虚空中又回到现实，"一切不见了，消失了，试去追寻时，剩余的同样是一点干枯焦黑东西……"在此，小说实际上被活生生分割成两个部分，现实与幻觉，其实也是小说与音乐的分割。"一切结束了"，即在时空中进行的那一节纯粹抽象的流动结束了。我们已经被遗弃在现实的房间或路边了。当"一切消失了"，我们回到小说的现实。有意思的是，似乎每一部"音乐化小说"，各自的作者都会有一番表白与解释，不管是试验的雀跃与自信，还是完成后的自大或担忧。比如《拿破仑交响曲》的《致读者信》，乔伊斯的在不同文本或信件中的自白，《旋律与对位》中的嵌套式结构——小说主人公是小说家，在解释如何写一部音乐化小说，以及《看虹录》这里更隐晦的小说与音乐的分界。不同的是，前三位作者主要是在结构上（乔伊斯是全面的实验）孜孜以求，沈从文是对音乐抽象虚空的"展现"。

总之，将此小说与很多拥有类似结构（引子、发展、尾声）的小说区别开来的是，小说试图用文字营造出和音乐一样的效果：进入虚空，虚空中的一切清晰又模糊地展开，既准确无误又什么都抓不住。整个小说三节其实就是一次完整的聆听音乐的过程。

二　作曲实践之二：《看虹录》的复调

这部分是论文将重点展开的地方，即小说第二节中的复调性质。下面分两部分予以论述。

第一，《看虹录》中不但暗示出某个声音的进入与隐去，如本来就只有两个人在房间内，这里可以出现的声音当然只有主客两位发出的了。作者细细描绘主人的出场："原来主人不知何时轻悄悄走入房中。"然后欲诉还休的几句对话后，主人回去换衣服，又从现场隐去。由于整个氛围是梦幻般的静谧幽诡，哪怕是再轻巧的脚步，都会引起这个世界的震动，都有异常清晰的声响回荡。犹如交响乐的一个声音的加入与隐退，自然得如同本来就应该是这样的，自然得不像艺术作品，作品的物质媒介——声音消失了，仿佛剩下的只是世间的人来人往，潮起潮落。熟悉沈从文的读者大概都不陌生，在沈从文看来，一切都是现成的大乐章，只差用乐谱记录下来，那么，这里就是沈从文心灵的乐章的文字表达。小说当中，客人处于观者的角度，并且整个梦幻般的氛围也一直笼罩着客人。客人就像主旋律一直在舒缓地进行，主人的出现—对话—隐去—又出现，作者极力突出这个过程的声音性。假若可以，继续第一节的聆听，那么这里就是第二声部进入的袅娜身姿了。

本来，小说中几乎是很难实现音乐中声部的自由穿梭的，但由于《看虹录》线索上的单纯明净，局部上暗示出这样一种持续变化的声音之流，并且这样一种声音之流与一般小说中人物的进出与情节的发展变化相区别的地方在于：后者犹如嘈杂的市声喧哗，没有规律，构不成乐音；前者则是精心营造，并且有合适的节奏感，如果说这一切是在想象中发生，前后一定还连成了旋律的。沈从文的部分作品也是如此，如《湘行散记》，而《边城》，则可以看作市声与乐音的融合。沈从文此处并未模仿任何一部现成的大乐章，他只是倾听并记录下来而已。总之，这正是沈从文所谓的"人心人事作曲"试验的成功处之一：凸显小说的声音性。

第二，小说努力用单线语言使两个不同声部的声音同时出现。这个同时性不是巴赫金意义上的"双声语"，而是外在现象的"双声"，从小说的叙述本身，更确切地说是文字的排列本身即可看出的"双声"。小说中出现了以下四种"双声"现象。

第一种，主人与客人直接的对话，每一句对话都像是回音壁一样，都弹到另一层心照不宣的意思上去，形成两个声音同时出现，却在奏着两条不太一样但又关联的旋律：

> "天气一热，你们就省事多了。"意思倒是"热天你不穿袜子，更好看"。
>
> "天热真省事。"意思却在回答："大家都说我脚好看，那里有什么好看。"

这样几个回合之后，作者说"这种无声音的言语，彼此之间都似乎能够从所说及的话领会得出，意思毫无错误"。似乎在提醒读者，此处的描绘正如音乐的语言，我无比模糊却无比精确地描绘出心里情感的生命形式。是心有灵犀，还是生命的原始矛盾和痛苦本来就是一样的？"这种无声音的言语"，与前面有声语言构成音乐的本质发现。而且，言说的一层是社会人"虚伪"的语言方式，未言说的是"原始"人的生命冲动，二者之间的张力呼应出语言表达与身体的深层联系和冲突。生命的流动不拘以这样一种方式捕捉，是否更妥帖了呢？我们在下面会得到更清晰的答案轮廓。而这一点，也并不是空穴来风，因为我们要时刻记住作者的自白——"用人心人事作曲"，以及他为数不少的对音乐的抒写，与想作曲的奇志①。无论此处是性爱叙事，还是"作文字的裸体画"②，对本书所关注的形式上的试验来说，内容在这里并不重要，只要这种内容具有"交响""复调"的性质，可以用来更好地体现层次的清晰与轻盈就可以了。

第二种，肢体语言与其所言说的，什么真正的物理声音都没有出现，像一场哑剧。如果说上面的言在此意在彼式的对话可以正襟危坐时而微笑颔首地听的话，这里则需要凝神贯注：

> 主人轻轻地将脚尖举举。（你有多少傻念头，我全知道！可是傻得并不十分讨人厌。）
>
> 脚又稍稍向里移，如已被吻过后有所逃避。（够了，为什么老是这么傻。）

如果硬要用乐曲结构来比喻，显然这里相当于用两种乐器的对话交流。而且肢体语言类似于弦乐的拨奏，后面的言外之意类似于旋律。③ 这种两种乐器的对话类似于莫扎特的《C大调长笛与竖琴协奏曲》（k299/297c）中，长笛与竖琴这两种号称最美音色的乐器，相互嬉戏跟随，倾心相诉，是二重奏——对话的经典例子之一。竖琴的拨奏，如"轻轻地将脚尖举举"，这不是

---

① 这一点，笔者在硕士论文《"眼睛想听见，耳朵想看见"——论音乐对沈从文的思想和创作的影响》中有较多论述，此不赘述。

② 郭沫若：《斥反动文艺》，《抗战文艺丛刊》1948年第1期。这里郭沫若实际上也指出了《看虹录》的另外一个重要特征：绘画化。

③ 写到这，我们必须重申的是，虽然本书在一开始就力图让小说的音乐性研究在概念比较明确的框架中进行，而非"印象式"的比喻，但此处的比喻只是贯彻了"用人心人事作曲"的预设而已。

手指拨的动作吗？而"举举"，动词音响化了，成为具有拨奏效果的象声词——juju，清脆俏皮，宛如小约翰·斯特劳斯和约瑟夫兄弟合作的《拨奏波尔卡舞曲》中的那些晶莹圆润的音符。与此形成对照的是，括号里面的另一个声音的——"你有多少傻念头，我全知道！可是傻得并不十分讨人厌"，情思流畅，自然形成和婉柔媚的旋律。这里可以是小提琴，也可以是竖琴、长笛。由于这一句的成功模仿了两个乐器的对话，下一句就变得容易理解了，虽然可能没有那么形象，因为"如已被吻过后有所逃避"太概念化了，属于一种现象背后的心理探寻。而"将脚尖举举"，则同时兼具了音乐的身体性和声音性。

同时，这一节的对话，在小说的"音乐"进行当中是特别宁静的部分，然而分外温馨，且富有张力，全场寂静，"轻轻地将脚尖举举"，"轻轻地""举举"，牵引着旋律所有的注意力与走向，担负着生命里的所有重量，真正具有一发千钧的意味。因此，虽然是一节沉默的"人心人事"音乐，却是小说当中极为精彩的一部分。

还有一个值得注意的是①，《看虹录》的这些对话试验，可以以下面的方式分离成两个独立的声部。比如，这一节分离后是这样的：

例一：主人轻轻地将脚尖举举。脚又稍稍向里移，如已被吻过后有所逃避。

例二：你有多少傻念头，我全知道！可是傻得并不十分讨人厌。够了，为什么老是这么傻？

我们无法忽视各自声部的独立性，也因此，对《看虹录》的阅读，这里

---

① 这一点在这里分析的四种对话方式中都适用。

也不能以常规的线性方式来进行，而应按声部的同时进行来建构各自旋律的完整性。这样才能获得对话彼此间的逻辑。从这一点来看，无论这个复调试验多么笨拙，都应该得到高度的肯定：是中国现代文学史上唯一实现了叙述上的对位的文本。

第三种与第一种中的位置相反，即言外之意与主客的直接对话。这种位置对换的意义也在于两个声部交叉变化的需要，并且这个对话只进行了一个回合，直接跳回到第一种模式。

例一："你想不出你走路时美到什么程度。不拘在什么地方，都代表快乐和健康。"可是客人开口说的却是"你喜欢爬山，还是在海滩边散步？"

例二："我当然喜欢海，它可以解放我，也可以满足你。"主人说的只是"海边好玩得多。潮水退后沙上湿湿的，冷冷的，光着脚走去，无拘无束，极有意思"。

例三："我喜欢在沙子里发现那些美丽的蚌壳，美丽真是一种古怪东西。"（因为美，令人崇拜，见之低头。发现美、接近美不仅仅使人愉快，并且使人严肃，因为俨然与神对面！）

例四："对于你，这世界有多少古怪东西！"（你说笑话，你崇拜，低头，不过是想起罢了。你并不当真会为我低头的。你就是个古怪东西，想想许多不端重的事，却从不做过一件失礼貌的事，很会保护你自己）

在这例一/例二组成的问答，与例三/例四组成的问答之中，有一个容易被人忽视的地方。即例一句中的两个声部之间用"可是客人开口说的却是"隔开，例二句用"主人说的只是"；而例三/例四则与第二种方式一样，用括号隔开。但在例二和例三之间却没有任何过渡。由于例一/例二中的未言明的在前半句，言说的在后半句，我们容易将注意力放在后半句的"旋律"上。但紧接着的例三/例四，迎头碰上来就是言明的"旋律"。这种突兀感，造成鲜明的形式特征：不同乐器的轮番上阵。至此，我们可以发现，虽然故事只在简单的主客二人之间，但到现在为止，至少得用上 10 种乐器了：

其一，主人直接说的话，未言明的话，肢体语言；

其二，客人直接说的话，未言明的话，客人对主人肢体语言的反应；

其三，窗内与窗外环境的描绘等。

也正是形式的突兀感，时刻提醒我们，作者是在"作曲"，而非纯粹地讲故事。我们也再次惊叹于小说主题的选择在这里是如此具有生发力，如果可以放弃所谓的道德审判。何况，这里的"你就是个古怪东西，想想许多不端重的事，却从不做过一件失礼貌的事，很会保护你自己"，似乎可以看出作者又忍不住提前为小说的道德命运做了解释。

令人惊讶的是，例一/例二句中似乎出现了一个失误。我们用第二种中的分离独立声部的方法，将分离后的结果放在这里：

其一，"你想不出你走路时美到什么程度。不拘在什么地方，都代表快乐和健康""我当然喜欢海，它可以解放我，也可以满足你。"

其二，"你喜欢爬山，还是在海滩边散步""海边好玩得多。潮水退后沙上湿湿的，冷冷的，光着脚走去，无拘无束，极有意思。"

其三，"你喜欢爬山，还是在海滩边散步""我当然喜欢海，它可以解放我，也可以满足你。"

很明显，"其一"中的逻辑有问题，前言不对后语，也即例二句中的回答对不上例一句中的议论。虽然如果从例一句总后半句的提问来看，可以作为其未言明的部分来看，但这样一来显然例一/例二句总体的对位结构上就出现了失衡问题。大概，这是连续的交替问答之后，作者一时的疏忽。的确，要在这么短的段落中，暗示出众多音色、音质、音量上的微妙变化，尽量减少形式上的困窘和尴尬，绝不是一件轻松的事。

第四种，主客间无声的对话与人体内、自然的声音。二者构成鲜明的对比。当主人在阅读小说时，客人觉得"需要那么一种对话，来填补时间上的空虚"，于是一场主客之间无声的对话开始……然后，作者解释道，"房中只两人，院外寂静，惟闻微雪飘窗。间或有松树上积雪下堕，声音也很轻。客人仿佛听到彼此的话语，其实听到的只是自己的心跳"。这样看来，心里惊涛骇浪，现实中的声音却只有轻轻的积雪下堕声，只有心跳的扑扑声。

这一节的头绪似乎纷繁了一点：主客间的无声对话/心跳/窗外飘雪及积雪下堕声，至少需要三个声部来表现。但由于三个声部的声音都接近于"无"，以致小说中写道，需要对话来填补时间上的空白，即音乐不能再次停顿，必须有东西继续流下去，让时间显示出自身。于是，作者用了三种因素，后二者自然是唾手可得，可前者呢？虽然类似于前面的未言明部分，但这个"无声话语"由于"客人仿佛听到彼此的话语"的"听到"，而意味着二者可能在声部上可以合二为一了："其实听到的只是自己的心跳。"

整个故事的主要部分在以上四种对话形式（复调对话形式）的轮流出现中进行。而末尾的那封信，几乎是概括性地再现前面的内容。某种程度上，这些对话具有极为干净纯粹的音乐性形式特征。小说中只有两个人，却要让复调性贯穿小说的主体，以上的四种对话对象的使用搭配，几乎达到了极限：可用的因素太少了。再回到小说的"欲望"主题上来，在如此少因素的情况下，极简就是极繁，沈从文可挖掘的空间就完全在"灵"与

"肉"欲望的冲突之中了。然而，小说中的灵与肉也不是真正的灵肉纠缠，而是抽象意义上的灵与肉，虽然有主客/男女的对峙，实际上只是凝眸虚空中的生命力挣扎：发生在抽象时空的"房间"里"力比多"的彼此试探。这样看来，如果单从形式的试验上看，这是一个方便且具潜力的主题，但同样是一个如此容易被人曲解的主题。同样，对于小说的晦涩，作者也辩白道："大凡一种和习惯不大相合的思想行为，有时还被人看成十分危险，会出乱子的！"一语成谶。比如，就有研究这么认为："小说插入大量抽象的抒情与议论来体现沈从文的独特思索，他进行多种文本的实验，既有隐喻的语言模式，又有转喻式的多种故事结构方式，再加上弗洛伊德的心理分析，沈从文刻意要把这段婚外情，写得隐晦，因此这小说是晦涩难懂的。"[①] 但无论如何，都不影响其在小说与音乐的关系史上占据了特殊的位置，"因为在中国，这的确还是一种尝试"[②]。

吕西安·戈德曼说"作品就是一个有意义的结构"，对试验性质的小说作品而言更是如此。《看虹录》中的意义旨在建构从夜晚 11 点钟到 11 点半的一段离奇生命形式，我们已经看到了，正是这个结构赋予了虚空中的抽象抒情清晰的轮廓。由于采用了作曲的方法，整部小说几乎就是用文字的叙述结构模仿音乐的运动过程。或者可以说，"音乐有着意味，这种意味是一种感觉的样式——生命本身的样式，就像生命被感觉和被直接了解那样"[③]。沈从文只是试图以音乐的方式表达某一种生命体验，即赋予这一种体验形式，虽然这种方式有点"古怪"，但在这种"古怪"之间透露出的正是生命某些不可言

---

① 蔡登山：《林徽因劝沈从文斩断婚外情》，《南方都市报》2010 年 10 月 24 日。
② 沈从文：《〈看虹摘星录〉后记》，《沈从文文集》（第 11 卷），花城出版社、生活·读书·新知三联书店香港分店 1984 年版，第 49 页。
③ ［美］苏珊·朗格：《情感与形式》，刘大基、傅志强、周发群译，中国社会科学出版社 1986 年版，第 42 页。

说的状态。

总之，无论是在什么意义上，无论是受到弗洛伊德的所谓艺术与白日梦的理论影响，还是文字与形式上的"晦涩"，都可以说《看虹录》是中国现代文学史上绝无仅有的一个"用人心人事作曲"的特殊例子，甚至完全可以说在世界小说的音乐化史上散发出同样炫目的光彩。

第二节　《狂人日记》的复调世界

鲁迅是个真正的谜。第一篇小说是中国现代小说成熟的标志；自称不懂甚至讨厌音乐，但其作品普遍被认为具有极强烈的音乐性，是典型的复调小说。如果说前面讨论过的"顺口"原则构成了其小说作品音乐性的物质层面，那么，这里的复调是巧合还是必然？这里的复调是一种什么样的复调？复调在这里是否可以放在本书音乐性的范畴里面？带着对这个谜的困惑，首先我们要分辨一下所谓的"复调小说"。

一　复调与小说的音乐性

众所周知，复调（polyphony）原本是音乐术语，由苏联学者米哈伊尔·米哈伊洛维奇·巴赫金（M. M. Bakhtin）创造性地运用于对陀思妥耶夫斯基的诗学批评之中，因这一概念强大的生成能力而被广泛应用，之后对众多领域产生了深远的影响。甚至可以说，从此以后，复调已经成了一个基本的视点，就如以性别视点、读者视点等为基础的各种理论一样。而在这个谁都可以借过来一用的过程当中，复调的内涵是否一直一成不变？

比如，巴赫金指出的"有着众多的各自独立而不相融合的声音和意识，由具有充分价值的不同声音组成真正的复调"①，第一次在小说的杂语喧哗中区分出独白型与复调型小说，使小说思维从混沌中又亮出了一线清晰的纹理。巴赫金本人也一再强调，这只是个比喻的用法，因为暂时没有更好的表达。而陀思妥耶夫斯基（1821—1881）也因此成了复调小说第一人（在巴氏看来）。复调视角为小说带来的拓展有三。

我们不知道陀氏是否有意识借鉴音乐的复调形式，但巴赫金的复调比喻解读方式显然深化、条理化、敞开了陀氏小说艺术的某种丰富性和复杂性。所以说，从这一点来看，巴赫金的复调视点的引入可以看作对小说音乐性的创造性发现，是小说研究方法的重大突破。这是复调视角为小说带来的第一个拓展。

第二个拓展，热拉尔·热奈特的复调，即他在《叙事话语 新叙事话语》中，对普鲁斯特的《追忆逝水年华》依据叙述语式区分出的叙述层的复调，从这里实际上可以引发出来的是事件到底如何被叙述出来，一切都是言语的组织问题，即如何被叙述成了事件的真相所在。书中的《频率》《时距》等内容重要参照依然是音乐的运动模式。而这个叙述层的复调的揭示，则使叙述这一行为本身的秘密得以分解。

第三个拓展，昆德拉的文体复调。关于文体复调，昆德拉将布洛赫的复调与陀思妥耶夫的复调做了比较，认为布洛赫革命性创新的秘密在于将不同文体并置在一起，而陀氏的只是几个不同故事而已。在他看来，小说对位法的必要条件如下：一是各条"线"的平等性；二是整体的不可分性。所以在他自己的小说中，即使政论、随笔、哲学思考等都可以进入小说，但你必须

---

① M. M. 巴赫金：《陀思妥耶夫斯基诗学问题》，《巴赫金全集》（第5卷），白春仁、顾亚铃译，河北教育出版社1998年版，第4页。

有一个内在的点将这所有的平衡连接在一起。因为"小说的复调更多是诗性，而非技巧"①。昆德拉在作曲、作文间自由跨越，可以说其小说实践是真正音乐意义上的复调：利用不同文体的杂糅，不同的平行视角进行多声部的叙述，传统单线叙述的专制性被彻底放弃。因此，音乐性在昆德拉这里也是被反复强调的一个问题，虽然并没有得到普遍的认可。比如，格非就认为："米兰·昆德拉仅仅将陀思妥耶夫斯基的'复调'修辞与欧洲的巴洛克以来的音乐的复调形式加以融合，组装出一套'结构装置'，来丰富小说的叙事手段。"在他看来，"这样的努力没有什么特别重要的意义，因为充其量不过是陀思妥耶夫斯基复调的外衣而已，只能造成对陀思妥耶夫斯基的简单化，甚至是误解"②。暂且不去管这里是否以对陀思妥耶夫斯基的正确理解为批评标准的合理性，其实这也从另一个侧面证实了昆德拉复调的特征，即文体或结构上的复调。还有学者认为，"这种音乐性标志如中速、急板、柔板等到底是小说的内在节奏还是一种外在的东西？我没考虑清楚。至少我读《生活在别处》的中译本时没有联想到音乐问题"③。读者是否联想到音乐，首先涉及的是每个人都有的感知、认知世界的方式，包括进入艺术世界的方式。对昆德拉而言，以音乐的感知乃至表达方式来把握小说的叙述节奏，是再自然不过的事，所以这里可以不必怀疑作者的音乐性初衷。正是在这个意义上，昆德拉的小说复调可以视为有意识地将小说音乐化，不同于巴赫金与热奈特的复调。可以说，后二者更主要的是一种音乐复调的比喻性质的文学研究方法，正是巴赫金所说的"暂时借用"，只因为没有更合适的词。

　　但由于文字叙述的单声道进行，作为复调核心的对位法在这里依然只能

---

① ［捷克］米兰·昆德拉：《小说的艺术》，董强译，上海译文出版社 2004 年版，第 96 页。
② 格非：《陀思妥耶夫斯基与复调》，《花城》2010 年第 3 期。
③ 吴晓东：《从卡夫卡到昆德拉》，生活·读书·新知三联书店 2003 年版，第 348 页。

是想象上的。这种不同，难免被思想、故事遮蔽，以致读者"没有联想到音乐问题"。昆德拉的高明之处在于放弃了小说整体故事的完整性，只以关键词或是某个概念将小说隐秘地黏合在一起，以至如果你不将几种杂糅的部分"对位"起来，便无法理解这几个部分为什么被安排在一部小说中。因此复调在这里具有更突出的形式意义。

从巴赫金的"声音"、话语的复调到热拉尔·热奈特（G. Genette）的由叙述视点的转移造成的叙事体式上的转移造成的复调①，再到米兰·昆德拉（Milan Kundera）的文体的复调，概念的拓展也在另一个侧面显示出小说这种文学艺术形式的深邃与宽广。国内对小说复调的研究早已是个热门的话题，中国古代到当代的很大一部分作品都难免被用"复调"的视角来观照一下。比如，在中国期刊全文数据库中输入"复调小说"的篇名，出来96条符合条件的记录，其中大部分是对中国本土小说②的研究。

那么这样，我们可以看到复调形式不仅无孔不入地渗透到小说创作的各个角落，而且给小说的诠释空间带来了无尽的活力。复调概念的引入，不管是对创作还是批评，都是经验表达的一次质的提升，是综合利用不同艺术门类特点的一次成功的跨艺术实践。但有一点值得注意，人们在研究复调的时候通常都是直奔主题，而不再关注复调小说与音乐或音乐化/音乐性有什么关联。吴晓东在《从卡夫卡到昆德拉》一书中谈到昆德拉的《生命中不能承受之轻》时的复调时，还专门提及音乐性问题，认为对昆德拉的小说学也很重要，但不想多说。并且认为"昆德拉小说的音乐性主要表现为他在把握小说

---

① 参见李凤亮《复调：音乐术语与小说观念——从巴赫金到热奈特再到昆德拉》，《外国文学研究》2003年第1期。

② 比如鲁迅、老舍、孙犁、萧乾、梅娘、路翎、王蒙、阿城、贾平凹、余华、王小波、池莉、金庸、林白、叶兆言、莫言、北村、刘醒龙等。

每一节长短和速度时都按音乐来术语来处理"①。

　　而我们在这里重提复调小说与音乐术语的比喻关系，将复调纳入小说的音乐性范畴，在于彰显跨艺术视角带来的新的形式与结构性力量，以及小说在借鉴与模仿音乐的过程中可能迸发出的"模式外光芒"。其中，尤其重要的便是复调强调的对位问题，即几条叙述线的同时进行。所以理论上来说，无论是巴赫金、热耐特，还是昆德拉，都只是一种比喻性的视点，因为无论是哪一种的复调，都不可能在小说中真正地实现对位，从而成为真正音乐意义上的复调；但从小说创造的幻觉世界整体上来说，复调无疑可以在线性叙述的最终连缀成立体浑然的幻觉现实世界中出现。在这个世界中，结构、情节、意图、叙事角度等都可以是对位的：世界、心灵世界本身就是复调结构的。也正是在这个意义上，我们可以将复调与"宇宙音乐"重新联系起来，因为复调本来就是后者的特征之一，是具有音乐性的。只有回归到复调的音乐性，复调才不只是一种视点，或者一种修辞、结构方式，而是对更深层次的精神本质的理解。而这一点，正是格非认为的陀氏的复调首先是源于个人体验、社会状况，最后才是作家创造的一种新的修辞和结构方式②的依据。也就是说，作为一种修辞和结构方式的复调只有放回到更深广的文化背景中，才有更博大的气象和意义。

二　《狂人日记》的复调与音乐性特征

　　这里所指的《狂人日记》的音乐性，是从结构上来讲的即复调带来的音乐性。虽然我们不认为复调与节奏只是音乐才有的，因为世间万物都可能具有复调性质，都具有节奏感，并且复调不必然具有音乐性，就像节奏一样。

---

①　吴晓东：《从卡夫卡到昆德拉》，生活·读书·新知三联书店 2003 年版，第 347 页。
②　格非：《陀氏妥耶夫斯基与复调》，《花城》2010 年第 3 期。

但因为音乐可以很纯粹地使用和体现复调或节奏因素，而当我们谈论这些在历史发展过程中属于音乐的术语时，潜在的参照必然的是音乐。正是基于这个理由，我们可以说复调小说本身已经具有音乐性了。而谈论一部小说是否具有音乐性意义，在于敞开形式上带来的新的艺术力量，以及这种音乐性形式承载的文字本身不能承载的，而非简单的判断。

《狂人日记》的复调性质，已有不少学者对此作了详细的论证。而其中比较有影响的研究论文有严家炎的《复调小说：鲁迅的突出贡献》①、吴晓东的《鲁迅第一人称小说的复调问题》② 等。总的来说，学者们指出的鲁迅式的复调主要是思想、文本内部声音上的。例如，严家炎在分析鲁迅小说的"奇异的复合音响"时，将这个特征归于三个原因："个人的经历和体验所决定的思想的复杂性""运用写实主义、象征主义、表现主义等不同的手法"以及"叙事角度的自由变化"。并在其论文的最后指出：鲁迅在阅读陀氏的作品时体验到了相仿佛、相呼应的成分或气息，因此受到了影响，算是为鲁迅的小说具有复调性的原因找到一个远处的影响因子。的确，不可否认这些都是原因，但最根本的恐怕还是由于鲁迅对生命、生活的体验与认识的层次、深度和复杂性与陀氏能够进行交流、认同并在一定范围内实践着那样一种表达方式。因为说到底，这是人本身的复杂性决定的，只是认识与表达能力的不同而有所区别而已。吴晓东的处理对象是鲁迅以第一人称写成的小说，这个建立在叙述学基础上的阐释框架，仔细辨剥出"我"与人物之间构成的对话与潜对话关系，凸显小说中"形式化"了的对话性与辩难性，探究鲁迅复杂的思想如何落实在形式层面③的研究和关注点令人兴奋："作品的形式是怎样构

---

① 严家炎：《复调小说：鲁迅的突出贡献》，《中国现代文学研究丛刊》2001 年第 3 期。
② 吴晓东：《鲁迅第一人称小说的复调问题》，《文学评论》2004 年第 4 期。
③ 这实在是艺术作品最核心的部分。因为对作品来说，如何表达是作品之所以成为作品的前提。

成的？它与世界的关系如何？作家又是怎样通过形式传达世界的？哪些是只有通过形式才能看到的东西？一部小说如何把关于生活世界的断片化的经验缝合在一起？……”因此，复调在吴晓东这里是一个揭开被缝合的经验的通道，甚至可以说复调在这里也只是缝合的手段。

在本书的框架中，《狂人日记》的复调至少有以下四个层面上的音乐性意义。

第一层，如果说沈从文的《看虹录》是有意营造一种音乐性的复调效果，因而属于试验文本，音乐化目的明确，鲁迅则是无意识的，不是这个意义上的试验文本，没有音乐化目的。因此，后者主要体现出的是作者思维、思想本身的复调性，前者主要是突出生命状态的复调性存在。这个有意与无意的区分意义并不是无的放矢。很显然，有意的试验文本，因为形式上的突兀，离小说之作为小说的本身有点远，显示出与传统小说的一种疏离感，以及从音乐的意义上来看的笨拙感。然而，正是在这些疏离与笨拙之间，小说似乎承接住了单纯的音乐或小说不能够的：音乐不能够的概念指涉式言说，以及小说不能够的对位与直接传达原始情感的力量。本来，这是个众所周知的事实，但《看虹录》是直接以文本的形式来直接碰触、展露这样一个事实。在这里，我们似乎又可以记起本书前面提到过的苏珊·朗格的一段话：“对于各类艺术，人们迟早要进行大量的思考，遇到大量的疑问，而所有这些都将在与音乐的关系上找到最为明确的表现，所以它们最明确的形式存在于与音乐的关系上。”[①] 的确，在靠近、模仿音乐的“关系”中，我们看到的这个“有意”过程中的能与不能。从这一点上来说，《看虹录》的复调与《狂人日记》

---

① ［美］苏珊·朗格：《情感与形式》，刘大基、傅志强、周发群译，中国社会科学出版社1986年版，第187页。

的复调有着本质上的区别。《狂人日记》也正是在这种"无意"的姿态中，再次证实了世界本质的复调性结构，以及小说的"格式的深切"的深刻内涵。

第二层，重叠的文体与思想复调。上述的复调发展框架中，思想与文体是在两个阶段里各自独特的贡献，论者对它们的关注也几乎都是在各自单一的领域里，而在《狂人日记》中，这两者是重叠的。相对来说，比起《看虹录》中尝试的，这一意义上的复调实际上是小说擅长的。也只有在这里，小说才可以堂而皇之地将自己纳入复调的殿堂。

比如，很多学者都谈到的在《狂人日记》中，文白两种文体泾渭分明地将"正常人"与"狂人"、智识阶层与民间话语、传统与反传统、现实与虚构、作者与叙述者直接"对位"起来。严格来讲，这种写法并不是鲁迅的独创，许多中国古代诗歌都喜欢用小序这样一种形式来说明作某诗歌的缘起。而倘若将这一缘起视为作品的一个不可或缺的部分，二者之间奇怪的张力就出现了。鲁迅的独创在于文言小序在这里扮演的角色不但有点类似于戏剧的舞台，将演员与观众、戏剧与生活隔离开来，而且直接成了日记体小说的回音壁：所有的叙述都会折射到这里，并且彼此互相解构。于是对整部作品来说，《狂人日记》的复调性既有昆德拉式的文体杂糅，又有巴赫金以及热奈特式的多声部与多视点效果。只是当将《狂人日记》放回小说产生的特殊背景，复调问题在这里更显露出丰富的阐释空间：时代的与超时代的。文体上的复调也使鲁迅成功地为"医家"提供了两种"五四"大背景下尖锐对立的病例。

总的来说，《狂人日记》的单线叙事中，至少总是有几个声部的声音在同时对位缠绕。文体上，文言文/白话文、小序/日记、"我"的转述/狂人的自白，这个格式特别承载着作者"如大毒蛇"般的寂寞的忧愤，以致每一个词语每一个句子背后都有无数的声音在"呐喊"：你是吃人的，或正在吃人的，还是被人吃的？对灵魂的拷问浸入骨髓，从日常的当下直到远古的历史，无所逃遁。短小的文言小序似乎就是那个"绝无窗户而万难破毁"的"铁屋子"，而小说的白话文——日记部分的 13 个小节，正是铁屋中为要惊醒一部分人的"大嚷"。这是第一声部，铁屋/大嚷。而铁屋中的铁屋是"书房"，是狂人身边所有的人：

> "……陈老五赶上前，硬把我拖回家中了。"

> "拖我回家，家里的人都装作不认识我；他们的眼色，也全同别人一样。进了书房，便反扣上门，宛然是关了一只鸡鸭。"

书房，文人精神家园的象征，到这里却成了密不透风的"铁屋"：

> "屋里面全是黑沉沉的。横梁和椽子都在头上发抖；抖了一会，就大起来，堆在我身上。"

在"狂人"看来，书房的"横梁和椽子"已经在"发抖"了，再这样吃下去，"自己也会吃尽"的。于是，他准备从自己的哥哥开始，发出"铁屋"中的第一声疯狂的"呐喊"，却被哥哥凶相毕露地罩上了"疯子"的名目。最后被劝回"黑沉沉"的"书房"，偶尔的几声呐喊，只能是"聊以慰藉那在寂寞里奔驰的猛士"（《〈呐喊〉自序》）了。"反扣上门，宛然是关了一只鸡鸭"，书房在这里只成了关"鸡鸭"的地方。也就是说，中国几千年的封建伦理道德的典籍，只能是让"我"更成为"鸡鸭"！只能是个"静静的养几天"，养肥了之后被吃的地方。陈老五、老头子、何先生、哥哥、街上的男女、赵贵翁，甚至赵贵翁的狗……各不相识的人，都结成一伙，结成另一个铁屋：人的铁屋。就这样，小说层层叠叠地累加着撼动不了的铁屋的分量，与"狂人"单薄的"疯狂"构成极为悬殊的对比。但由于狂人的呐喊总是能够"说破他们的隐情",也就"不能说决没有毁坏这铁屋的希望"(《〈呐喊〉自序》)。这一声部的呐喊,一直到最后一节的发出救救孩子的呼声,将希望的亮光、"真的人"的出现寄托在孩子的身上结束,旋律沉闷,但总算有点亮光,因而余音绕梁。

第二声部,小序的大历史声音与被压抑的私人话语。小序如主旋律的得意高昂,如波澜不惊的海平面,日记则是并不和谐、时刻酝酿着背叛的"和声",是暗潮汹涌的海底世界。狂人是因为"患病"了,才能清醒地独语,并发出"疯狂"的声音。陈老五们是"硬把我拖回家","硬"和"拖",不容分辩,或者根本没有分辩、了解的必要,只需迫使就范,以免危害他人。这是大历史、传统道德对个人进行规训的方式,是大历史主旋律吭哧吭哧的车轮碾过的声音。而狂人眼里的他们,是"装作不认识我""是关了一只鸡鸭",他们没有把他看作有思想的、有情感、独立的"人"。"他们的眼色,也全同别人一样",他们都已被规训成铁屋密不透风的铁壁。相对于四千多年的吃人历史,狂人的叫喊"如置身毫无边际的荒原"(《〈呐喊〉自序》),除了汇入大历史洪流,至多再患几次病,别无他途。而与大历史框架对应的私人独语,虽然表面上看起来在日记形式中可以自由吟唱,然而狂人本身也是置身历史内部之中,在这个意义上来说,即使他的独语也是大历史的一部分。于是,在这里的大历史、私人话语之外,似乎还远远地传来"真的人"的话语:被救了的孩子的话语。小说在第二节、第八节、第十一节、第十三节中都提到孩子们也不能幸免!这样,在这个声部当中,至少有三条对位的旋律在单声道的线性叙事中奔突、缠绕。

第三个声部,"我"的过去时转述与"狂人"众人皆醉我独醒的自白。

"持归阅一过，知所患盖'迫害狂'之类。语颇错杂无伦次，又多荒唐之言"，这是"我""阅过"的自信评语，"患""荒唐"是"我"与"狂人"之间区分开来的铜墙铁壁。而今他早已痊愈，已"赴某地候补"，终究还是让铁屋规训了。而在病中时，他"才知道以前的三十多年，全是发昏；然而需十分小心"。然而，即使"全是发昏""需十分小心"，也还是"赴某地候补"了。这种转述使得下面的日记无论记得多么真诚，终究是过去一时的"荒唐之言"了，一个转述直接解构了下文的全部意义。鲁迅式的矛盾和分裂、希望与绝望便在这一提一拉的紧张之间不断撕扯：欲赞同狂人的愤懑与觉醒，然而意义的虚无已经高悬，"不愿追怀，甘心使他们和我的脑一同消灭在泥土里"（《〈呐喊〉自序》）了。于是转述与独白之间，都没有足够坚定的铿锵声气，都"没有青年时候的慷慨激昂的意思了"。同时，患"迫害狂"——疾病，在20世纪的小说当中具有极为特殊的隐喻意义，在《狂人日记》中，病似是复调这条线的两面，如钱锺书的"围墙"（当然这里不是婚姻意义上的），"围墙"内外两个世界（甚至是文化传统中的自我与现代意识觉醒了的自我）彼此否定。他已痊愈了，然而他确实继续着前30年的"发昏"，他"需十分小心"，然而还是"痊愈"了。

另外，如果按照林毓生所说的，鲁迅的意识分为显示的层次、隐示的层次、下意识的层次①三个层面，那么以上三个声部（或许还可以从不同角度找到更多的声部）多少体现了作者意识中的"多声"状态。并且其中写实与象征相互交融，"狂人"的疯与未疯，亦真亦假。比如，狂人夜半翻史书："我翻历史一查，这历史没有年代；歪歪斜斜的每页上都写着'仁义道德'几个

---

①　［美］林毓生：《中国意识的危机——"五四"时期激烈的反传统主义》，穆善培译，贵州人民出版社1986年版，第166页。

字。我横竖睡不着，仔细看了半夜，才从字缝里看出字来，满本都写着两个字是‘吃人！’”既是幻觉，又是现实：对历史的惊人发现。而有意思的是所有三个声部上的对话、辩难，并没有一个压倒性的答案可供遵循，似乎这种复调的交织还在继续以不同的面相出现在不同的场合相同的困境之中，致使小说这种叙事方式本身成了一个形式化的模子。正如吴晓东所言，"鲁迅的第一人称小说的复调特征表明，作为一种文本形式存在的小说在结构层面必然生成某些形式化的要素，从而把小说结构成一个内在统一体。文学作品中内在化的思想和结构性的紧张关系最终总会在形式层面表现出来，在这个意义上，形式总是内化了社会历史内容的‘有意味的形式’”①。很显然，以上提及的几个声部，已经是内化了社会内容的"有意味的形式"，使小说无论是在叙事层面、主题层面，还是故事层面，都充满了丰富、摇曳多姿的音乐性特征。

总之，《狂人日记》从形式到形式承载的思想的复调性，使小说"表现的深切"与"格式的特别"得到完满的融合，从而成为作者本身乃至中国现代白话小说的开山之作，同时是一个不可逾越的高峰。

第三层，《狂人日记》的音乐性终究要归结到心灵、情感的复调性质上。伟大的作家在思想、情感上的深度和广度总是达到了他/她能够触摸到的极限，但思想、情感如何落实到形式上，终究是一个他/她创造的艺术品的表达力问题。而《狂人日记》也更是在这个意义上创造出了既符合时代呼声、又充分承载了个人的思想、价值判断的形式。而情感的主要色彩：黑沉沉的忧愤，则融进了思想意识的冲突之中，构成复调中最揪心的那一条旋律。总体来看，小说如一部意蕴丰富的交响乐，流光溢彩，千年传统与现代觉醒相互

---

① 吴晓东：《鲁迅第一人称小说的复调问题》，《文学评论》2004年第4期。

碰撞的沉痛在复调这种形式中迸发出各方或麻木或自以为是或怯弱或同情或愤激或嘲讽的声音，是社会转变关头众生喧哗式的呐喊。小说本身如一个铁盒子，但只要你一打开，扑面而来的便是决堤般的"仁义道德"与"吃人"的嘈杂。正是这种众生喧哗，这种排山倒海而来的呐喊，使你不能简单地否定或肯定任何一个声音。虽然小说力图不动声色地压抑着呐喊，甚至在结尾也只是轻描淡写地署上"一九一八年四月"，沉稳、闷声对抗小序中属于文言、权威世界的时间与历史的年轮："七年四月二日识。"整部小说其实都是文白代表的两种秩序在沉默中的短兵相接。如一再提及的小序中所言："语颇错杂无伦次，又多荒唐之言。"这是在常人视角看来的"迫害狂"病人，是违反了正常秩序的"杂无伦次""荒唐之言"；在狂人的眼里，则是"凡事须得研究，才会明白""他们这群人，又想吃人，又是鬼鬼祟祟，想法子遮掩，不敢直截下手，真要令我笑死。我忍不住，便放声大笑起来，十分快活。自己晓得这笑声里面，有的是义勇和正气。老头子和大哥，都失了色，被我这勇气正气镇压住了。"……"一篇短篇小说能有这样巨大的思想容量和深广的历史内容，实在不能不令人感到惊异。"① 而我们不惊异的是，当每一个词语，每一句子都能够"喧哗"出不同旋律需要的对话和辩难空间，有什么是不可能的呢？陈思和在谈到《狂人日记》的先锋性时，曾深刻地指出："时间和空间都没有给他们提供安置理想的地方，他们只能够将所有的绝望凝聚在自己身体内部，让它转化出一种怪异的能量，更加无助、无信心地依靠自己。这就是先锋文学在艺术上总是更加贴近对自己生命的能量的寻求，企图从自己的生命能量中挖掘更大的潜力的原因之一。"②

① 鲁迅：《鲁迅文集》（一）小说卷·导读，黑龙江人民出版社，第12—13页。
② 陈思和：《中国现当代文学名篇十五讲》，北京大学出版社2003年版，第64页。

所以，将小说放在复调这个跨艺术——音乐性的空间里观照，我们可以看到小说中各声音、思想共时空间中的微妙联系与互动。而所有的这些，其实，都只是一个目的：尽量呈现世界的多样化存在，让多样的思想、价值本身来进行现场辩驳，或者说展呈出它们，以做出合适的判断、发展。当文言文担当的角色是俯视底层人民的白话文时，白话文却老辣辛酸、釜底抽薪般揭露了文言文权威的虚妄。所以，我们现在可以说，如果开始倾听《狂人日记》，这是一部有着无尽韵味的音乐作品，当我们的耳畔再一次回响起小说开头的"某君昆仲，今隐其名，皆余昔日在中学时良友"时，我们知道"某君昆仲"和"余"，和本篇小说中讲述的事情都是真实的，是发生在"余"的"良友"身上的。我们的旋律很自然地滑到接下来交代的故事：只是其弟患"迫害狂"病期间的记录。现在病已经好了，已经"赴某地候补"了。也就是说，那也只是一段病中的妄想，现已恢复正常了。如果说《看虹录》是模仿聆听音乐的一段真实，那么这里我们可以直接将小说当作音乐来听①。并且，这里其实与沈从文的《看虹录》有异曲同工之妙，现实与梦幻的强烈的对峙，只是梦幻的性状不同而已。但因为蒙上了这层梦幻的外衣，文言状态或现实条件下不可能发生的事一一揭开。看起来井水不犯河水的文白两个世界、两个声部，就在建构、秩序与解构、拆解强制的秩序的交锋中，连成一个复杂的文化、生活的动态世界。回溯"五四"的社会现实，正是旧的秩序正在瓦解，却还是根深蒂固的；新的还没有建立起来，但暗潮汹涌，势不可当。并且从更远的来说，社会思潮似乎也总是在变化中前进。在这里，文体

---

① 经过了几个声部的分析，如果再一次阅读，就不再是初次意义上的阅读了，而是听得到几个旋律的同时进行。或许，这可以归结成另外一种小说的音乐性，留待日后思考。

的选择的确如巴赫金指出的，是"这个时代本身使复调小说的出现成为可能"①。也正是这一意义上的《狂人日记》的复调应合了"一代有一代的文学"这个朴素的真知灼见②。广义上来说，这种复调效果还存在于鲁迅的不同作品的类似主题或思想之间，将作家本身的全部作品复合出"奇异的音响"。比如《在酒楼上》《祝福》《药》等作品中，我们可以看到同样的对话、辩难在这里继续着。又如，与《狂人日记》中的文白文体对应的，即在小说发表近 10 年之后，1927 年 2 月鲁迅在香港发表了题为"无声的中国"的演说，经过层层的渲染，演说最后得出了这样一个决绝的结论："我们此后实在只有两条路：一是抱着古文而死掉，一是舍掉古文而生存。"回到小说，文白的对位马上从先前的那些多重意义中又多了一重：生与死以及"有声的中国"与"无声的中国"等非此即彼的对决。并且这种意义的"叠加"将在历史的进程中一再地发生。

第四层，需要顺便提及的是这一节开头提出的问题："这里的复调是一种什么样的复调"；"复调在这里是否可以放在本研究的音乐性的范畴里面。"此处的论述过程已经回答了这是一种什么样的复调，而由于分析过程始终是借用音乐的复调、对位原理的，将这一被忽视了与音乐的关系的复调结构放回音乐性的范畴里的考察，是合理而且可行的。至于与音乐化的结构类比（主要也是复调的对位技术）的主要不同有三：一是在上一节提到过的，有意识的与无意识的区别；二是在不同层面上对位技术所做的模仿；三是是否对具体音乐作品的部分或全面模仿或借鉴，如安东尼·伯吉斯的《拿破仑交响曲》。显然，《狂人日记》都不属于这些范畴里面，其独特的音乐性特征只在于小说神奇的多声部的交响。

---

①　M. M. 巴赫金：《陀思妥耶夫斯基诗学问题》，《巴赫金全集》（第 5 卷），白春仁、顾亚铃译，河北教育出版社 1998 年版，第 36 页。

②　格非：《陀氏妥耶夫斯基与复调》，《花城》2010 年第 3 期。

第三节　小说结构音乐性的形式功能

除了在本章第一节中指出的"用人心人事作曲"的"极端"试验，我们还常常见到"奏鸣曲""赋格曲""交响曲""变奏曲"之类的文学作品结构的音乐暗喻①。似乎，在这些暗喻中，我们可以清晰描绘出一个纯粹的音乐结构轮廓。那么，这些暗喻是否意味着小说结构上的某些音乐性特征和功能？基于上面两节的案例分析，这一节我们将在理论上对小说结构的音乐性可能有的形式功能进行探讨。首先我们依然需要澄清的是概念问题，即小说结构的音乐性，而后分别从创作、评论与小说史的角度考察其形式功能。

在西方的形式概念发展过程中，从毕达哥拉斯的"数理形式"、柏拉图的"理式"到亚里士多德的质料与形式，再到古罗马的"合理与合式"，我们可以看到这四种统治和影响西方美学史的观念，实际上从不甚相同的角度提出了深刻的问题，因而被人称为后世的无论哪一种美学都是对此四种观念的阐发和延伸。比如，罗兰·巴尔特在《写作的零度》中所说："写作在本质上是形式的道德。"英国视觉艺术评论家克莱夫·贝尔认为，艺术是"有意味的形式"。虽然，此处我们不能将小说的形式与结构混为一谈，但对形式的理解直接影响了如何结构。的确，艺术作品首先必须是具体的技术，是作品的建构，即形而下层次的技艺。当技艺具有独立的生命品格时才能被称为艺术。而这个时候，结构、形式不再仅仅是技艺、技巧，而是"有意味"的了。在传统

---

① 无论是作家还是评论者方面都是如此，前者如瑞典作家斯特林堡的戏剧《鬼魂奏鸣曲》（1907）、法国作家安德烈·纪德的小说《田园交响曲》等。

的小说六要素中，时间、地点、起因、发展、高潮和结局是对故事完整性的基本要求，而后四个因素几乎是对结构轮廓的故事性勾勒。故事的起伏与旋律的婉转性质在情感上的力量强度类似①，这是小说结构整体上音乐性所在之一。由于旋律可以是单线进行，也可以是多线进行，这是部分小说竭力模仿的，并且这一点可以从两个层面上来看：一是物理时间进程中的小说的不可能实现多线进行，但有些小说正是试图在这一点展开，比如《看虹录》，赫胥黎的《旋律与对位》等。二是在小说的思想、声音层面上的交响、对话的同时性，这也是最普遍认可的复调在小说中的含义。但无论是哪一种方式，谈论小说结构的音乐性，最深层的依据是，因为音乐性是源于生命深处的本能需要。

在本书中，小说结构的音乐性被放在小说音乐性的显性特质框架中，主要是因为大部分进入小说的音乐化/音乐性研究视野中的作品，都具有有意识地模仿或借鉴音乐结构的特征（虽然本章所选的《狂人日记》属于后人的解读）。因此，这里再次出现了小说结构的音乐化与音乐性的区分问题。从技术层面上来讲，这里讨论的应是属于小说音乐化的范畴，但由于本研究着眼于从整体上来讨论小说的音乐性特征，这里的音乐化依然只能是音乐性如何得以实现的手段之一，如著名的复调或对位结构。不管是有意还是无意的，小说也只有在具备这些音乐技巧的基础上，我们才认为这一作品的结构具有音乐性。对起步期的中国现代小说来说，正是这短短的历史赋予的小说概念内涵，承担着我们看待小说结构的音乐性的特定意向与方式。下面分三部分予以论述。

---

①　我们要不断地回到第一章提到的，所有艺术门类之间的可以互相理解，以及人本身对艺术的期许，最深层的原因都是源于人对人本身、对生命的理解。

一　线性叙事的空间化功能

关于现代小说的空间化倾向，已有众多的研究成果，因不是此处的重点，不再赘述。在本书中，由于所有的论述都是将小说放在参照音乐艺术的框架中进行的，主要是指小说结构上借鉴或模仿音乐的对位手法具有的空间化功能，并且这是小说音乐化领域最主要的方面。线性叙事的功能空间化至少可以从内外两个层面来看，而实际上，这两个层面与上文选择的两个案例有直接的关联：一是以《看虹录》为代表的外在的空间化，指在叙述上有意识地模仿对位这种叙述而形成的，包括昆德拉式的文体杂糅；二是在思想、声音、叙述角度等层面上形成的内在空间化，以陀思妥耶夫斯基、鲁迅式的复调为代表。但二者有时并不能截然分开。

由于时间艺术与线性叙事的本能，小说的叙述永远都只能是线性时间的，而小说的雄心确是任何一种文体都无可比拟的：在线性时间中"随心所欲"地膨胀某一个时间点，使这个时间点能够容纳像平面化、空间化的社会生活一样的内容，一切仿佛都在同时上演。米兰·昆德拉早就说过，"从小说历史的开端起，小说就试图避开单线性，在一个故事的持续叙述中打开缺口"[1]。福楼拜也在对《包法利夫人》中关于农业展览会场景时形容道："所有事物都应该同时发出声音，人们应该同时听到牛的吼叫声、情人的窃窃私语和官员的花言巧语。"[2]　这正是任何的语言叙述不能做到的。因为叙述本身就是建立在可以如此来理解世界的一种假定性基础上的。早在 1759 年出版的斯特恩的《项迪传》就对这个问题做出了振聋发聩的嘲讽，以至到今天，诸多的所谓的流派先锋们的创新依然可以从中找到源头。比如，解构主义大师 J. 希利斯·

---

① 〔捷〕米兰·昆德拉：《小说的艺术》，董强译，上海译文出版社 2004 年版，第 92 页。
② 〔美〕约瑟夫·弗兰克等：《现代小说中的空间形式》，秦林芳编译，北京大学出版社 1991 年版，第 2 页。

米勒就认为："《项迪传》自始至终都在对所谓连贯完整的生活故事加以解构和戏仿。该书告诉我们，所有叙事线条在形成之时都有违这么一个事实：叙事无法开场，一旦开场，也无法持续向前发展。倘若它无视这些不可能，开始持续发展，它就再也无法停下来，也永远不会到达终点。"① 总之，叙事如何同时、如何开始，面对混沌一团的生活，似乎这个问题发展到叙事成熟的时候必然更为尖锐。从内部和外部对这个问题进行思考和突破，也就不足为怪了。这些巧妙地借助音乐的结构技术，创造一种新的时间关系，使得一个复杂多面的形象可以被投射到一条直线上。这一条直线，实际上与之前的或之后的线彼此蕴含着，想象中是可以并置的。小说叙述在这里不只是在狭窄的单个时间通道中纵向发展，而是同时在横向空间中扩张。

虽然外在的对线性时间的思考和试验，看起来总是显得极端甚至怪异，以至如格非所说的没有特别大的意义，但作为一种对小说可能性的探索，以及这一探索过程中承载的艺术门类裂缝间的风景，也不能忽视。因为这个隐蔽的裂缝本来就"人迹罕至"，只有到达过了、触摸了才知道何为边际。因为"所有的艺术都在表达'绝境'""我一生都在追寻语言，所以我知道语言的边际和深渊"②。这也正是这一部分试验作品最隐在的价值。比如《看虹录》中，言在此，意在彼，既描述了事实上的对话，又强调了言与意的同时性特征，作者有意如此安排（作者对音乐叙述的理解），虽说也是在有意挑战读者的阅读习惯，但当能够会意此处的"对位"用心，此处的线性叙事（印刷上的顺序）自然神奇地叠合成一种新的时间顺序：空间上不能忽视的并列的新内容，从而彰显出小说的结构性意义。《看虹录》另一个层面上的空间化功能

---

① ［美］J. 希利斯·米勒，《解读叙事》，申丹译，北京大学出版社 2002 年版，第 68 页。
② 马慧元：《黑暗中的玄学家》，《文汇报》2008 年 1 月 7 日。

是，因为小说整体上犹如一首音乐作品，特别是对读者而言，犹如聆听音乐，但由于小说语言的所指依然在一定范围内折射出丰富的象外之意，如著名的"百合花""小阜平冈"等，时间过程中完整的"引子""发展""尾声"的叙事通道之外，同时回响着小说固有的情境性声音。而且，如果非要以故事性来衡量，小说其实也并没有完全丢弃讲述的欲望：30 分钟内二人之间的挑逗、交流。然而在现代小说史上，这已经是极为触目的了。对于众所周知的昆德拉的小说借鉴音乐结构问题，在吴晓东看来，《生命中不能承受之轻》"可能标志着这类复调式的文体杂糅小说的一个极限，再往前走几步，就会越过'小说性'这一界限……"① 这一界限在西方后现代主义的创作当中实际还有走得更远的挑战。只是这种挑战有时只能成为纯粹的试验，无法承担小说终究是要负起的历史与社会责任。这是外在结构上的空间化尝试。

至于复调自然形成的内在空间的拓展，一方面是我们反复强调的现代社会生活的结果，是人对自身重新审视、定位，以及现代艺术视角的向内转，关注人自身宿命的无处不在的矛盾的结果。意识流小说等即这方面的典型代表；另一方面众多作家本没有意识到自身作品借鉴或模仿音乐结构，却被读者认为具有音乐化/音乐性特征时，以及叙事视点的转换或多重视点造成的"破碎空间"，都是复调结构带来的空间化效果。比如穆时英的《上海的狐步舞》《夜总会里的五个人》等作品，由于光怪陆离的物质世界对人的视觉冲击力毁掉了线性的深入感受，出现感觉的拼贴，小说语言上的能指颠覆所指的反线性叙事；《狂人日记》的文白部分相互反讽、解构，只能是在二者同时在场的情况下发生，这里更是一种内在结构上的空间化建构，即所谓的文本内在张力的空间。从诸多的对从古代至当代小说进行复调视角的研究，也是对

---

① 吴晓东：《从卡夫卡到昆德拉》，生活·读书·新知三联书店 2003 年版，第 347 页。

线性叙事过程中空间功能的重新发掘，重新思考不同时代人们对生存于其间的时空的不同体验。

二　一种世界秩序的象征

"如果我们缺乏秩序感——秩序感使我们能够根据不同程度的规则和不规则来对周围环境进行分类——我们就永远也无法得到任何经验。""如果没有一种选择原理，没有一种方法能将进入脑内的刺激理成相应的层次，有机体将会被淹没于不可控制的大量信息和知觉之中。"① 毫无疑问，秩序是文化得以形成、建构的重要条件。一切艺术都是创造出来的表现人类情感的知觉形式。② 正是在这个意义上，可以说艺术"形式更根本地反映了作家的思维方式和他认知世界传达世界的方式。"③ 从小说创作上来看，对音乐结构的借鉴或模仿，既是对小说本身结构的清晰化，对小说可能性的一次"僭越"，更是新的看待事情方式决定的世界秩序的象征。

某种程度上可以说艺术的媒材直接决定了艺术作品可以使用什么样的结构方式，特别是在时间艺术与空间艺术这两大范畴之间。莱辛的《拉奥孔》已经在这方面做出了令人信服的分析。音乐在某种程度上就是世界或生命结构的化身，是叔本华所谓的"意志的直接体现"，而这种结构在小说中是如何体现出来的呢？小说结构的音乐性，达成了哪些小说原来做不到的东西？维尔纳·沃尔夫认为小说中借鉴音乐结构，具有美学统一功能。因为现代主义或后现代主义的许多小说已丢弃了传统的线性故事讲述，沉迷于挑战、解构

---

① ［英］E. H. 贡布里希：《秩序感》，杨思成、徐一维译，浙江摄影出版社 1987 年版，第 201、204 页。

② ［美］苏珊·朗格：《艺术问题》，滕守尧、朱疆源译，中国社会科学出版社 1983 年版，第 13—14 页。

③ 吴晓东：《鲁迅第一人称小说的复调问题》，《文学评论》2004 年第 4 期。

一切现存秩序，但你实际上只要是创作，只要不完全地丧失可理解性，就必须还存在这样一种"挑战、解构"的秩序，于是他们急于找到一种新的美学统一办法。而不少作家都将目光瞄准了音乐，而且主要是西方古典音乐的结构形式。比如赫胥黎的《旋律与对位》，因为正如题目所示的，小说结构上似乎有了一种保障，小说中出现的现代都市生活的零碎可以被缝合，被有机地统一起来，从而发出独特的声音。这正是《小说的音乐化》一书中一再强调的功能之一，即典型的现代主义精神带来的写作危机：文学叙述完全不善于处理已经解体成主观看法碎片的文学材料，以及无法解决的"人类赋格"的惊人多重性。因此，借鉴音乐结构这个试验本身既是一种思考姿态，也是问题的答案本身，因为这种妥协的对位表达方式多少解决了多重性需要的多视点问题，从而在某种程度上成功表现出现代生活的全景。这种简化原则一方面赋予了生活的可理解性形式和意义，另一方面也传达出了多重性部分之间的相异性，与个体"部分"独特的效果。①

　　由于中国现代小说中并没有真正意义上的有意识精确模仿某种西方古典音乐结构，并不存在西方的现代主义与后现代主义的小说问题，音乐性在这里更多的是作为一种作家在音乐（中国的和西方的可能都有）影响下，或出于作家个人对音乐的爱好与独特理解，而有意地对小说形式进行探索的结果。正是因为这样，这些小说不能被称为音乐化的，而只是某种有意识的、有时甚至是笼统的音乐性。即使这种音乐性，也依然包含着一种对新的世界秩序的结构性把握。比如《狂人日记》中象征的"活"的与"死"的世界秩序，鲁迅抽象出的这种对立，这种"激烈"的姿态，直到今

---

　　① 参见 Werner Wolf, *Musicalization of fiction：A study in the theory and history of intermeadiality*, Amsterdan – Atlanda, GA. 1999：175。

天已经本能地成为人们对小说的基础反应了。无论这种反应是不是对作品本身的无形损害，作为一种艺术形式，无疑是成功了。同时，作为文化转型期价值认同危机中自我分裂的"狂人"（虽然不是现代意义上的"自我分裂"），其分裂在这里实际上同时具有一种复调的结构性意义：裂口的两面或麻木/清醒，或正常/疯狂。还有前文分析过的《上海的狐步舞》以及大量的现代派作品，除去外在因素如所谓的国外现代派的影响，作品本身的形式既是对现代小说形式的创新，也是作为一种全新的生活方式与世界秩序的表达。正是在这一点来看，我们也才一再回到格非所说的复调不只是一种修辞，而是与社会状况的变化有着更深层的关联。我们在这里也不应只看到形式的花哨与夺人耳目。对沈从文的《看虹录》以及对形式不倦探索的所有作家，都应给予更深沉的理解。比如，《看虹录》即使作为关注人生性爱主题的小说来看，小说也用一种新的方式，较大程度上展示出那种心理世界的秩序，"赋予"那一情形下的"人生以形式"①。

　　另外一种小说结构的音乐性的世界秩序象征，虽然属于比喻性质的，如中国现代作家偏爱的"三部曲"（三部曲概念源于古希腊情节连贯的三联剧）形式，茅盾的"农村三部曲"（《春蚕》《秋收》《残冬》）、巴金的"激流三部曲"（《家》《春》《秋》）、郭沫若的"女神三部曲"（《女神之再生》《湘累》《棠棣之花》）等作家喜欢的"三部曲"形式，事实上先入为主地从题目上已经预设了三部作品之间的内在结构上的关联，赋予作品之间宏观和微观上理解的连续性与一致性，赋予深刻把握广阔复杂的社会清晰的轮廓，进而建构出这三部作品交叉、开放的艺术秩序。同样的，如茅盾"社会剖析小

---

① ［美］罗伯特·麦基：《故事——材质、结构、风格和银幕剧作的原理》，周铁东译，中国电影出版社 2001 年版，第 14 页。

说"，首先必须把"社会"放进一个结构框架中，剖析才是可能的。因为"现实之于潜能，犹如正在进行建筑的东西之于能够建筑的东西，醒之于睡，正在观看的东西之于闭住眼睛但有视觉能力的东西，已由质料形成的东西之于质料，已经制成的东西之于未制成的东西"[①]。一旦"制成"了东西，就是属于这一作家认识的世界秩序了。而对茅盾的"社会剖析小说"最常用的"犹如一部雄浑的交响乐"的描绘，正是"制成"之后把握的方式——"交响乐"的结构方式：承认纵横交错网络结构的同时，有着明确主题、主角、情节线索。被誉为"中国第一部写实主义的成功的长篇小说"[②]的《子夜》正是如此。

在中国现代小说中，这种音乐性结构把握世界的方式基本上是自信、肯定的，作家认为世界甚至自我是可以被正确、清晰地理解的，因而这种对结构的信赖绝不同于西方现代主义或后现代主义小说对音乐结构的认同。对后者而言，音乐结构如同救命稻草；缝合的是支离破碎的断章残片，是对意义确定性的深刻怀疑，引起深刻的价值认同危机后不得已的选择。在前者，结构是秩序、统一、意义的象征，在小说的所指过于强大的时候，抽象出如音乐般纯粹的结构线条，无疑赋予小说清瘦的骨骼，使小说更能经受得住社会生活这个庞大的机器。从更远来看，人本身就是个小宇宙，而由人组成的社会网络，其间的复杂程度自不待言，社会"交响乐"与毕达哥拉斯的"宇宙音乐"，正是回荡在艺术作品中永恒的节奏。在看到上面二者区分的同时，我们还应看到二者共同的宿命在于：都是结构化、符号化了的世界秩序的象征，

---

① 北京大学哲学系、外国哲学史教研室编译：《古希腊罗马哲学》，商务印书馆 1982 年版，第266 页。
② 瞿秋白：《〈子夜〉和国货年》，《瞿秋白文集·文学编·第 2 卷》，人民文学出版社 1986 年版，第 71 页。

无论是确定的，还是不确定的。因为不确定本身也是一种秩序的表征，也是一种确定性的表达。所以我们才会坚定地认为，小说是观照历史的一面镜子。

三 模式外的光芒

如果说形式使内容有了具体可感的样式，那么具体来说结构有以下三大作用。

首先，这里结构的音乐性，赋予小说的是在传统线性叙述模式之外的音乐结构呈示出的内容样式。比如上面分析过的《看虹录》《狂人日记》，二者都在不同程度上溢出了传统故事的线性叙述框架，小说的叙述显示出极强的形式特征，以致我们不能忽略这样一种形式散发出的模式外光芒。对沈从文而言，《看虹录》中的情感积累，早在他的另外一些作品如《摘星录》、散文《水云》、新体诗《莲花》《看虹》等中都有反复的表现。将这些作品综合起来看，沈从文的形式自觉意识便更加突出了。如果可以将这一次次的表达用不同的容器盛放并摆在我们面前，我们一定会感叹这"新瓶装旧酒"的奇观。并且，在这里我们可以发现，《看虹录》的形式实验，相对而言，较接近情感状态本身的复杂性。虽然我们依然时时被突兀笨拙的形式表达的努力，震得如鲠在喉。这里，模式内外完成与未完成的，再一次向我们昭示了"一切艺术都趋向音乐"的姿态：靠近了一小步，却也差点儿丢失了自身的合理性。《看虹录》要是再往前一步，让文字的排列来表达自身，让文字奏响自身而非在既有的文化语境中建构自身，其可读性将更成问题，可作为传统小说这种文类来辨识的标签如故事情节、人物刻画、环境描写，则将更加模糊了。那么，这里已达成的——两条线索暗示出的人与人之间交流，以及精神状态的共时存在特征；未完成的则散发出更博大的空间，笨拙的形式泄露出无限的可能：如何捕捉、表达那一池混沌中的炫目光芒？这也正是小说借鉴音乐结构，使自身的结构显示出音乐性的最重要功能和价值之一。

刘纪惠曾极为敏锐地指出"或许正是借由艺术文类与符号系统的越界，透过跨艺术符号杂交的书写，我们可以看到计划与逸离的落差，以及被排拒推离的残渣如何被异质书写点点滴滴的承接。于是，跨界书写中使计划偏离、让主题逾越、使符号杂陈的莫名欲望，正点出了社会系统与个人欲望接续／断裂的界限"①。再次回到沈从文的《看虹录》，我们终于可以理解这种"异质书写"如何承接了当时的社会系统与作家个人生命体验之间的触目断裂，理解了沈从文对理想读者的期待，以及郭沫若的"粉红"批判，实际上二者是分属于断裂两边的立场。当我们面对类似的文本，甚至表面上看起来更为激进的文本时，我们就可以多了一种进入的角度，多了几分宽容和理解。特别在西方现代主义或后现代主义小说当中，更是如此。

与此同时，两个符号系统的并置，裸露出来的人类精神、文化与符号表达之间的裂缝和困境，似乎在某种程度上可以视为艺术形式不断发展变革源源不断的力量之一。比如，传统线性叙事的式微，以及这一传统中信奉的"因果性""情节连贯性""真实性"等问题在现代主义与后现代主义中都遭到了不同程度的质疑与颠覆，而这里，不能说与现代社会新媒介如电影、电视、网络等的普及没有直接的关系，文学在边缘化的同时在自身的发展中吸取了新媒介的一些手法，以适应新的生态环境。比如中国 20 世纪 30 年代的新感觉派小说，就有不少作品采用电影叙事手法——蒙太奇、长镜头等，使小说呈现出强烈的图像视觉效果。有研究者指出新感觉派小说的"仿像"创

①　刘纪惠：《框架内外：跨艺术研究的诠释空间》（代序），刘纪惠主编《框架内外：艺术、文类与符号疆界》，台北立绪出版社 1999 年版。

造的隐性视觉形态不仅改变了传统小说的表现形式，改变了世界的非视觉构想和把握方式，而且因与后现代主义的逻辑联系适应和推动了中国文学和文化现代化的进一步转型。① 张爱玲也是受到电影叙事影响，并在小说中娴熟应用蒙太奇、电影化位移等手法的作家。所有那些现代媒介手法的运用，都加强了小说表现现代都市生活的荒谬感、孤独感、压抑感、物化等的能力，使小说体现出所谓的"现代性"。事实上，从小说形式本身来看，这正是以不同艺术门类的并置或杂交，寻求小说在不同文化背景中的自我突破。正如老舍所说的小说"能采取一切形式，因而它打破了一切形式"②。实际上，小说几乎是可以用文字最大程度上进行、铺展作者的雄心的文体，如我们通常见到的，这一幅壮丽的某个地方/某段历史时期的画卷/交响乐等对小说的描述正是小说"采取了一切形式"的后果。

在《小说的音乐化》一书中，维尔纳·沃尔夫将这种超过一种媒介参与的作品特征称为"媒介间性"（intermediality），因此可以从自足的艺术史内部勾勒出小说的"媒介间性"的历史。而本书则将所有的他性艺术的介入，都视为更好更深入地考察小说的发展，正如我们在开头引用的苏珊·朗格的这一段话指出的一样："对于各类艺术，人们迟早要进行大量的思考，遇到大量的疑惑，而所有这些都将在与音乐的关系上找到最为明确的表现，所以它们最明确的形式存在于与音乐的关系上。"③ 在这里，我们的主要任务就是透过艺术的他性——小说的音乐性，来对中国现代小说进行思考，虽然只是部分小说。

---

① 盘剑：《论新感觉派小说的隐性视觉形态》，《文艺理论研究》2009 年第 2 期。
② 老舍：《文学概论讲义》（第十五讲），《老舍文集》（第 15 卷），人民文学出版社 1990 年版，第 155 页。
③ ［美］苏珊·朗格：《情感与形式》，刘大基、傅志强、周发群译，中国社会科学出版社 1986年版，第 187 页。

其次，从批评角度来看，似乎这样一种笨拙但清晰的结构，为我们提供了理解上很大的方便：我们可以在瞬间转动结构的陀螺，从各个角度把玩欣赏附着于结构之上的"丰腴肉身"，并从内部推动小说的审美批判与社会道德等文化批判的博弈。这种音乐性结构的活力，完全值得研究者不断去寻求，去发现。同时，借助对该音乐结构的理解和想象，最大限度地挖掘和释放文本的辐射能力。音乐结构凸显了小说的艺术性：这也是结构的艺术！况且，一切人物和情节不能不放在结构中来考察。它在这里像帐篷一样[①]，支起小说的故事，在线性叙述中释放来源于生活而高于生活的故事张力。正是这个像帐篷一样的结构，使艺术与生活界限分明，使我们有可能检视艺术的各个角落埋伏着的惊喜。比如《狂人日记》，假如我们不去纠缠这里复调是不是巴赫金意义上的使用等其他因素，而只关注复调结构这一视角打开的视野，我们似乎第一次能够如此清晰地把握"一团乱麻"——狂人的世界！从这一点上来说，小说结构的音乐性似乎成了把握和理解小说的一种框架和方式，如对王蒙"季节"系列、沈从文的一部分作品（如《棉鞋》）等作品的理解。正如刘纪惠所言的"进入文本中不同艺术框架的交错对话，能够提供我们更为敏锐而多元的透视点，从而掌握文本内在所实践的复杂辩证过程"[②]。

最后，从中国现代小说史来看，虽然只是少数作品对音乐结构的借鉴或模仿，但这些作品显然构成当时小说结构成就的一些节点，并且在强调小说的救亡和启蒙功能、更重视小说写了什么而不是怎么写的语境中，具有不可忽视的启发意义。现在看来，正是这一部分的形式探索，构成现代文学到今天为止依然具有活力的一道亮丽风景，甚至在世界小说与音乐关系的实验中

---

① 崔健、周国平：《自由风格》，广西师大出版社 2001 年版，第 23 页。
② 刘纪惠：《框架内外：跨艺术研究的诠释空间》（代序），刘纪惠主编《框架内外：艺术、文类与符号疆界》，台北立绪出版社 1999 年版。

具有对话的可能性。

　　无论是对哪一种音乐结构的借鉴或模仿，因为媒介①的局限，以及各艺术种类自身规律的约束，都只能是一种无法实现的实现，似乎进入的只能是姊妹艺术模式外的光芒领地，在这个领地里"似是而非"地使作品本身流转出综合艺术的神韵。总之，小说结构上的音乐性带来的是小说这种模式之外的光芒，即在这个框架内的言说刻画出的那一未言说的空间。这一空间通过结构上模仿或借鉴音乐的趋势暗示出来，但因为众所周知的原因，小说永远不可能真正达到和音乐一样的结构效果。这个趋势便永远显出一种不完善的前行力量，永远诱惑着作家们去摸索、去靠近那神秘的前方。另一方面，所有被模仿或被借鉴的技术或结构本身也恰好说明了去模仿这一行为的不能抵达之处。但我们却不能无视这些模仿或借鉴带来的一些新的结构性力量。

---

　　①　有学者使用媒材而非媒介，只因媒介在今天的语境下已有了太模糊的含义。比如，杨世真在《重估线性叙事的价值》一书中也对"媒材"与"媒介"的概念作了类似的区分。的确，这是必要的，用媒材，目的在于直接区分小说与音乐所用的物质材料的区别：文字与音符。只是本书还未来得及做全面的调整，先在这里指出来。

第四章　中国现代小说音乐性的隐性特质

　　相对于小说语言、结构上的可以借鉴、模仿的音乐性，接下来要谈论的小说音乐性的隐性特质，无论是在文本阅读还是理论分析层面都显得更难以把握，扑朔迷离。实际上无论是中国的小说，还是西方的小说，都有为数不少的这一类小说：具有极强的生命抒情性特征。这类小说从深层上看，是有着合理的哲学依据的（本书在第一章已详细讨论过）。从概念上来讲，这是本书之区别于沃尔夫的小说音乐化的重点所在，也是试图挖掘音乐化不能涉足的模糊领域。本章所选的两个案例《边城》与《呼兰河传》，分别代表隐性特质的两个层面：一是节奏层面来看的小说浑然天成的抒情性特征；二是情感的自然流泻而形成的生命的音乐性形式表达。

第一节　《边城》："舒适的呼吸"

　　《边城》作为中国现代文学史上最为璀璨绚丽的收获之一，其优美轻愁的故事、"希腊人性小庙"的纯美形式一直为各方读者和研究者所流连忘返。作为沈从文抒情文体的最高峰代表作，小说到底是如何将湘西的淳朴生活连缀成晶莹剔透的艺术品的呢？我们依然可以看到小说在力图"装"得更浑然，避免叙述的刻意经营，让人以为湘西的生活原本就是那样的形式内部的缝隙吗？沈从文一直具有强烈的形式自觉意识，因此被称为"文体家"，那么在《边城》中，这种形式的缝隙之间是如何传达出小说的音乐性空间的？李健吾对《边城》的体会，大概是至今为止最为独特、贴切的评论了："具有一种特殊的空气，现今中国任何作家所缺乏的一种舒适的呼吸。""是一颗千古不磨的珠玉。"① 因为这种"空气"，正是小说诗性神采的重要因素，是小说成功地在小说之上弥漫出另一个幻觉空间，焕发出神性光辉的秘密之所在。但到底是如何特殊的一种"空气"？大美无言，但我们依然要言说，因为首先坚持这是一部人工作品，我们可以发现人工的一些蛛丝马迹，即使作品的做工很好。这一节，将从音乐性的角度，去细细体会这一"舒适的呼吸"，领受这"一种特殊的空气"。

"舒适的呼吸"的本质是节奏的和谐，是小说总体上呈现出的叙述的平和，不温不火，仿佛生命自然状态下呼吸频率般的和谐。泰戈尔曾在与罗曼·罗兰的谈话中说，诗、绘画或音乐这些艺术的起点是呼吸，即人体内固有的节奏，它到处都是一样，所以具有普遍性② 。的确，一切艺术都是表现与人本身有关的认识与体验，一切表现都是基于人本身，人本身神奇的生命结构便是艺术世界最伟大的标尺、最好的理解钥匙，所以艺术的起点必然是呼吸。

这里"舒适的呼吸"主要表现在以下三个层面的和谐节奏上：语言节奏、

---

① 李健吾：《边城——沈从文先生作》，《李健吾批评文集》，珠海出版社 1998 年版，第 55—56 页。
② 人民音乐出版社编辑部编：《作家与音乐》，人民音乐出版社 1983 年版，第 155 页。

情感浓度的节奏、情节发展节奏等，下面分别予以论述。

一 语言节奏

艾·阿·瑞恰慈在《文学批评原理》中指出："这里我们再次看出根本无法把节奏或韵律当成纯粹是音节感官方面的事来考虑，也根本无法把它们跟意义和通过意义而产生的情感效果分离开来。"① 艾略特在《诗的作用和批评的作用》中说，"一个造出新节奏的人，就是一个拓展了我们的感情并使它更为高明的人"，因为"创造一种形式并不是仅仅发明一种格式、一种韵律或节奏，而且也是这种韵律或节奏的整个合式的内容的发觉"②。从根本上讲，作为音乐中唯一最原始的要素，节奏不但是一切艺术的灵魂，而且在艺术形式的创新之中，正是节奏的变化赋予了情感或经验新的结构因素，形成作品不同的风格面貌。以至沈从文的弟子汪曾祺认为："语言是小说的本体，不是附和的，可有可无的。从这个意义上说，写小说就是写语言。"③ 汪曾祺甚至想用小说的节奏来代替结构。某种程度上，节奏的确可以成为一个重要的衡量作品高下的砝码：如作品的节奏是否与小说的总体风格统一等。沈从文自己最喜欢的就是"扭曲文字试验它的韧性，重摔文字试验它的硬性"，使情感"凝聚成为渊潭，平铺成为湖泊"的体操（《情绪的体操》）。可见，沈从文对文字有他非常独到的体会。综观沈从文的小说作品，不可否认的是其语言特征的鲜明，而这种鲜明特征首先便来源于其舒缓明丽的乡土牧歌节奏，这种节奏也正像艾略特所说的，创造出了属于沈从文的湘西的独一无二的韵律或节奏。

《边城》的语言朴实本真，不加雕琢，字里行间散发的是生命气韵本身的

---

① ［英］艾·阿·瑞恰慈：《文学批评原理》，杨自伍译，百花洲文艺出版社 2010 年版，第 133 页。
② 转引自宗白华《美学散步》，上海人民出版社 1981 年版，第 18 页。
③ 汪曾祺：《中国文学的语言问题》，《汪曾祺代表作》，华夏出版社 1999 年版，第 336 页。

流转，这是一种没有节奏的节奏：自然的节奏。这种节奏是小说最基本的特征之一，云淡风轻的，却凝聚着情感的"渊潭"："你们能欣赏我故事的清新，照例那作品背后蕴藏的热情却忽略了。你们能欣赏我文字的朴实，照例那作品背后隐伏的悲痛也忽略了。"[①]　只有将清新的文字与文字背后的情感节奏放在一起，也才是沈从文。比如：

> 风日清和的天气，无人过渡，镇日常闲，祖父同翠翠便坐在门前大岸石上晒太阳，或把一段木头从高处向水中抛去，嗾身边黄狗自岩石高处跃下，把木头衔回来。

由于用词简洁淳朴，无多余装饰，与描绘的情景一起被映衬得晶莹剔透，生活的那一瞬就是在山绿水清边晒太阳，逗黄狗，心是透明的。而这种透明的节奏，从不知道什么是厉害计较，不知道什么是霓虹灯闪烁的迷茫，不知道启蒙和救亡的激情澎湃。无论是默读还是朗诵，无论是眼睛还是耳朵，在这里，呼吸着的只是如李健吾说的"舒适"，顺从天性，顺从自然。人在其中并不是可以支配一切的万物灵长，而只是其中的一分子，和"河底小白石子""黄泥的墙，乌黑的瓦"一样，一切都极其调和，"处处有奇迹，自然的大胆处与精巧处，无一不使人神往倾心"。只是作者的感知点在人而已。不能不说，这与沈从文的思想倾向于老庄哲学有关。因为这种顺从是无为，然而对生命本真来说，则是无不为：生命在山里水边太阳下与爷爷与黄狗的关系中完全地舒展，自由地灵动着。杨义也认为"沈从文组织文字，力图把感情渗

---

① 沈从文：《〈从文小说习作选〉代序》，《沈从文选集》（第十一卷），花城出版社、三联书店香港分店 1984 年国内版，第 44 页。

透到形象中，柔而不媚，朴雅而不艰涩，体现一种音乐的节奏感和生命的律动"①。大概这是沈从文"贴"着生命、贴着情感写得最好的注脚。

还有一点使语言节奏如此"舒适"的原因是，用简单的词，不枝不蔓地讲述着，几乎每一个小分句中都有动词。也就是说，动作的分配均匀一直以一种比较匀速的节律进行，使幻觉世界中的场景往前推移，从而造成我们所谓的"发展"状态。这种句子俯拾即是，比如即使在爷爷死后翠翠哭累了，夜里"黄狗在屋外吠着，翠翠开了大门，到外面去站了一下，耳听到各处是虫声，天上月色极好，大星子嵌进透蓝天空里，非常沉静温柔"。按理说，这里作为全篇小说的高潮部分已接近尾声，情感上最绝望无依的时候，应出现一些痛彻心扉的词语，至少让语言看起来难过、刻骨铭心一点，但是没有。此处依然一如既往的：语言的干净，动作的明朗。不用刻意打起精神来应付，也不用一目十行地跳着寻找故事的某些个节点，只需要跟随着清风般的和煦，自然地走走停停。这一切，使阅读时基本可以维持在匀速的呼吸上。

也许，更重要的一点是乡村语言的节奏。沈从文在题记中说小说是为那些"真知道农村是什么"的人而写的。比如，老船夫对二老说的：

　　"二老，大六月日头毒人，又上川东去？"

　　"要饭吃，头上是火也得上路！"

可以从这里读出"农村是什么"吗？是的：简短，但不容任何质疑，字字都是乡下人的冲、执拗，另一面也是直爽，淳朴。这是农人对自己生活的基本信念，而执着，是"一个乡下人之所以为乡下人"的本色。沈从文击中

---

① 杨义：《废名和沈从文的文化情致》，《二十世纪中国小说与文化》，生活·读书·新知三联书店 2007 年版，第 209 页。

了语言节奏中最核心的部分，特别是如"大六月日头毒人""头上是火"，每一个字都如沈从文自己说的"坚硬石头"（《从文小说习作选·代序》），经济的"石头"缝隙之间却绝"不缺少空气和阳光"（《从文小说习作选·代序》），都带有农人语言认知的特征："大"的六月，"日头"会"毒人"，日头毒起来是"火"，火辣辣，炽烈烈的，没有读书人、城里人的扭捏作态，这是乡下人"石头"般的坚实节奏。

当然，沈从文在小说中也根据不同人物的不同性格，在语言节奏上做了精细的区分。比如，小说的主人公翠翠，在通篇小说中说话不多，偶尔发话也只是很短的几个字，却充分显示出少女特有的羞涩和倔强。比如，她第一次与二老的相遇，二人的对话，二人的性格特征跃然纸上：

> "是谁人？"
>
> "是翠翠！"
>
> "翠翠又是谁？"
>
> "是碧溪岨撑渡船的孙女。"

同是少年人，同样的淳朴天真，由于二老在主导这个对话，二老的机智灵活明显不同于翠翠。直到翠翠突然意识到自己可能被轻薄了，顿时有了脾气：

> "悖时砍脑壳的！"
>
> "狗，狗，你叫人也看人叫！"

这是翠翠生气时的语言节奏，并且只能是在风日里长养的翠翠的节奏。

与其他的乡土作家相比，《边城》中的沈从文是全心的投入、热爱湘西的淳朴，有着对人民生活苦难的同情，丝毫不认为其中有着需要变革的需要。

他以艺术家的眼光给常人眼里看来可能愚昧、落后的乡村生活抹上了厚厚一层诗意。这大概也是中国现代小说中唯一一部真正能够做到忘却周遭、忘却时代，如在真空中截出的一段带点忧伤的美的作品。因此，和废名的刻意、周作人的雍容不同，沈从文自有一股清新的执拗，一种对生命的礼赞、吟唱，正如有人所说的："我们最终感觉到的，是这样的野花野草的奏鸣曲，文字演奏的是韵律，而不是主题，主题甚至细节，连同流动着的场景全被作者音乐化了。我们感受到的是一种氛围和一种意味……"① 而这些，正是沈从文的语言韵律或节奏拓展出的新的感情。

二 情感浓度节奏

读过《边城》的人大概都不容易释怀的是，风平浪静的表面之后，掩藏着人生深深的无奈和悲哀。作者的本意是"借重桃源上行七百里路酉水流域一个小城小市中几个愚夫俗子，被一件普通人事牵连在一处时，各人应有的一分哀乐，为人类'爱'字作一度恰如其分的说明"（《〈从文小说习作选〉·代序》）。的确，小说中的人和事都再普通不过，因此那一份哀乐也再平常不过，作者恰如其分地把握着那一份哀愁，似是不太认真，也没有不认真。然而正是这一份似有若无的不经意，使小说的独特韵味更加持久、隽永。

首先，本书中的"情感浓度节奏"主要是指似有若无的如空气般弥漫着的爱情，如果这里可以称为爱情的话。不浓也不淡，正好是小说人物命运有缘交集却最终不能走到一起的浓度，通篇小说如清晨带着青草香味和露珠的湿润空气，只是空气中有一层命运的"悲哀"气息。即使在翠翠骂人的时候"悖时砍脑壳的"，也是"轻轻地说"，那被骂的，只是带笑来回复。

---

① 蔡测海：《主题的淡化》，赵园主编《沈丛文名作欣赏》，中国和平出版社 1993 年版，第 60 页。这是蔡测海对《龙朱》的精彩解读，实际上也是对《边城》的极好注脚。

文中让人期待的几个转折点，几乎都没有激烈的冲突，虽然微微泛起波澜，但都比较和缓地度过去了。比如，翠翠与二老的相遇、大老提亲、二老与大老的摊牌与对歌，直至大老死去，祖父离世，二老出走……每当这些转折的关头，我们的心都悬着，不知道这个冲突该如何取舍，因为无论牺牲哪一方的利益，都会让人心里不是滋味。但《边城》当中的主要人物都是如此的善良，无私，又都比较含蓄，话在嘴边都不说出口，导致最后走的走，死的死，都在沉默、心痛中为同一件事同一个人纠结：翠翠。事情的双方翠翠这边与二老那边一直不能够有直接有效的交流，不过正是这种总是擦肩而过的交流使得故事呈现出剪不断理还乱的哀愁。当顺顺和爷爷谈论翠翠，翠翠的态度是"虽装作眺望河中景致，耳朵却把每一句话听得清清楚楚"，爷爷则虽夸了翠翠不少，但又做出令人不解的"一到这件事便闭口不谈"状。爷爷和翠翠两个人之间的理解的错位在于，两人皆知道与顺顺家的孩子似乎有了某种心照不宣的关系，"但谁也不明白另外一个人的记忆所止处"。而且作者似乎让这对老祖父孙女儿一直笼罩在莫名的朦胧情绪中。当二老提出要让人来替他们守渡船，叫二位去他家看船时，翠翠从不明白到明白那个人就是"要让大鱼咬"自己的人，仍然佯装不明白。爷爷美美地"抿了一口酒，像赞美这个酒又像赞美另一个人，低低地说：'好的，妙的，这是难得的'"。恐怕连读者也不太明白，这"好的""妙的"在哪里？到底是指二老认识、喜欢翠翠是好的、妙的，还是顺顺家的两个孩子都喜欢翠翠是好的、妙的？或是因为翠翠可以有选择的余地？而当事情要突破这个朦胧状态，即大老连续几次派了媒人去问爷爷，一句话，到底愿不愿意，爷爷只好直接问翠翠"这是你自己的事，你自己想想，自己来说。愿意，就成了；不愿意，也好"。似乎，故事将在翠翠启唇的瞬间冰释，但翠翠把事情弄明白了，却"不曾把头抬起"，爷爷也就不勉强她了。于是，破冰的机会又错过。爷爷一心想让翠翠自己做决定。这里爷爷和翠翠似乎都有一种羞涩，羞于启齿。沈从文对这种乡下人的羞涩写得特别好。于是，爷爷告诉大老走马路——唱三年六个月的歌，弄得大老搞不明白："鬼知道那老的存心是要把孙女儿嫁个会唱歌的水车，还是预备规规矩矩嫁个人！"当爷爷以为唱歌的是大老，兴冲冲跑去"遇见"他时，被他泼了冷水；当大老坏了，遇见二老时，又抱着最后的希望告诉他别人为他的歌弄成傻像时，二老虽站定了，口中却轻轻地说"得了，够了，不要说了"。当一个月后老船夫（爷爷）再次在岸边见到二老，惊讶的同时想讨好他，二老却"不置可否不动感情"地无言着，气得老船夫"捏紧拳头威吓了三下，轻轻的吼着"……诸如此类。

整个小说情感的起伏就是这样欲进还退。人物的强烈情绪总是在"轻轻"地、脸绯红了（翠翠）的溪流下奔突。作者揭示的只是人生的河床上那几个隐约可见的情感小石子，而让更深沉的生命创痛无声地掠过。似乎，老少二人一直的"糊涂"直接给故事蒙上了一层作者擅长的"少女"犹抱琵琶般的色彩。于是，一直地，二人始终未曾明明白白地直接面对问题，达成一致的看法。对翠翠来说，那一"让大鱼来咬了你"的相遇，便是她内心中的宿命。她认定了那一份秘密的情感入侵，却没有能力将之蓬勃发展成现实生活中的选择。也因为这份能力的缺乏，等她一切都明白过来时，走的走，死的死，孤独的她只能在好心人的帮助下，继续守候渡船，守候认定的那一份情感有可能成为现实。而这从现在开始，虽然依然有老马兵陪伴，翠翠再也不是那个羞涩得令人着急的"翠翠"了，她内心的坚忍开始成长了。于是，这将是另一个故事。所以，小说结束了。

虽然小说被贴上了诗意的田园牧歌标签，好像小说中的一切都是经过作者"玩赏"的眼光滤过的，实际上沈从文可以说是人与人之间情感交流的现实主义大师。在现实生活中，人与人之间并不总是非此即彼的，更多的时候都是处于一团欲说还休的模糊状态。人与人的情感如何开始，开始时留下了什么样的印象，日后的交往中又是如何在原有的基础上混合、发展，在一些特殊的关头又是如何奔突、发展、变化，并在走向预想中的发展方向时遇到各种因素而出现的逆转或者飞跃，当事人是无法厘清的。而且，太多的情感交集，各方交流的不畅，田园牧歌的忧愁也有一部分是因为这种厘不清的迷茫：人是善良的，淳朴的，但就是无法很畅快地解决问题。作者最微妙的就是创造出了这样一种情感形式：当凡夫俗子"被一件普通人事牵连在一处时，各人应有的一分哀乐"，同样是为着"爱"，但最后不得不生离死别的小说形式。而这种形式就是所谓被作者美化了的田园牧歌，实际上是作者用他悲悯的心，触到了乡下人同样柔软的心。乡下人有他们的生活原则和信念，小说的男女性别也有着严格的道德、理想期待（当然，读者对翠翠的认同也证明了她是一个理想的乡下女孩形象）。沈从文并没有过分地美化其中的人物，而只是很明白"农村是什么"，明白农村人之间的交往有什么样的一个度在。虽然人与人之间的这种遗憾并不是农村才有，之所以生得轻愁与死得沉重、爱得充盈却终究不能，在《边城》中造成文本表面与深层结构如此强大的张力，是因为其中人物的善良：谁都不想伤害别人（也许除了其中的一个心怀鬼胎的"中寨人"），最后几乎都以伤了自己的方式（大老出走，某种程度上也是成全二老和翠翠；二老下河去，因为忘不了大老的死；爷爷突然离世，因为翠翠的事情无望），算是解决了问题。通篇小说看起来风和日丽，文字背后却隐忍着说不出也无法逃离的沉痛。也因此，小说始终保持着一份自尊的淡然，恰如其分地欢欣、悲伤着。沈从文想"为人类'爱'字作一度恰如其分的说明"。的确，小说的"恰如其分"正是通过这种张力体现出来。正是在这种淡淡的，其实沉重的"恰如其分"中，尽显《边城》通透的传统艺术气质："中国艺术是一种心灵朗照的艺术，一种精神澄澈的境界，它使人在一种与生命形式的同构对应中。寻找着人生的诗化存在意义，同通过艺术之途，在人的感性的审美生成上达到人性的完整和美好。"①

还有一个不应忽视的因素是，这里全知叙述者的过去时态叙述，使得小说的情感浓度节奏总是保持着一定的节制，没有在人事变故的时候歇斯底里，失去控制。似乎在叙述之上，那双全知全能的眼睛一直怜爱地注视着人间的"常与变"。正是这种过去时态叙述，撤去了人生事故的现场感，使讲述的呼吸节奏能够舒适的交替。而这种呼吸节奏之所以能够浸入读者的肌肤骨髓，原因即在于作者传递的是生命的音乐性感知：倾听生命色彩的脉搏，倾听憧憬着人生美好、经历了人间沧桑的心灵旋律，那一毛孔舒张、神清气爽的坦然与淡定，沉浸在缓慢忧伤而不乏青春懵懂与乡村良善直爽的旋律中，这种特殊的空气只能是沈从文牌的。

三　情节发展节奏

从小说的线性情节推进节奏上来看，虽然小说较全面地刻画了"爱情"的起因、发展、经过与结果，但整个变化过程像是在大马路上坡度平缓的蜿蜒，或者说是山泉清流间的柳暗花明。当然对翠翠来说，这里的柳暗花明后更多的发现是成长的苦涩、人生离合悲欢的沉痛。

小说总共 21 节。第 1—9 节对未来充满憧憬：第 1—3 节对主要人物及人物置身的环境所作的日常化描述；第 4—9 节的背景都是端午节，故事的交集

---

① 金开诚、王岳川：《书法艺术美学》，中国文联出版公司 1995 年版，第 79 页。

便在这里开始。比如第 4 节二老出场，带来一丝阳光与活力；第 5 节大老出现等，似乎埋下了后半部分所有希望的种子，如邂逅二老、大老的试探、老少二位即将应邀去看船等，所以总体上的基调是轻扬的。

小说以第 10 节为故事发展的转折点，但也不是完全的转折，爷爷在自言自语"不醉不疯""有人羡慕二老得到碾坊，也有人羡慕碾坊得到二老"的关头，二老出现在二位面前。这里，第 10 节起到了承上启下的作用，有点"欲知后事如何且听下回分解"的意味。本来积蓄了 10 节的势，将如何在下半部分中到达高潮应是自然的期待。但小说的基调从此开始走向忧愁，读者将面对的是上面播下的种子如何一个个败坏。

第 11 节，媒人继续为大老提亲，爷爷的回答依然是问问翠翠，加大了本可以顺利进行的婚事的难度。翠翠这里也知道了提的亲原来不是心中的期待，老少都因各自的心事而有了哭泣的理由。这是小说中主人公的第一次伤心；第 12 节，媒人继续提亲，爷爷一样的答复，但他开始害怕翠翠母女命运间的某种关联。傩送兄弟的协议；故事的第 13 节，翠翠哭。翠翠终于不能安于太平凡的温柔黄昏了，想放肆地做出点什么来让爷爷生气。翠翠第一次知道了关于自己父亲母亲的事，似乎是一夜之间长大了。那一夜，翠翠梦中"灵魂为这一种美妙歌声浮起来了"；第 14 节，爷爷以为是大老在走马路，没想到大老告诉他的孙女婿竹雀不是自己，爷爷的面色很难看；第 15 节大老下河，爷爷问翠翠是否同意二老的求婚，翠翠转移话题，爷爷想到死亡；第 16 节，大老坏了，二老生气；翠翠似懂非懂，哭；爷爷编草鞋耳子；第 17 节，大老坏后，各方的生活。作者通过故事外的人的提问，交代故事中人的情绪。第 18 节，如作者的感慨一样，"日子平平的过了一个月，一切人心上的病痛，似乎皆在那么份长长的白日下医治好了"，"各人皆只忙着流汗"，"心事在人生活中，也就留不住了"。这就是情节的发展与演进手法之一：没有手法的手法，即生活本身的情节节奏。一切都可能出现，一切又都会过去。再遇二老，彼此继续误会；第 19 节，中寨人的一番话促使老船夫进城去探个究竟，顺顺赌气给了他个"满意"的答案。老船夫告诉孙女儿，"今晚上要落大雨响大雷"。小说后半部分的情绪，从第 11 节推到这里，层层累积，已经到了最高点，一触即发。

第 20 节，大雨大雷，洪水奔流，白塔崩塌，祖父死去，翠翠大哭。这是故事积累的情绪分崩离析的一节，大雨冲走了翠翠如诗如画、无忧无虑的与爷爷相依为命的生活。大雷惊醒了翠翠的梦，雷雨过后还有"马兵爷爷"……

第 21 节，"杨马兵爷爷"与翠翠的生活，翠翠掀开了那一层朦胧的生活面纱，完成了蜕变。顺顺终于同意了翠翠做二老的媳妇，但二老赌气下行，还未回到茶峒。白塔又建起来了。翠翠也许明天就梦想成真，也许从此梦更难圆。

整个故事就是这样缓慢地推进，即使是在第 20 节的最高潮，由于有了第 19 节的预先交代，接下来的一夜之间，地面上消失了几样生活的象征性支柱也在情理之中了，不至于在节奏上有太猛烈的转折。似是一切都在把握之中，最终却在什么也还没有抓住的悬置中令人回味、期待地结束了，没有急转直下，没有明朗的阳光，也不只是鲁迅式的黑暗，留下的依然是未知的充满希望或绝望的生活。翠翠的情绪（成长）笼罩着整个故事，翠翠的唯一"失控"是爷爷的去世，另一方面那也是小说叙述必须释放的一个制高点，是叙述能量，甚至是翠翠的生活能量必须完成的一次残酷转换。

另外，根据叙事学理论，小说的叙事节奏慢中蕴藏着快，但总体上依然是慢的。叙事节奏是指小说篇幅长短与故事时间的对比，如果篇幅长，故事时间短，则节奏快；相反，则慢。《边城》作为中篇小说，讲述的是几年内人事的自然变化，虽然主要集中在几天中几个场景。因为时间跨度大，被讲述的故事时间与叙述时间的调整本身已经具备了把握全局的冷静节奏。

也许有人会说，大多数小说里都有这样的情节、情绪等发展节奏，为什么唯独《边城》具有"特殊的空气"——"舒适的呼吸"呢？笔者以为最大的原因在于小说最接近无痕无迹进行着的乡村生活本身。当然，放在20世纪30年代的中国，这种生活也许显得有点做作，这一点在小说的最后一节也有所指示："时候变了，一切也自然不同了，皇帝已不再坐江山，平常人还消说?!"但从小说史甚至人类生活本身的历史形态来看，《边城》无疑具有无可替代的历史地位。不但因为在现代化机器的轰轰推动之下，地球村越来越成为不争的事实，人类再也没有可能回到鸡犬相闻的朴素景致之中，而且为小说史提供了那一样生活的合适小说形式：内容与形式的高度和谐！所以，这是无论作者还是小说史上都不可能重复的作品。与别的作品相比，如福尔摩斯的探案，层出不穷的悬念，读者在其中不但享受到了判断、阴谋等极度火眼金睛的脑智乐趣，而且很清楚这种乐趣与生活的距离；《伤逝》虽然也是爱情故事，但作者企图告诉读者爱情之外的更多东西，读者也努力在扼腕叹息之余反思自身与周遭；《骆驼祥子》的三起三落，欲揭示的是社会痼疾对底层个体的压迫，读者在其中除了看到主人公的挣扎，还有强大的社会这张网……《边城》这颗晶莹剔透的珠子，是长在完全投入并热爱边地山水生活的环境里的，那里的人物虽忙于生计，却不曾忘记凝视内心的美丽与哀愁。

有人指出的《边城》之后，沈从文的这种玲珑剔透的抒情文体已经难以为继①，而后来的转变尝试又都没有达到预期的高度，本书认为这个看法有点"强人所难"。本来，生命的很多情致、状态都是不可重复的，不能一直用原来的标准来衡量之后的成就。更何况，之后的沈从文并没有完全自由地施展文学抱负的社会空间与个人空间。当然，从《边城》走向《看虹录》似乎也存在某种必然，那就是潜藏在作家心底的倾向于音乐力量的文学理想。谭文鑫认为，《边城》中的音乐元素只是表层次的音乐色彩，关键是借鉴奏鸣曲式结构，以"人事"为旋律的"音乐小说"②。恰好相反，本书认为正是其中的音乐元素直接构成《边城》艺术生命音乐性的原始力量，如果说小说借鉴了奏鸣曲式结构（且不说对这种结构的借鉴本身还有很大的讨论余地），那也只能是一种可以接受但未必如此的说法。因为如果按照借鉴这种说法，必须有足够的文本证据，甚至来自作者的证据来支持。

总之，《边城》的"舒适的呼吸"的秘密在于小说总体上呈现出来的自然流淌状态。

第二节 《呼兰河传》：生命的音乐性形式

本书第一章已经从艺术、生命的深层来探讨过小说的音乐性之所在，而当这种不落窠臼的特质落实在具体的作品里，我们如何循着作品的已有形式，

---

① 参见王鹏程《沈从文的文体困惑——从新近发现的长篇残稿〈来的是谁〉谈起》，《湘潭大学学报》2010 年第 4 期。

② 谭文鑫：《用"人事"作曲——论沈从文〈边城〉的音乐性》，《中国文学研究》2010 年第 2 期。

去回溯本源呢？这里仍然必须指出，不是所有的小说作品都能够和有必要做这样的一个解读，选择的标准虽然不能是准确无误的，但正如中国古典诗学对诗歌高下的评赏一样，是可以在一定程度上清晰地量化的。中国现代小说中，作为作家离世前的回忆性感伤著作，《呼兰河传》中的生命节奏到底是如何坐实为小说形式的呢？反过来，这种形式又是如何加强、巩固并最终传递出生命的音乐性感知的？生命的最深处是音乐性的吗？这一节，本书便将带着这样的疑问顺着回忆—生命—表达《呼兰河传》的音乐性这样一个思路，来体验小说中跃动着的生命脉搏。

一　回忆、生命与表达

萧红《呼兰河传》的写作始于 1937 年冬，1940 年完成，1941 年由桂林河山出版社出版。当时的萧红经历了与萧军分手、与端木蕻良结婚、孩子夭折等个人生活上的变故。由于日军的逼近，夫妻于 1940 年 1 月底飞抵香港避难。然而，日军紧随而至，1941 年 12 月日军占领香港。在肺病日益加重，精神极度苦闷的情况下完成了这一部她后期的代表作。1942 年 1 月 22 日，31 岁的萧红怀着"不甘"离世。似乎，当疾病、穷困等与文学创作联系在一起时，这时的文学创作都能够格外的凄惨、温情、楚楚美丽。这些作品大都能够超越个人的小我，以一种异常怜悯的口吻回忆、审视生活。对萧红这样处于生命末期的人来说，其中更拥有一种生命自由澄澈的泪花在闪耀。小说出版时，茅盾动情的序便证明了这一点："要点不在《呼兰河传》不像是一部严格意义的小说，而在它于这'不像'之外，还有些别的东西——一些比像一部小说更为'诱人'些的东西：它是一篇叙事诗，一幅多彩的风土画，一串凄婉的歌谣。"[①] 这大概是迄今为止最为贴切、深情的评论之一。很多人在谈到萧红

---

① 茅盾：《〈呼兰河传〉序》，《茅盾全集》（第 23 卷），人民文学出版社 1996 年版，第 348 页。

的这部小说时，心里也大概都会掠过一阵莫名的心痛，仿佛心底某一根神秘的微弦被轻轻触动。这里，是否可以从这"一串凄婉的歌谣"进入那一些"别的东西"，那些比小说更为"诱人"的东西？如果从小说的回忆性质与生命的关系，以及回忆和生命的如何表达、如何凝固为形式来看，我们会从中看到一个什么样的写作秘密呢？下面分两部分予以介绍。

第一，作者回望生命的超然、悲天悯人的回忆姿态。吴晓东曾一针见血地指出："回忆在《呼兰河传》《幼年》等小说中则是结构情节的方式，即是说，小说是叙事者'我'的回忆的产物，叙事者是通过回忆来结构整部小说的，回忆因此成为小说主导的叙事方式。"文中同时指出谢茂松的观点："'回忆'对《呼兰河传》具有总体的统摄作用。它是一种生命的和艺术的双重形式。作为生命的形式，意味着回忆构成了萧红的灵魂的自我拯救的方式，正如普鲁斯特在写作中回忆，在回忆中写作，进而把回忆当成个体生命的现实形态一样。而作为一种艺术形式，则意味着回忆在小说中承载着基本的结构的和美学的功能。它生成着或者说决定着小说的技巧。人的生理或心理性的回忆往往表现为一种非逻辑性的形态，当这种非逻辑性的形态落实在小说中，则体现为心境与情绪的弥漫。在这种弥漫中，小说不断闪回既往岁月留给作者深刻印象的那些记忆场景。这便是人类本真的回忆在小说中的如实反映。"①的确如此，回忆在这里具有生命与艺术的双重形式的意义，而这双重意义，作者的笔尖与远在千里之外的家乡过往生活，由作者的叙说直接将二者纳进一个活生生的艺术生命表达。似乎这里饱蘸着所谓的血浓于水，但那个千里之外的家乡、一去不复返的过去、现实中的无力与挫败等等所构成的"远"，依然坚强地挺立在血液的上方，更加凸显了回忆介入之外生活的凄

---

① 吴晓东、罗岗、倪文尖：《现代小说的诗学视域》，《中国现代文学研究丛刊》1999 年第 1 期。

凉。并且，回忆，本来就是一种对已经不再的存在的追怀。于是，在回忆中寻找生命连续的依据，在回忆的纱幕后面，曾经的生命恍惚、浑然，每一个瞬间都可以无限放大，可以随意延长或加速其存在的时间，可以一遍遍重复再现。但对正处于回忆中的人而言，生命的真实正是那些可以随意处置的片段，至于片段之间的无数空白，那本来就是生命无限可能性、无限遗憾的神秘源泉。然而，如果说这是一种确认生命存在的方式，正是这种"按照某种一定方式来看待世界的意向，承担着我们同过去的联系的全部分量"①。我们在《呼兰河传》中看到的正是作者的生命与过去相联系的那些场景与片段，感受到此刻的作者是如何从往昔的回忆中获得一种温暖的力量，如何与存在的虚无抗争。比如在拉杂到小说的尾声时，字里行间涵括了无尽的人生想象，和无法言表的深情。而这些，都是在很久之后的远距离回望下产生的：

> 呼兰河这小城里边，以前住着我的祖父，现在埋着我的祖父。
>
> 我生的时候，祖父已经六十多岁了，我长到四五岁，祖父就快七十了。我还没有长到二十岁，祖父就七八十岁了。
>
> 祖父一过了八十，祖父就死了。
>
> 从前那后花园的主人，而今不见了。老主人死了，小主人逃荒去了。
>
> ……

生命的踪迹何在？一路走来，好像只剩下那么简单的几个点——"以前住着""现在埋着"，这是最直观的时间过程中生命存在的状态。小说没有任何修饰，而是直接用简单的语词让人无可躲避地面对这样的"住着"和"埋

---

① ［美］宇文所安：《追忆》，郑学勤译，生活·读书·新知三联书店 2004 年版，第 20 页。

着"的生命事实。对作者而言，也是经历了时间的淘洗，站在时间的另一端，拉杂了家乡的那些个生活之后，回忆的链条上最扎眼的一环。前面三段短短的四句话中用了七个"祖父"："……我生的时候，祖父已经六十多岁了，我长到四五岁，祖父就快七十了。我还没有长到二十岁，祖父就七八十岁了。……"最后一个"不见了"，一个"逃荒"去了……正是在这些简单复沓的叙说之中，人世生生死死的凄凉和苍茫弥漫成小说巨大的情绪背景。

第二，回忆的双重形式意义与小说的表达，在这里构成了多种生命力交集之场。"生命始终是各种张力同时发生的密集结构……某些张力总是处在隐蔽的地位，有的推，有的拉，而从感觉角度看，它们则给了时间经过以性质而非形式。"① 我们知道，《呼兰河传》首先是建立在回忆的基础上的。这里，回忆、生命与表达之间构成了从"性质"到形式的这样一个过程，并且赋予过程有节奏的时间形式。在小说中，我们几乎依然可以看出回忆的某种原生态性，虽然这不是绝对的事实。因为那个"推"，那个"拉"，一旦以形式表达出来，秩序便建立起来，表达的过程便完成了。反过来，秩序即时间内容的形式逻辑，我们能否对这个形式逻辑满意呢？与原本回忆的那一截生命真实相比，什么东西不可避免地失去了，又是什么东西不由分说地从秩序之中汩汩涌出？小说之所以在我们看来还具有回忆的原生态性，在于小说似乎不拒绝回忆的激情，只是在自然而然地呈现无数争先恐后的激情之花。也就是说，作者纵容自己表达的任性，让"无形式"成为最高的形式，正如林贤治所言："她流亡、漂泊在自己的语言当中，写法上，没有一个小说家像她如此的散文化、诗化，完全不顾及行内的规矩和读者的阅读习惯。""为了赢得写

---

① ［美］苏珊·朗格：《情感与形式》，刘大基、傅志强、周发群译，中国社会科学出版社 1986 年版，第 131—132 页。

作的自由，她必须摆脱情节一类沉重的外壳，抛弃那些过于显眼的手段，所有羁绊梦想的技艺性的东西。她让写作回归本原，让心灵和生活面对面呼吸、对话、吟唱。""把故事还给生活，把空间还给时间。""反完整的，具有很大的随意性"，整个小说的支配力量在于"命运的逻辑本身""是从灵魂走向本能的。"① 依然是上面引用的这一段：

> 我生的时候，祖父已经六十多岁了，我长到四五岁，祖父就快七十了。我还没有长到二十岁，祖父就七八十岁了。
>
> 祖父一过了八十，祖父就死了。

如果从理性的逻辑来看，这里在岁数的对应上可能很有问题，但由于专注于情绪的传达，这里没时间、没有空间计较，反正就是"六十多""四五岁""没长到二十岁""七八十岁"。这种大概的数字描绘方式只能是文学式的、诗性的。我们不但不会去苛求，反而会在这样一种随意的模糊中体会到自由的温暖以及作者急于摊开的情感画卷，寻找丝丝可能救赎自己漂泊生命的痕迹。正是因为这样，我们在读完《呼兰河传》，可能会因为过多的场景而建立不起来一个完整的故事框架，却会对回荡在场景之后的情绪不能释怀。有论者在谈及小说的语言时，也从这样一个角度证实了其中的"气息"："语词的重复和言语的焦虑，都是生命呼吸的气息。生命呼吸的匀称使得《呼兰河传》的文学汉语形成了一种对称的美学特征。"② 回忆的顺畅表达，就是这里"生命呼吸的匀称"。

萧红自己在谈到创作时曾说，一个题材必要跟作者的感情熟悉起来，或

---

① 林贤治：《在文学史上：她死在第二次》，《南方周末》2008 年 9 月 10 日。
② 文贵良：《〈呼兰河传〉的文学汉语及其意义生成》，《文艺争鸣·史论》2007 年第 7 期。

者跟作者起着一种思恋的情绪。① 无疑，呼兰河，是作者最熟悉、最魂牵梦萦的题材了。如果不是因为依然可以理性地分辨出线性叙述对描绘对象不可避免的"艺术"加工与取舍痕迹，我们甚至可以说《呼兰河传》就是作者那时的回忆本身。

二 《呼兰河传》的音乐性形式

《呼兰河传》的回忆、生命与表达可以融为一体，很大程度上是有一个神秘的内在力量在运行的：那就是音乐性的感知方式。回忆的散漫在这里其实是由一个更坚实的音乐性精神支撑着的。如果说我们理解的《呼兰河传》是上文已提到的谢茂松所言的"作为一种艺术形式，则意味着回忆在小说中承载着基本的结构和美学的功能。它生成着或者说决定着小说的技巧"。那么，音乐性在这里既是作为一种生命本身的内在结构被感知和表达，也是缝合作者所有回忆性情绪的隐在结构因素。

如果说张爱玲的小说是写出来的，字里行间流溢出充沛的才气，萧红的则是从心底里、血液里自然流淌出来的；张有的是游离于生活之外的绝世领悟，萧则在生活的海洋中徘徊挂牵。陈思和在论及张爱玲与萧红的不同时也特别指出"生命"这个关键词："萧红是很不聪明的，很粗糙的，甚至有点幼稚、原始，但是，在生命力的伸展方面，她所能包容的丰富性和深刻性，远在张爱玲之上。""她的生命力是在一种压不住的情况下迸发出来的，就像尼采说的'血写的文学'。"在论及《生死场》的写作时，陈思和无不动情地写道："写法上可能会让人挑出很多粗糙的毛病，但作品中惊心动魄的力量也直逼人心。"② 的确，这正是萧红小说一贯的风格，一直的力量，因此，如果说

---

① 转引自杨义《中国现代小说史》，人民文学出版社1998年版，第567页。
② 陈思和：《中国现当代文学名篇十五讲》，北京大学出版社2003年版，第64、276、275页。

本书前面分析的文本还具有文字、声音、结构等层次上的可分析性，以及倾向于音乐的积极姿态，那么，《呼兰河传》打破了这所有的分析基础，完全以一副不顾任何形式、任何结构的淋漓，展现出生命意识的汩汩流动。只是这种意识被约束在单声道的叙述里，而显得规矩、齐整，但我们依然能体会到那种肆意的生命热血在奔突。

由于小说是在极度寂寞的回忆中写就的，小说总是呈现出一唱三叹的情绪，呈现出不能忽视的浑然天成的音乐性，某种程度上使其不像小说的叙述，而是私人秘密情感的婉转、缭绕，回忆的眼光抚过每一抹曾在生命中投下的亮光。虽然，当回忆的琐碎被嵌进叙述这种形式中时，它们都被艺术地加工过了。

比如小说的开头，几乎是"冻裂"的爆破声此起彼伏：

> 严冬一封锁了大地的时候，则大地满地裂着口。从南到北，从东到西，几尺长的，一丈长的，还有好几丈长的，它们毫无方向地，便随时随地，只要严冬一到，大地就裂开口了。
>
> 严寒把大地冻裂了。
>
> ……
>
> "今天好冷啊！地冻裂了。"
>
> ……
>
> ……那伸出来的手在手背上有无数的裂口。
>
> 人的手被冻裂了。
>
> ……
>
> "好冷的天，地皮冻裂了，吞了我的馒头了。"
>
> ……

　　作者仿佛省去了前面的寒暄，开门见山地直接进入抒情的声道，而开头的这一句，也几乎是小说本身气势的最好注脚："从南到北，从东到西，几尺长的，一丈长的，还有好几丈长的，它们毫无方向地，便随时随地，只要严冬一到，大地就裂开口了。"不但大地的裂口开了，小说也是如此，抒情的裂口打开了，便随心所欲地想到哪说到哪。而每说及一事物或人物，都反复再三地叙说，像是再也不会回去了，所以仔细抚摩，好记住每一条缝，每一个裂口，徘徊不前，叙述在盘旋着迂回着。盘旋、迂回的同时，画下了深深的痕迹——家乡在作者生命中的情感、形象、色彩沉淀。作者的情绪从具体的裂缝："严冬一封锁了大地的时候，则大地满地裂着口。从南到北，从东到西，几尺长的，一丈长的，还有好几丈长的，它们毫无方向地，便随时随地，只要严冬一到，大地就裂开口了。"再到对裂缝这一现象的总结："严寒把大地冻裂了。"下面也是："……那伸出来的手在手背上有无数的裂口"，到"人的手被冻裂了"。这是"冻裂"这一情感的回忆意象的绽放，就仿佛心灵被残酷的现实生活"冻裂"，裂得四横八叉，随时随地。所以，这里重要的是"冻裂"这个爆破的声音波及的缝隙，以及"冻裂"生成的与理想生活形成鲜明对比的图景，从而让这种"冻裂"触目地横亘在记忆中的那片冬日的土地上，即使在接下去最可爱清新的叙述当中，也不能轻逸地飘飞衣角，而是如莫扎特"含泪的微笑"的旋律行走。正是这图景，使《呼兰河传》通篇洋溢着说不出的沉痛。因为无论如何，当远离了生活现场，远远地回忆着故乡和过去，虽说有了居高临下的启蒙预设，同情与理解对生活在麻木中的人来说，也不过是文人轻盈的诗意。更何况作者的姿态是既溺爱后花园的温情，又以极熟稔的邻里故人角色检点生活的悲喜。

　　就在这迂回、盘旋着的叙述吟唱中，完成了生命的音乐性形式的无意识表达，同时，这种表达形式反过来成了作者情感的开放的容器，为生命的吟唱劈出一条属于那时的萧红的情感溪流。我们似乎可以看到那时的萧红，神思仿佛缥缈，眼睛里的亮光却正专注地展开儿时的故乡记忆……于是，笔下流淌的是没有任何修饰的那一神气，情感似乎与表达合二为一了。虽然，这也不是绝对的，因为我们会惊讶于何以负载着厚重文化意义的文字这种符号，此时能够完全地服帖于个人的体验和表达，而不出现太多文字概念必然具有的普遍公约性的空洞。也许这是一种高级程度的融合，也只有在此时，音乐性才能够自然流贯。正如朱谦之所言的："情感和音节是二而一一而二的东西，作者所暗示的情感愈专，便音乐的含有性愈大，因为文学是直接触动情感，所以在情感极高的文学中，绝没有知识概念存于其中，所有的只是'真情之流'一泻而出。"①《呼兰河传》的最大秘密，大概就在于这"真情之流"的"一泻而出"了。在这个化为形式的"真情之流"中，我们便是在作者任性自在地挥洒故乡的记忆之外，感知到生命的音乐性秩序，以及带着生命温度的形式表达传递的音乐性节奏。

《呼兰河传》通篇就由不同场景类似的情感节奏推动着前行。比如，在第一章中的接着写到那个五六尺深的"东二道街上"的大泥坑，作者的情绪也是如此。反复地回忆"有幸"陷进泥坑的小燕子、马，晴天、雨天或雨天后的泥坑。然后聚焦大泥坑出乱子：车夫和马掉进泥坑，车夫像个小鬼似的出来了，马却在坑里挣扎。虽然在这个乱子中，出现了类似鲁迅的批判笔触：看客心理：

> 这过路的人分成两种，一种是穿着长袍短褂的……他们是站在一旁

---

① 　朱谦之：《中国音乐文学史》，上海人民出版社 2006 年版，第36—37 页。

参观的。若那马要站起来了，他们就喝彩，"噢""噢"！地喊叫着，若那马又站不起来，又倒下去了，这时他们又是喝彩，"噢噢"地又叫了几声。不过这喝的是倒彩。

就这样的马要站起来，而又站不起来的闹了一阵之后，仍然没有站起来，仍是照原样可怜地躺在那里。这时候，那些看热闹的觉得也不过如此，也没有什么新花样了。于是星散开去，各自回家去了。

小说接着对躺在坑里的马最后如何被"善良"的人们救出来做了一番详细描述。或许作者也突然意识到自己身上的启蒙责任，毕竟是沐浴着"五四"神髓走出的作家。但作者的远远的回忆，特别是在饱受流离、生活理想幻灭之苦后，一切都充满了家乡的甜味。正如"若不这样说，觉得那大泥坑也太没有什么威严了"一样。于是，这看似锋芒毕露的批判竟也在对"乱子"的温情抒写中吊诡起来："若那马……若那马……"总之就是"马要站起来，而又站不起来"。回忆的甜味冲淡了批判，这里的批判本来可能可以成为横亘在小说流畅的抒情通道上突兀的巨石，但最终让强烈的生命之流淹没了锋芒。这可以从"乱子"之后，作者的思绪依然在泥坑上打转，还在叙说雨天的泥坑淹了人家的板墙，以及从农业学校校长儿子掉进泥坑并获救的插曲中看出来。这里我们不应忘了，作者纯粹是以感知那与过去相联系的事物的方式，"漂泊、流亡"在自己的叙说当中。她说，那泥坑好像"越晒越纯净，好像在提炼什么似的，好像要从那泥坑里边提炼出点什么来似的"。她也好像在不断的叙说当中提炼出一些可以抓得住的东西，使自己的"漂泊、流亡"有点依据。

严格来讲，正如梅林对《生死场》的评价（"还好，只是整体结构缺少有机联系"）一样，虽然萧红自己也有这种感觉，但又觉得自己应当这样写。① 这个"应当"，其实就是顺应自身生命、命运的诉求，她只是跟着内心的感觉走，不需要太多的修饰，而"把自己直接烧在那里面"②。

所以有人说读萧红的小说，她说什么不重要，就是喜欢听她在耳旁噼里啪啦地絮叨着……上文就是关于"冻裂"了的絮叨。而阅读这样的文本，不管是开口大声念，还是在心里默读，总之，我们以为在"看小说"，但"看"到这，你的心里没有吟唱起来吗？碰到这种小说，"读"者是无法一目十行的，而不得不调整呼吸节奏，跟随节拍的律动，加入作者在写作时寂寞的心上那遥远的回响。这里变化的重复构成了一种节奏上的音乐性，絮叨实际上便是这种吟唱的形式。因为是对生命的絮叨，所以这是一种可以容忍的、让人心疼的絮叨。

让我们再来对比一组这样的两个句子：

例一："三月的原野像地衣那样绿，在这里那里透出。"

例二："三月的原野绿了，像地表那样绿，透出在这里、那里。"《小城三月》

原本，这里用例一的叙述就可以满足这些文字所要带来的信息，即意义通过词语的组合可以得以准确地呈现；但当作者把词语排成了例二的句式，词语的排列形式获得了超出词语原本意义之外的形式意义时，词语在承载内容的同时传递出的是情感的状态和样式。当然，由于不专心，内容便被陈述得漫不经心，或者口齿不清。这实在是词语的排列明修栈道，暗度陈仓，内容如出窍的灵魂，飘移形外，文字因此能够轻松地吟唱起来："三月的原野绿

---

① 林贤治：《漂泊者萧红》，人民文学出版社 2009 年版，第 108 页。
② 同上书，第 82 页。

了，像地表那样绿，透出在这里、那里。"绿得摇头晃脑，绿得得意忘形，到处都是。

《呼兰河传》整部小说几乎也都具有这种吟唱的性质。倾听与表达生命的距离，在萧红这里几乎融为一体，生命的音乐性由此得以形象地感知：

> 花开了，就像花睡醒了似的。鸟飞了，就像鸟上天了似的。虫子叫了，就像虫子在说话似的。一切都活了。都有无限的本领，要做什么，就做什么。要怎么样，就怎么样。都是自由的。倭瓜愿意爬上架就爬上架，愿意爬上房就爬上房。黄瓜愿意开一个黄花，就开一个黄花，愿意结一个黄瓜，就结一个黄瓜。若都不愿意，就是一个黄瓜也不结，一朵花也不开，也没有人问它。

花睡醒了，鸟儿上天了，虫子在说话，"一切都活了"，如孩儿呓语，又像是"她不断重复一些简单的音节，用以勾画一个呈现在外的秘密"①。只是心头攒动，万象更新，还有什么比这里的一切更自由，更"活"呢！万籁都在伺机而动，林贤治忍不住这样写道："如一位盲音乐家一般地特别敏锐于各种声音，从歌哭、器乐、喧呼、昵语，直至于沉默。""小说是复调的，交响的，弦乐之外有尖锐的号声。"② 的确，自然界中的各种声音，正是在心灵的自由抒写中将节奏，"这个唯一存在于自然界中的音乐原始要素，"③ 在小说生命之流自然、本真的形迹中得到最尽情的舒展。在奥古斯丁·施莱格尔看来，在古代三种基本表现方式——声音、语言和运动是融合在一起，服从于速度、节拍和韵律的统一规律。后来艺术发展成枝叶繁茂的大树就根植于这

---

① 孙甘露：《呼吸》，上海书店出版社 2007 年版，第 18 页。
② 林贤治：《漂泊者萧红》，人民文学出版社 2009 年版，第 261—263 页。
③ ［奥］爱德华·汉斯立克：《论音乐的美》，杨业治译，人民音乐出版社 1980 年版，第 99 页。

种统一的古代艺术中。① 从这里，我们也可以看到当艺术抒写进入自由的状态，"声音、语言和运动是融合在一起"的。再极端一点，甚至可以说"对于言语本身来说，它既是幻觉的又是现实的，既是有声的又是无声的，它的具体语义已经不重要。正是借助于一个形而下的言说过程，小说以言辞本身、以汹涌澎湃的词语构筑了言说者临时的'灵魂寄宿处'，因而言说和性爱一样具有一种共同的发泄性质和生命意味"②。

实际上，所谓的"萧红体"正是这种充满作者的生命和艺术表达的感知方式。苏珊·朗格曾感叹"今天的多数文学批评家，往往把当代小说当作纪实，而不是当作要取得某种诗的目标的虚构作品来加以赞扬或指责"③。对《呼兰河传》来说，似乎我们既可以将之当作"纪实"，又可以当作纯粹的"诗的""虚构作品"来"赞扬或指责"，因为，小说中那遥远的黑土地上的生活是如此的琐碎、单调，如此的"藏污纳垢"④，却又如此赤裸裸地真实着；小说中流贯在琐碎、"污垢"之上的生命情思是如此千疮百孔地鲜活着，令人不敢正视却又目不转睛地捧在眼前，凝视、倾听，所有生命行动背后的哀号，或歌唱……

而这，正是我们不能忽视的《呼兰河传》对生命的音乐性感知。

---

① 参见［苏］莫·卡冈《艺术形态学》，凌继尧、金亚娜译，生活·读书·新知三联书店1986年版，第71页。

② 吴义勤：《在沉思中言说并命名》，《当代作家评论》1994年第1期。

③ ［美］苏珊·朗格：《情感与形式》，刘大基、傅志强、周发群译，中国社会科学出版社1986年版，第333页。

④ 陈思和：《中国现当代文学名篇十五讲》，北京大学出版社2003年版，第277页。

结　语

叔本华认为，人们可以把"这世界叫作形体化了的音乐"，因为"如果把相应的音乐配合到任何一种景况、行为、过程、环境上去，那么音乐就好像是为我们揭露了这一切景况、行为等等的最深奥的意义；音乐出现为所有这些东西的明晰而正确的注解"①。钱谷融认为："天地间哪一样事物的美妙，不是属于音乐性的？音乐性是宇宙间的最大神奇，它可以囊括一切的美。"②这样，音乐性就可以是小说艺术"最正确、最明晰的注解"的道路之一，也是本书最有价值的地方了。可以说，音乐性是任何形式的生命中都存在的一个不可分解的内在生命结构，原因在于一呼一吸、一阴一阳、一动一静等，天地万物无不在以韵律的和谐与平衡为旨归中盈亏与消长。文学、音乐、绘画等各种艺术门类，虽然途径不同，但它们最后都要服从于同一个原则——生命的原则。所以，无论用的是文字、音符还是色彩，音乐性是它们共同拥有的一个内在生命结构。对中国现代小说的音乐性而言，则主要具有以下四

---

① ［德］叔本华：《作为意志和表象的世界》，石冲白译，商务印书馆 1982 年版，第 363—364 页。
② 钱谷融：《论节奏》，《钱谷融论文学》，华东师范大学出版社 2008 年版，第 27 页。

个特征。

第一，多被冠以诗化小说/抒情小说的名号，如《边城》《呼兰河传》。正如这些名号显示的，原因在于这些小说接近于"诗"、近乎"情"的直观呈现，因而具有较强的音乐性。

第二，与小说文体探索相关，如上文中分析的《上海的狐步舞》或《看虹录》。

第三，没有特别明显的音乐化证据。因而，小说整体上呈现出来的是浸淫传统诗歌后滋长出来的本能的音乐性追求，如在语言上的"适于耳顺于口"。

第四，与传统小说的讲述故事为主相比，一部分当代小说逐渐有了比较自觉的借鉴或模仿音乐，以及与西方音乐化小说刻意模仿或借鉴音乐技巧而形成的突出效果相比，中国现代小说的音乐性由于汉语语言、现代汉语小说这种新生文体、作者对西方音乐接受的程度，自有一股轻灵却坚韧的音乐性生命力。

正因为这些特征，在对中国现代小说的音乐性的论述过程中，始终强调的是音乐性作为有机生命形式的内在结构之一的存在，既是手段也是目的，更是敞开小说艺术研究的视角。因为，一旦将小说首先视为艺术品，中国艺术精神与生命意蕴必然贯彻作品之中。这里，中国艺术的美学特征：音乐性就是其中的关键词之一。而无论是东西方，艺术作品都是有机的生命形式。如果说生命与艺术的统一是在更高的精神范畴上，可以说音乐性是对各艺术技巧层面上的精神要求，同时并不能完全与二者相分离。在小说语言的音乐性层面表现有二：第一，语音、语言的节奏与作家作品的风格以及不同时代的情感结构有着深层的联系。语言的音乐性不仅仅是一种形式上的鲜艳追求。

第二，从能指与所指的关系来看，部分中国现代小说中的语言实验使这个关系出现了松动甚至颠覆，这是小说语言在走向音乐的路上迈出的富有意味的一步。同样的，小说结构上对音乐的模仿或借鉴，不但是对小说这种文体本身的一次思考，更是在音乐这一文学理想的烛照下，对小说可能性的有益尝试。而著名的复调，由于生发能力强大，某种程度上与音乐性一样，既是手段也是目的，既是小说力图营造的效果，又是世界或生命本身的特质。至于浑然天成的音乐性小说，根本原因是生命力的自然流贯。

总之，本书总体上的论述是有一个层次的，即由表入里、由浅入深的论述顺序，为的是把音乐性清晰地落实到具体的层次、形式上，同时并不把表里、浅深的分别绝对化。因为作品是个有机整体，二者的关系即形式与内容的关系，没有彼就没有此。这一点，也是本书与本书的理论参照物《小说的音乐化》不同的地方。后者重点在技巧模仿与借鉴的可信与功能上面，而本书所有的阐述都是为了更丰富地体验作品本身的艺术/生命力量。但毫无疑问，小说的音乐化理论极大地方便了小说的音乐性研究，使后者能够直接在前者的框架上，寻找音乐性这个内在生命结构。而无论从哪个角度进入美，只有真正回到人本身，才有丰厚的灵性飞扬。音乐性研究说到底并不只是形式研究，而是由作品至人本身的研究，因而更需要心灵真诚地倾听。艺术家们穷尽一生，寻找自己的语言，诉说对世界、对人、对美的理解。虽说美是高于生活的，但若没有相通的人性感悟，如何能"理解之同情"，能听到作品背后那一颗心灵的欢欣和叹息？

本书的不足之处在于由于学识所限，不能更好地完成预计中的设想：这些音乐性是如何促进中国现代小说本身从内部必然走向形式的自由探索与自我更新。

　　然而，研究到此为止，可以说引发了更多未尽的思考。首先是当代作家及其小说中更为突出的与音乐的关系。比如，严锋认为"我总觉得诗化就是音乐化。晚近十年中国小说中的一些新质，是必需用诗心和音乐的耳朵去捕捉到。我们最好的一些小说，正在走向大气，走向成熟，走向音乐"①。的确如此，中国当代一部分著名作家都和音乐有着深深的联系。由于西方古典音乐与中国传统音乐语言的差异，前者被诸多人视为畏途，而一旦喜欢上了，就变成了终生的古典音乐"发烧友"。这在中国当代作家、文学评论家中尤其形成了一个特殊的群体，如格非、余华、欧阳江河等。格非还专门以古典音乐爱好者为题材写了中篇小说《隐身衣》，被认为是比较深入地以音乐为线索的小说，从音乐角度来看就是对当代小说的贡献。欧阳江河也认为，这位老兄听了那么多年的音乐，写了那么多年的小说，写和听，终得以在这部小说里交汇，形成玄机和奥义的重叠。……小说中的音乐元素绝不是附加或者溢出来的，不是道具，而就是小说本身。②

　　格非在《隐身衣》中借人物之口这么说道：

　　　　不管怎么说，发烧友的圈子，还算得上是一块纯净之地。按照我不成熟的观点，我把这一切，归因于发烧友群体高出一般人的道德修养，归因于古典音乐所带给人的陶冶作用。事情是明摆着的，在残酷的竞争把人弄得以邻为壑的今天，正是古典音乐这一特殊媒介，将那些志趣相投的人挑选出来，结成一个惺惺相惜、联系紧密的圈子，久而久之，自然形成一个信誉良好的发烧友同盟。你如果愿意把它称之为什么"共同

① 严锋：《诗意的回归》，《当代作家评论》2001 年第 5 期。
② 李陀、欧阳江河、格非：《人人都有"隐身衣"——李陀、欧阳江河、格非三人谈〈隐身衣〉》，《光明日报》2012 年 6 月 26 日。

体"或"乌托邦",我也不会反对。

这与 20 世纪 40 年代末沈从文在一系列文章中不断表达的音乐与社会政治理想关系的理解有相同之处:

> 计划购置大型收音机三百座,分配于各级学校、机关及监狱、党部、餐厅……并同时加强能指管制广播机构,实行动员法,一般播音台靡靡之乐与商业广播,均应严格管制;如不服取缔,即控以妨害多数市民健康之罪,加重其处罚。广播法重新订正,主要事为每日必于一定时期,作世界名曲名乐章之介绍与演奏,时间宜在午饭后,至少宜有二小时。届时除学生外,军警宪及各机构中级以上职员,均宜就地就近听取音乐,洗刷灵魂,使此高尚古典音乐,给予一种新的教育。至星期日,则更宜有一重要乐章介绍。并附以介绍说明。……首先,从科学方面证明音乐对于情绪卫生与民族品质调整改造关系重要性……凡公务员对伟大音乐高尚美术缺少良好反应,只知玩牌喝酒……者,均得入医院休养治疗,久未治愈,即应离职。①

在石映照看来,语言、叙述,加上音乐,成就了现在的余华,音乐是余华"获取稳定的信心和可以比照的取之不尽的经验的来源"②。王蒙也热爱音乐,并热衷于在作品中不断书写音乐。这些深受西方古典音乐作家影响的作家,不但在作品中抒写音乐,模仿或借鉴音乐,更重要的是显示出与现代作家及作品重要的区别:这一代作者有着更为丰厚的西方古典音乐知识,以及更复杂的小说音乐化追求。又如,在史铁生看来好的小说应该是诗。他的

---

① 沈从文:《北平通信》,《沈从文全集》(14 卷),北岳文艺出版社 2002 年版,第 356—359 页。
② 石映照:《读小说 写小说》,新世界出版社 2006 年版,第 185 页。

《我的遥远的清平湾》，马云称之为"开了新时期小说与民歌结合的先河"；莫言的《檀香刑》中的"猫腔"被认为也是这方面的典范①；张承志认为，文学的最高境界是诗，而诗意的两大标准是音乐化和色彩化；叶兆言在《挽歌》中谈到四重奏与该书的体式时说，"我对音乐素无研究，总算知道一个词汇叫做四重奏。无知往往胆大，我不揣冒昧和浅陋，献给读者四首挽歌，能不能算四重奏，似乎不太重要"。

　　还有一位不得不提的作家是白先勇，因为制作和传播青春版《牡丹亭》，他于 2012 年获得"太极传统音乐奖"。仔细考察白先勇的创作生涯，会发现他的创作中常常出现各个时期不同的音乐。在写作《游园惊梦》时，他说："写第一、第二遍也不好，到第三、第四次时，还是写不出来。后来我想，传统的手法不行，而且这篇小说与昆曲有关，昆曲是非常美的音乐，我想用意识流的手法把时空打乱来配合音乐上的重复节奏，效果可能会好得多。于是我试试看，第五次写，就用了这个方法跟昆曲的节奏合起来，她回忆的时候，跟音乐的节奏用文字合起来。写后我把小说念出来，知道总算找到了那种情感的强度……"② 音乐在他的许多作品中都参与了小说意义的建构③。

　　另外，有一类作家是曾经有过一段文工团生涯的，如严歌苓、王安忆等。王安忆虽然没有太多专门谈论音乐的篇什，但因为作家曾是文工团的小提琴手，严锋认为她的创作追求与音乐是有着隐秘的联系的，如她著名的"四不要"④，从音乐的角度就很好理解，甚至认为："她这里用的音乐作为样板，作为一种最原初的东西，这也很了不起，可以说在中国没有一个作家有这种

---

① 马云：《论新时期小说与民歌的结合》，《河北学刊》1995 年第 3 期。
② 白先勇：《我的创作经验》，《树犹如此》，广西师范大学出版社 2015 年版，第 145 页。
③ 具体参见李雪梅《白先勇小说中的音乐》，载《甫跃辉小说的叙述节奏》，《广西民族师范学院学报》2017 年第 5 期。
④ 不要特殊环境、特殊人物，不要材料太多，不要语言的风格化，不要独特性。

认识。"① 而刘索拉更是职业音乐家。她的《你别无选择》以先锋姿态登上文坛的同时，也向世人展示了 20 世纪 80 年代音乐学院学生的日常学习生活，以及以作曲思维写就的小说作品。

在更年轻一世纪代的作家中，如东君的《听洪素手弹琴》，甫跃辉的《秋天的告别》《新生曲》都是值得注意的作品。甫跃辉作为 80 后作家，除了明确涉及音乐的这两部作品之外，其他作品中也显示出较强的隐性音乐性②。

批评家如陈子善、李欧梵等，二者都出版了与古典音乐聆听经验相关的书。

总的来看，小说的音乐化与音乐性，到了当代小说这里，有了更为多面复杂的内涵，即作家们接触的音乐更为迅捷方便，对曾经以神秘面貌出现的西方古典音乐有了更深入的接触和理解，小说的音乐化有了更为全面的基础。从另一个方面来看，这也可以从时代的文化背景中找到原因，那就是所谓当代人文精神的缺失，手段本身成了目的。某种程度上，中国当代小说也承担了一部分叙事学、美学意义上的功能。就像机械复制时代对绘画领域的大规模挤压一样，在一个真正可以"我手写我口"的"键盘时代"，作家凭借什么成为作家，小说如何在恒河沙数般的作品中凸显自己存在的价值？

而所有这些未尽的思考，都只有留待下一个课题去解决。

---

① 严锋：《感官的盛宴》，上海书店出版社 2007 年版，第 129 页。
② 参见李雪梅《甫跃辉小说的叙述节奏》，《广西民族师范学院学报》2016 年第 6 期。

参考文献

国外论著类

1. ［法］柏格森：《时间与自由意志》，吴士栋译，商务印书馆 1958 年版。

2. ［苏］玛采尔：《论旋律》，孙静云译，人民音乐出版社 1958 年版。

3. ［日］西乡信纲等：《日本文学史》，佩珊译，人民文学出版社 1978 年版。

4. ［瑞士］索绪尔：《普通语言学教程》，高名凯译，商务印书馆 1980 年版。

5. ［德］叔本华：《作为意志和表象的世界》，石冲白译，商务印书馆 1982 年版。

6. 何乾三编：《西方哲学家 文学家 音乐家论艺术》，人民音乐出版社 1983 年版。

7. ［美］苏珊·朗格：《艺术问题》，滕守尧、朱疆源译，中国社会科学出版社 1983 年版。

8. ［匈］萨波奇·本采：《旋律史》，司徒幼文译，人民音乐出版社 1983 年版。

9. ［德］格罗塞:《艺术的起源》,蔡慕晖译,商务印书馆 1984 年版。

10. ［美］萨丕尔:《语言论》,陆卓元译,商务印书馆 1985 年版。

11. ［德］卡西尔:《人论》,甘阳译,上海译文出版社 1985 年版。

12. ［俄］莫·卡冈:《艺术形态学》,凌继尧、金亚娜译,生活·读书·新知三联书店 1986 年版。

13. ［美］苏珊·朗格:《情感与形式》,刘大基、傅志强、周发祥译,中国社会科学出版社 1986 年版。

14. ［英］贡布里希:《秩序感》,杨思梁、徐一维译,浙江摄影出版社 1987 年版。

15. ［苏］波斯彼络夫主编:《文艺学引论》,邱榆若等译,湖南文艺出版社 1987 年版。

16. ［苏］巴赫金:《陀思妥耶夫斯基诗学问题》,白春仁、顾亚玲译,生活·读书·新知三联书店 1988 年版。

17. ［波］英加登:《对文学的艺术作品的认识》,陈燕谷、晓未译,中国文联出版公司 1988 年版。

18. ［德］卡西尔:《语言与神话》,于晓等译,生活·读书·新知三联书店 1988 年版。

19. ［法］保·朗多米尔:《西方音乐史》,朱少坤等译,人民音乐出版社 1989 年版。

20. ［美］约瑟夫·弗兰克等:《现代小说中的空间形式》,秦林芳编译,北京大学出版社 1991 年版。

21. ［法］马利坦:《艺术和诗中的创造性直觉》,刘有元、罗选民译,生活·读书·新知三联书店 1991 年版。

22. ［法］列维－斯特劳斯：《看 听 读》，顾嘉琛译，生活·读书·新知三联书店 1996 年版。

23. ［德］海德格尔：《在通向语言的途中》，孙周兴译，商务印书馆 1997 年版。

24. ［俄］康定斯基：《艺术中的精神》，李政文等译，云南人民出版社 1999 年版。

25. ［德］胡塞尔：《内在时间意识现象学》，杨富斌译，华夏出版社 2000 年版。

26. ［美］罗伯特·麦基：《故事——材质、结构、风格和银幕剧作的原理》，周铁东译，中国电影出版社 2001 年版。

27. ［美］希利斯·米勒，《解读叙事》，申丹译，北京大学出版社 2002 年版。

28. ［奥］汉斯立克：《论音乐的美》，杨业治译，人民音乐出版社 2003 年版。

39. ［捷克］米兰·昆德拉：《小说的艺术》，董强译，上海译文出版社 2004 年版。

30. ［美］宇文所安：《追忆》，郑学勤译，生活·读书·新知三联书店 2004 年版。

31. ［法］雷翁·吉沙尔：《法国浪漫主义时期的音乐与文学》，温永红译，百花文艺出版社 2005 年版。

32. ［美］韦勒克、沃伦：《文学理论》，刘象愚、邢培明、陈圣生、李哲明译，江苏教育出版社 2005 年版。

33. ［美］布拉热科维奇主编：《艺术中的音乐》，吴钟明、夏方耘等译，长江文艺出版社 2006 年版。

34. ［英］约翰·布莱金：《人的音乐性》，马英珺译，人民音乐出版社 2007 年版。

35. ［古希腊］赫拉克利特：《赫拉克利特著作残篇》，楚荷中译，广西师大出版社 2007 年版。

36. ［德］尼采：《悲剧的诞生》，杨恒达译，译林出版社 2007 年版。

37. ［英］艾·阿·瑞恰慈：《文学批评原理》，杨自伍译，百花洲文艺出版社 2010 年版。

38. Word and Music Studies（1 – 12），Rodopi.

39. Calvin S. Brown，*Music and Literature：A Comparison of the Arts*，Athens：Georgia UP，1948.

40. Alex Aronson，*Music and the Novel：a study in twentieth – century fiction*，Rowman & Littlefield Publishers，1980.

41. Nancy Anne Cluck，eds. *Literature and Music*，Brigham Young University Press，1981.

42. Barricelli and Gibaldi，ed. *Interrelation of literature.* New York：The Modern Language Association of American press，1982.

43. Jean – Pierre Barricelli，*Melopoiesis：Approaches to the study of literature and Music*，New York University Press，1988.

44. Laurence Kramer，*Music as Cultural Practice：1800 – 1900*，University of California Press，1990.

45. Werner Wolf，*The Musicalization of Fiction：A Study in the Thoery and History of Intermediality*，Amsterdam：Rodopi，1999.

46. Erik Alder/Dietmar Hauck，*Music and literature：Music in the Works of Anthony Burgess and E. M. Forster. An Interdisciplinary Study*，Francke，2005.

47. Stephen Benson. *Writing Music in Contemporary Fiction*，Ashgate. 2006.

48. Claus – Ulrich Viol. *Jukebooks：Contemporary British Fiction，Popular Music and Cultural Value*，Heidelberg：Carl Winter Universitatsverlag. 2006.

49. Gerry Smyth，M*usic in Contemporary British Novel：Listening to the novel*，Palgrave Macmillan，2008.

50. Alan Shockley，*Music in the Words：Musical Form and Counterpoint in the Twentieth – Century Novel*，Ashgate，2009.

国内论著类

1. 田边尚雄：《中国音乐史》，商务印书馆 1937 年版。

2. 沈尹默等：《回忆伟大的鲁迅》，新文艺出版社 1958 年版。

3. 中央音乐学院中国音乐研究所编：《中国古代乐论选辑》，1962 年版。

4. 刘勰著，范文澜注：《文心雕龙》，中华书局 1978 年版。

5. 王力：《龙虫并雕斋文集》，中华书局 1980 年版。

6. 朱光潜：《艺文杂谈》，安徽人民出版社 1981 年版。

7. 宗白华：《美学散步》，上海人民出版社 1981 年版

8. 叶圣陶：《叶圣陶论创作》，上海文艺出版社 1982 年版。

9. 刘尧民：《词与音乐》，云南人民出版社 1982 年版。

10. 北京大学哲学系、外国哲学史教研室编译：《古希腊罗马哲学》，商务印书馆 1982 年版。

11. 人民音乐出版社编辑部编：《作家与音乐》（译文集），人民音乐出版

社 1983 年版。

12. 李健吾：《李健吾文学评论选》，宁夏人民出版社 1983 年版。

13. 杨荫浏：《语言与音乐》，人民音乐出版社 1983 年版。

14. 钱钟书：《谈艺录》，中华书局 1984 年版。

15. 施议对：《词与音乐的关系》，中国社会科学出版社 1985 年版。

16. 林毓生：《中国意识的危机——"五四"时期激烈的反传统主义》，贵州人民出版社 1986 年版。

17. 徐复观：《中国艺术精神》，春风文艺出版社 1987 年版。

18. 赵园：《论小说十家》，浙江文艺出版社 1987 年版。

19. 成均伟、唐仲扬、向宏业主编：《修辞通鉴》，中国青年出版社 1991 年版。

20. 瞿世镜：《音乐 美术 文学——意识流小说比较研究》，学林出版社 1991 年版。

21. 方锡德：《中国现代小说与文学传统》，北京大学出版社 1992 年版。

22. 赵园主编：《沈从文名作欣赏》，中国和平出版社 1993 年版。

23. 刘纪惠：《文学与艺术八论：互文·对位·文化诠释》，台北三民书局 1994 年版。

24. 王岳川：《艺术本体论》，生活·读书·新知三联书店 1994 年版。

25. 蔡仲德：《中国音乐美学史》，人民音乐出版社 1995 年版。

26. 陈子善编：《雅人乐话》，文汇出版社 1995 年版。

27. 韩林德：《境生象外——华夏美学与艺术特征考察》，生活·读书·新知三联书店 1995 年版。

28. 罗小平：《音乐与文学》，人民音乐出版社 1995 年版。

29. 金开诚、王岳川：《书法艺术美学》，中国文联出版公司 1995 年版。

30. 陈少松：《古诗词文吟诵研究》，社会科学文献出版社 1997 年版。

31. 钱理群、温儒敏、吴福辉：《中国现代文学三十年》，北京大学出版社 1998 年版。

32. 辛丰年：《中乐寻踪》，辽宁教育出版社 1998 年版。

33. 杨义：《中国现代小说史》，人民文学出版社 1998 年版。

34. 朱立元主编：《天人合一——中华审美文化之魂》，上海文艺出版社 1998 年版。

35. 陈元峰：《乐官文化与文学》，山东教育出版社 1999 年版。

36. 刘纪惠主编：《框架内外：艺术、文类与符号疆界》，台北立绪出版社 1999 年版。

37. 修海宁、罗小平：《音乐美学通论》，上海音乐出版社 1999 年版。

38. 杨燕迪：《乐声悠扬》，上海音乐出版社 2000 年版。

39. 白桦等：《音乐与我》，上海音乐出版社 2000 年版。

40. 傅雷：《傅雷经典作品选》，当代世界出版社 2002 年版。

41. 陈平原：《中国小说叙述模式的转变》，北京大学出版社 2003 年版。

42. 陈思和：《中国现当代文学名篇十五讲》，北京大学出版社 2003 年版。

43. 罗基敏：《文话音乐》，广西师范大学出版社 2003 年版。

44. 钱理群：《与鲁迅相遇·北大演讲录之二》，生活·读书·新知三联书店 2003 年版。

45. 吴晓东：《从卡夫卡到昆德拉》，生活·读书·新知三联书店 2003 年版。

46. 王一川：《文学理论讲演录》，广西师范大学出版社 2004 年版。

47. 余华：《音乐影响了我的写作》，上海文艺出版社 2004 年版。

48. 朱谦之：《中国音乐文学史》，上海世纪出版集团 2006 年版。

49. 马云：《铁凝小说与绘画、音乐、舞蹈——兼谈西方现代艺术对中国文学的影响》，河北人民出版社 2006 年版。

50. 杨义：《二十世纪中国小说与文化》，生活·读书·新知三联书店 2007 年版。

51. 沈亚丹：《寂静之音》，上海人民出版社 2007 年版。

52. 陆正兰：《歌词学》，中国社会科学出版社 2007 年版。

53. 马云：《中国现当代作家作品研究》，人民文学出版社 2007 年版。

54. 严锋：《感官的盛宴》，上海书店出版社 2007 年版。

55. 钱谷融：《钱谷融论文学》，华东师范大学出版社 2008 年版。

56. 杨世真：《重估线性叙事的价值》，浙江大学出版社 2008 年版。

57. 林贤治：《漂泊者萧红》，人民文学出版社 2009 年版。

58. 徐迟：《徐迟文集》（第七卷·音乐），作家出版社 2014 年版。

论文类

1. 刘纪惠：《〈战争安魂曲〉中的互文、对位与文化诠释》，《第四届英美文学研讨会论文集》（1992）。

2. 吴义勤：《在沉思中言说并命名》，《当代作家评论》1994 年第 1 期。

3. 申小龙：《中国语言文字之文化通观》，《天津社会科学》1994 年第 2 期。

4. 陈旋波：《音乐性：西方浪漫主义影响下的前期创造社》，《中国比较文学》1994 年第 2 期。

5. 马云：《论新时期小说与民歌的结合》，《河北学刊》1995 年第 3 期。

6. 方红的《不和谐中的和谐——论小说〈爵士乐〉中的艺术特色》，《外国文学评论》1995 年第 4 期。

7. 杨存庆：《古代散文的研究范围与音乐标界的分野模式》，《文学遗产》1997 年第 6 期。

8. 周汝昌：《思量中西文化》，《文汇报》1999 年 5 月 30 日。

9. 吴晓东、罗岗、倪文尖：《现代小说的诗学视域》，《中国现代文学研究丛刊》1999 年第 1 期。

10. 翁乐虹的《以音乐作为叙述策略》，《外国文学评论》2000 年第 2 期。

11. 张箭飞：《鲁迅小说的音乐式分析》，《中国现代文学研究丛刊》2001 年第 1 期。

12. 严家炎：《复调小说：鲁迅的突出贡献》，《中国现代文学研究丛刊》2001 年第 3 期。

13. 陈平原：《现代中国的述学文体——以"引经据典"为中心》，《文学评论》2001 年第 4 期。

14. 严锋：《诗意的回归》，《当代作家评论》2001 年第 5 期。

15. 严锋：《张炜的诗、音乐和神话》，《当代作家评论》2002 年第 4 期。

16. 李凤亮：《复调：音乐术语与小说观念——从巴赫金到热奈特再到昆德拉》，《外国文学研究》2003 年第 1 期。

17. 吴晓东：《鲁迅第一人称小说的复调问题》，《文学评论》2004 年第 4 期。

18. 焦小婷：《〈爵士乐〉的后现代现实主义叙述阐释》，《四川外语学院学报》2005 年第 1 期。

19. 王少良：《刘勰论文学语言的形式美》，《文学评论》2006 年第 1 期。

20. 泓峻：《汉语的音乐性潜质及其在现代文学语言中的失落》，《内蒙古社会科学》（汉文版）2006 年第 27 卷第 3 期。

21. 钱理群：《作为艺术家的鲁迅》，《中国文化》2006 年第 2 期。

22. 文贵良：《〈呼兰河传〉的文学汉语及其意义生成》，《文艺争鸣·史论》2007 年第 7 期。

23. 马慧元：《黑暗中的玄学家》，《文汇报》2008 年 1 月 7 日。

24. 林贤治：《在文学史上：她死在第二次》，《南方周末》2008 年 9 月 10 日。

25. 万杰：《当叙述乘上音乐的翅膀——论余华小说〈许三观卖血记〉的音乐性》，《喀什师范学院学报》2009 年第 1 期。

26. 盘剑：《论新感觉派小说的隐性视觉形态》，《文艺理论研究》2009 年第 2 期。

27. 庞荣：《论书法与音乐的同质性》，《书法赏评》2009 年第 5 期。

28. 王维倩的《托尼·莫里森爵士乐的音乐性》，《当代外国文学》2009 年第 3 期。

29. 许祖华：《鲁迅小说的人物与音乐——鲁迅小说的跨艺术研究》，《山西大学学报》（哲学社会版）2010 年第 3 期。

30. 蔡登山：《林徽因劝沈从文斩断婚外情》，《南方都市报》2010 年 10 月 24 日。

31. 谭文鑫：《用"人事"作曲——论沈从文〈边城〉的音乐性》，《中国文学研究》2010 年第 2 期。

32. 周志雄：《论张洁小说的音乐化特征》，《中州大学学报》2010 年第 3 期。

33. 格非：《陀思妥耶夫斯基与复调》，《花城》2010 年第 3 期。

34. 王鹏程：《沈从文的文体困惑——从新近发现的长篇残稿〈来的是谁〉谈起》，《湘潭大学学报》2010 年第 4 期。

35. 李新亮：《论现代小说的音乐性》，《兰州学刊》2010 年第 10 期。

36. 罗虹、程宇的《从〈爵士乐〉的音乐性看新黑人文化身份认同》，《贵州民族学院学报》（哲学社会版）2011 年第 5 期。

37. 李明夏的《勒·克莱齐奥小说的音乐性：论〈饥饿间奏曲〉的〈波莱罗〉情结》，《中国比较文学》2014 年第 2 期。

38. 梅丽的《现代小说的"音乐化"——以石黑一雄作品为例》，《外国文学研究》2016 年第 4 期。

39. 刘纪惠：《浪漫歌剧中文字与音乐的对抗、并置与拟讽》，《中外文学》第 21 卷 5 期。

40. 洪力行：《文学与音乐跨艺术研究方法论简介》，参见 http：//hermes. hrc. ntu. edu. tw/lctd/List/ConceptIntro. asp？C_ ID = 154。

41. 徐碧辉：《时间与生命的艺术》，参见 http：//www. caae. pku. edu. cn/china/HTML/430. html。

作家作品类

1.《中国新文学大系》（1—10 卷），上海良友图书印刷公司 1935 年版。

2.《老舍文集》（1—16 卷），人民文学出版社 1980—1991 年版。

3.《鲁迅全集》（1—13 卷），人民文学出版社 1981 年版。

4. 严家炎编：《新感觉派小说选》，人民文学出版社 1985 年版。

5.《萧红全集》，哈尔滨出版社 1991 年版。

6. 金宏达、于青编：《张爱玲文集》（1—4 卷），安徽文艺出版社 1992年版。

7.《穆时英小说全集》（上、下），时代文艺出版社 1998 年版。

8. 止庵编：《废名文集》，东方出版社 2000 年版。

9.《沈从文全集》，北岳文艺出版社 2002 年版。

10. 止庵校订：《周作人自编文集》，河北教育出版社 2002 年版。

后　记

我有个习惯，每次拿到一本书，第一个动作就是翻到书后面看后记，好像只有这样才能"确认"一下作者。等到自己好像需要有这么一个"后记"时，却犹豫不决起来。

时间是这个世界上最强力也最无情的东西。2011年自我从华东师范大学博士毕业到现在，七年整过去了。七年中，有些东西变了，也有一些东西未曾改变。对小说音乐性的问题和兴趣依旧，如今重新阅读当时的思考，有些感慨，也有很多的不满足，很多地方还没展开。好在思考还在继续，不足之处希望能在后续的写作中努力完善。

依然记得论文答辩时，答辩主席钱谷融先生对"文学的音乐性"这个话题极有兴趣，他说："40年代有个纯诗运动，王元化认为没有纯文学。纯诗运动认为文学、诗应该以音乐性为旨归。中国一向认为，文学是有音乐性的，声音与呼吸、节奏有关，是全生命的运动。不讲音律、节奏，不是上等文学。真、善、美，最有力量最高层次的是美……"之后，钱先生兴致盎然地背诵了多首诗，我当时几乎是屏住呼吸在听，遗憾的是只做了笔录，没有留下录音资料。

为了让 2011 年 2 月论文将近结束的时刻更为清晰，抄录下当时的一点感想：

> 曾默默告诉自己，如果我能坚持，论文的写作过程将是一个将问题不断深化、展开的过程。这个问题本来只是个花苞，因为坚持，也许有一天能长大，能开花，花谢了还可以营养下一个花苞，如此的种植游戏，令人着迷。但真正进入这个过程，还是困难重重。

非常感谢导师王铁仙和师母对我学习、生活上的关心和帮助。王老师对论文寄予希望，给了我极大的写作自由，让我能够最大限度地释放自己不成熟的想法。即使这样，我也是在没有选择的情况下，才最终交出一份不成熟的作业，因为遗憾不停地出现，思考总在进行当中，不知道该如何停止。

2018 年 7 月 24 日于桂林雁山